meu Enredo de Amor

Meu enredo de amor

Copyright © 2023 by Aline Moretho, Dulci Veríssimo, Kell Carvalho e Maina Mattos
Copyright © 2025 by Novo Século Editora Ltda.

Direção Editorial: Luiz Vasconcelos
Produção editorial e Aquisição: Mariana Paganini
Preparação: Ellen Andrade
Revisão: Bruna Tinti
Diagramação: Marília Garcia
Capa: Nathália Pinheiro | @nathpinheiro.art
Adaptação de capa: Raul Ferreira

Texto de acordo com as normas do Novo Acordo Ortográfico da Língua Portuguesa (1990), em vigor desde 1º de janeiro de 2009.

Dados Internacionais de Catalogação na Publicação (CIP)
Angélica Ilacqua CRB-8/7057

Meu enredo de amor / Aline Moretho, Dulci Veríssimo,
Kell Carvalho e Maina Mattos; ilustrações de Nathalia Pinheiro.
— Barueri, SP: Novo século, 2025.
296 p.

ISBN 978-65-5561-943-0

1. Literatura cristã 2. Ficção brasileira I. Moretho, Aline; Veríssimo, Dulci;
Carvalho, Kell; Mattos, Maina II. Pinheiro, Nathalia

25-0162   CDD B869.3

Índice para catálogo sistemático:
1. Ficção cristã

<ns
uma marca do
Grupo Novo Século

GRUPO NOVO SÉCULO
Alameda Araguaia, 2190 – Bloco A – 11º andar – Conjunto 1111
CEP 06455-000 – Alphaville Industrial, Barueri – SP – Brasil
Tel.: (11) 3699-7107 | E-mail: atendimento@gruponovoseculo.com.br
www.gruponovoseculo.com.br

Aline Moretho, Dulci Veríssimo,
Kell Carvalho e Maina Mattos

meu Enredo de Amor

ns

São Paulo, 2025

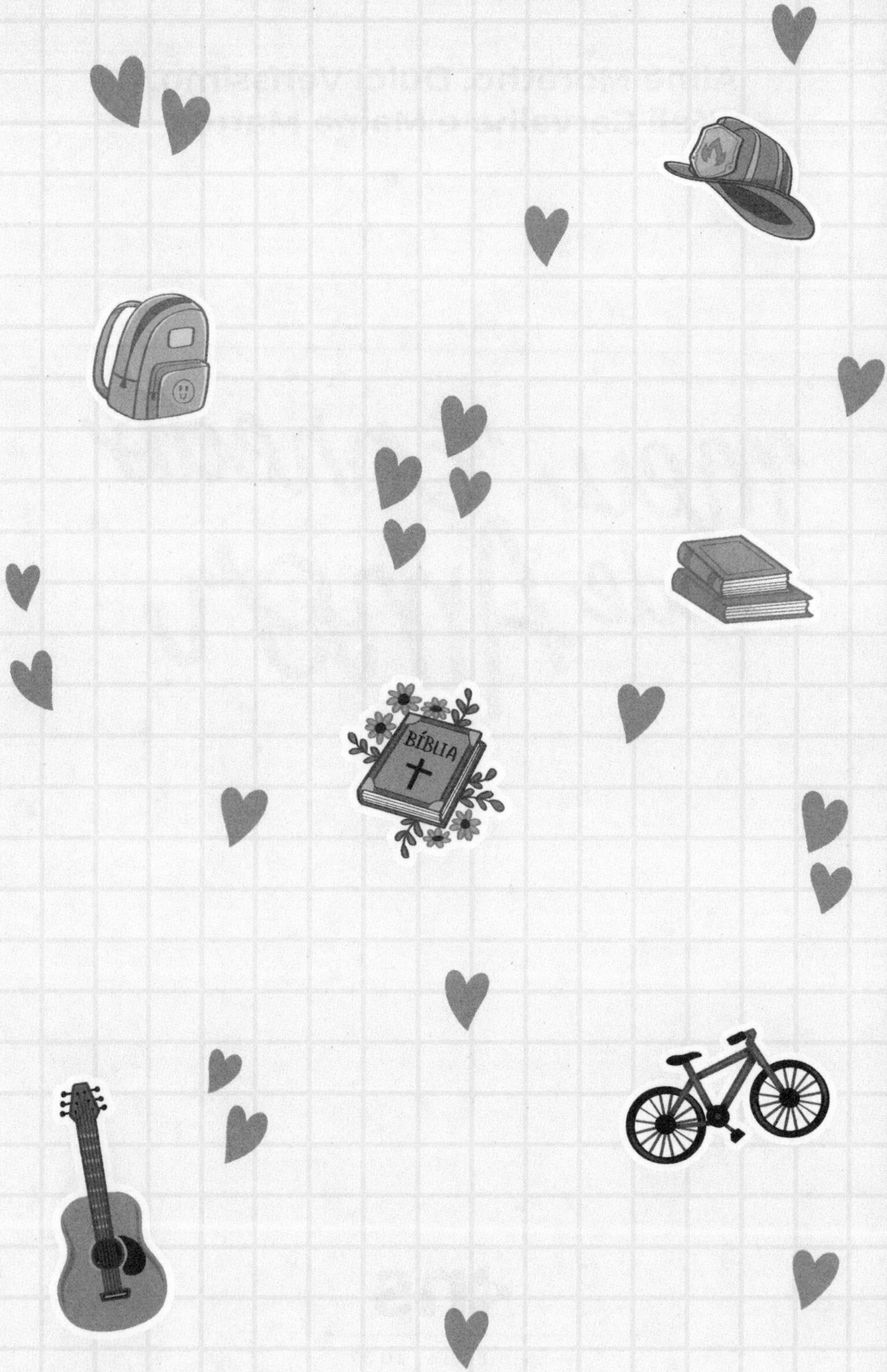
BÍBLIA

"Prometam, ó mulheres de Jerusalém,
pelas gazelas e corças selvagens,
que não despertarão o amor
antes do tempo."

Cânticos 2:7 NVT

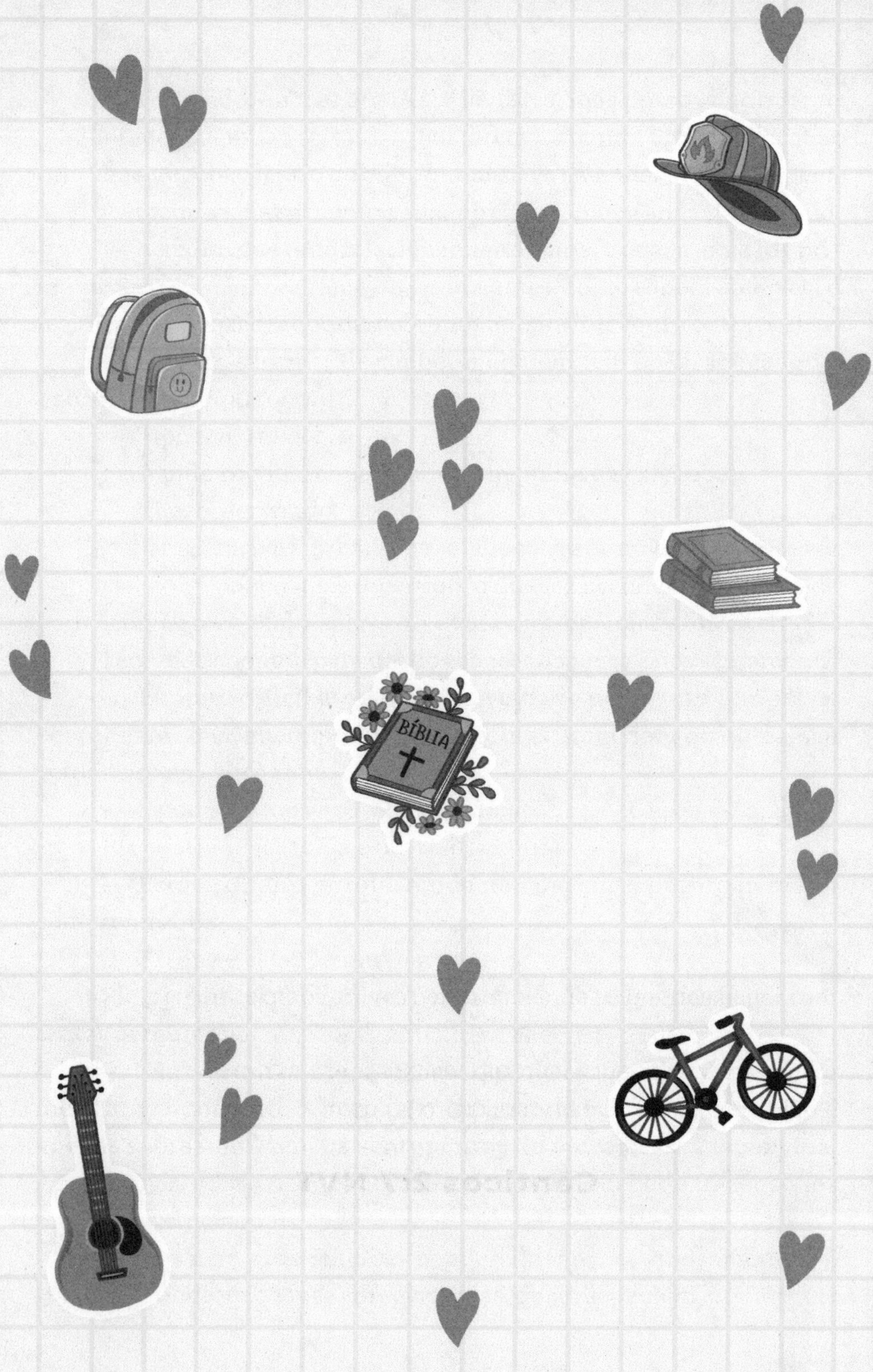
BÍBLIA

Às garotas que sonham com um amor verdadeiro, guiado por Deus. Que vocês nunca percam a fé no Autor da vida, que escreve as mais belas histórias de amor. Que seus corações sejam preenchidos pela Graça divina e que cada capítulo seja marcado por um amor que reflete Cristo.

BÍBLIA

No vasto mundo literário, repleto de amores líquidos, onde conteúdos eróticos são superestimados e os tipos de relacionamentos recreativos não refletem princípios cristãos, nossa proposta com *Meu enredo de amor* é resgatar valores muitas vezes desprezados pela geração atual.

Tópicos como romance com propósito, defraudação, desilusão amorosa, guardar o coração, espera em Deus, paixões da mocidade, entre outros, estão presentes nos quatro contos deste livro: *Resgate de um coração*, *Missão do amor*, *Meu amor real* e *Acordes do coração*.

Que este livro seja uma bênção em sua vida e você o termine com o coração quentinho.

Aline, Dulci, Kell e Maina

Playlist

Abra seu aplicativo do Spotify, vá em "Buscar", clique no ícone da câmera e escaneie o código abaixo

▶ Espera por Mim – Marcela Taís

▶ Love Is Waiting – Brooke Fraser

▶ Homem de Verdade – Marcela Taís

- Until We Both Know – Melissa Otto
- Quando é amor – Marcela Taís
- Haven't Even Kissed – Moriah
- Don Juan – Henrique Cerqueira
- Você me faz tão bem – Hélvio Sodré
- No One Ever Cared for Me Like Jesus – Steffany Gretzinger
- Here Is My Heart – Melissa Otto
- Que amor bonito – Thiago Grulha
- Flor – Henrique Cerqueira

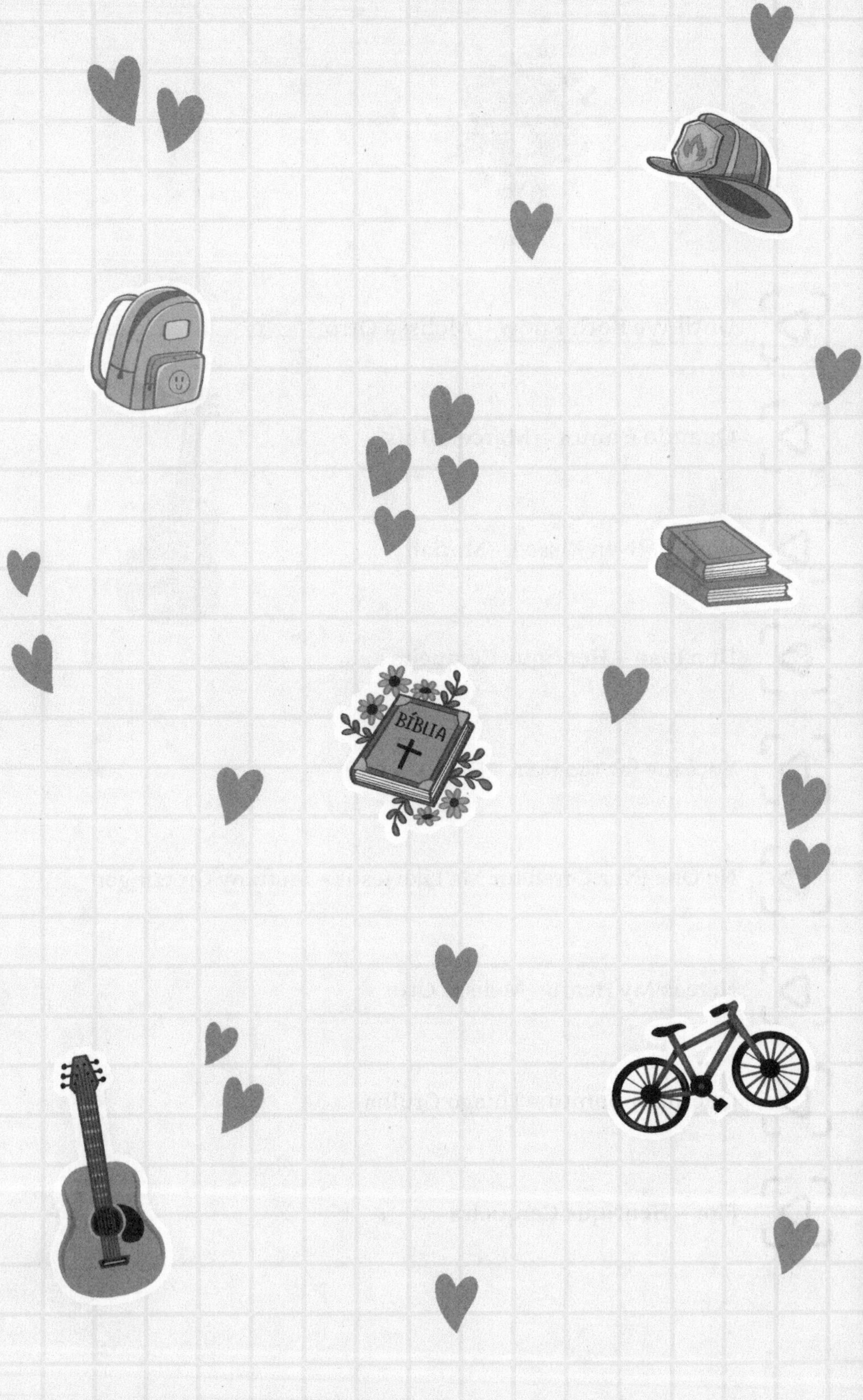
BÍBLIA

Prefácio

Nunca imaginei ler romance de cortejo. No entanto, aqui estou eu, não só apaixonada pelo gênero, mas tendo o privilégio de prefaciar esse livro e escrever algumas impressões sobre *Meu enredo de amor*. Embora eu saiba que essa história já despertou o seu interesse, querido leitor, quero te ajudar a se apaixonar ainda mais por esse livro.

Como mencionei anteriormente, romance de cortejo nunca esteve na minha lista de leitura. A verdade é que eu tinha certo preconceito com o gênero por não saber, de fato, do que se tratava. Romance de cortejo não é uma regra imposta à sociedade, é um estilo de vida, uma escolha; jovens que decidem ter um romance à moda antiga pautado nos ensinamentos bíblicos. Jane Austen, sem dúvidas, leria um romance de cortejo. Afinal, ela era uma romancista implícita de romance cristão de cortejo (mas isso é assunto para outra hora). Ao me tornar leitora de romance de cortejo, eu pensei: por que não? Por que os jovens dos dias atuais não podem viver um romance assim? Por que não não os incentivar a escolher esperar pela pessoa que realmente teme a Deus, cuidará deles com o amor da Verdade, honra seus pais e se preocupa em obedecer à Palavra?

Hoje, já sou bem casada, graças à bondade de Deus, mas já vivi alguns outros relacionamentos – tóxicos e cheios de defraudações emocionais. E gostaria de ter sido uma dessas jovens que escolhem esperar pela pessoa certa e viver um romance de cortejo.

O amor, por mais que o meio secular diga o contrário, sempre ocupou um lugar especial em nossos corações, sendo fonte de sonhos, esperanças e até mesmo desafios. Como não se identificar com o desejo de viver uma história única e especial, escrita pelo melhor Autor de todas as narrativas? Em *Meu enredo de amor*, somos apresentados às jornadas de Beatriz, Napáuria, Júlia e Lyra — jovens românticas que descobrem que esperar em Deus é o maior ato de confiança e amor que podem oferecer.

Cada conto nos revela uma importância da espera: um tempo que não é esperado ao além, mas por crescimento, amadurecimento e entrega. Ao longo das páginas, aprendemos que guardar o coração não significa desistir de amar, mas sim protegê-lo das armadilhas de uma paixão defraudadora rotulada de amor enquanto se prepara para viver um romance que honra os princípios divinos.

O conceito de cortejo, muitas vezes mal interpretado e esquecido em tempos modernos, ressurge nas páginas deste livro como um sopro de esperança. Essas histórias tão bem construídas, capazes de arrancar gargalhadas, suspiros e lágrimas, nos relevam que o romance pode e deve ser vivido com propósito, cuidado e reverência, onde cada passo é guiado por Deus e cada decisão visa construir uma família temente a Ele.

E não se engane: as personagens deste livro estão longe de serem perfeitas. Seus defeitos e suas lutas podem, inclusive, te fazer se identificar com elas. Nessas jovens românticas, você poderá se enxergar, com suas personalidades intensas, sonhos e desafios reais, principalmente se o desafio maior for encontrar a pessoa certa.

Prepare-se para se emocionar e refletir. Em cada página virada, você será lembrada de que o verdadeiro amor não é apenas encontrado, mas cuidadosamente construído, passo a passo, no tempo e no propósito do Senhor. Afinal, o melhor Autor não apenas escreve histórias incríveis, mas também prepara corações para vivê-las da maneira mais bela possível.

Com carinho,

Rachel Paiva
(Herdeira Literária)

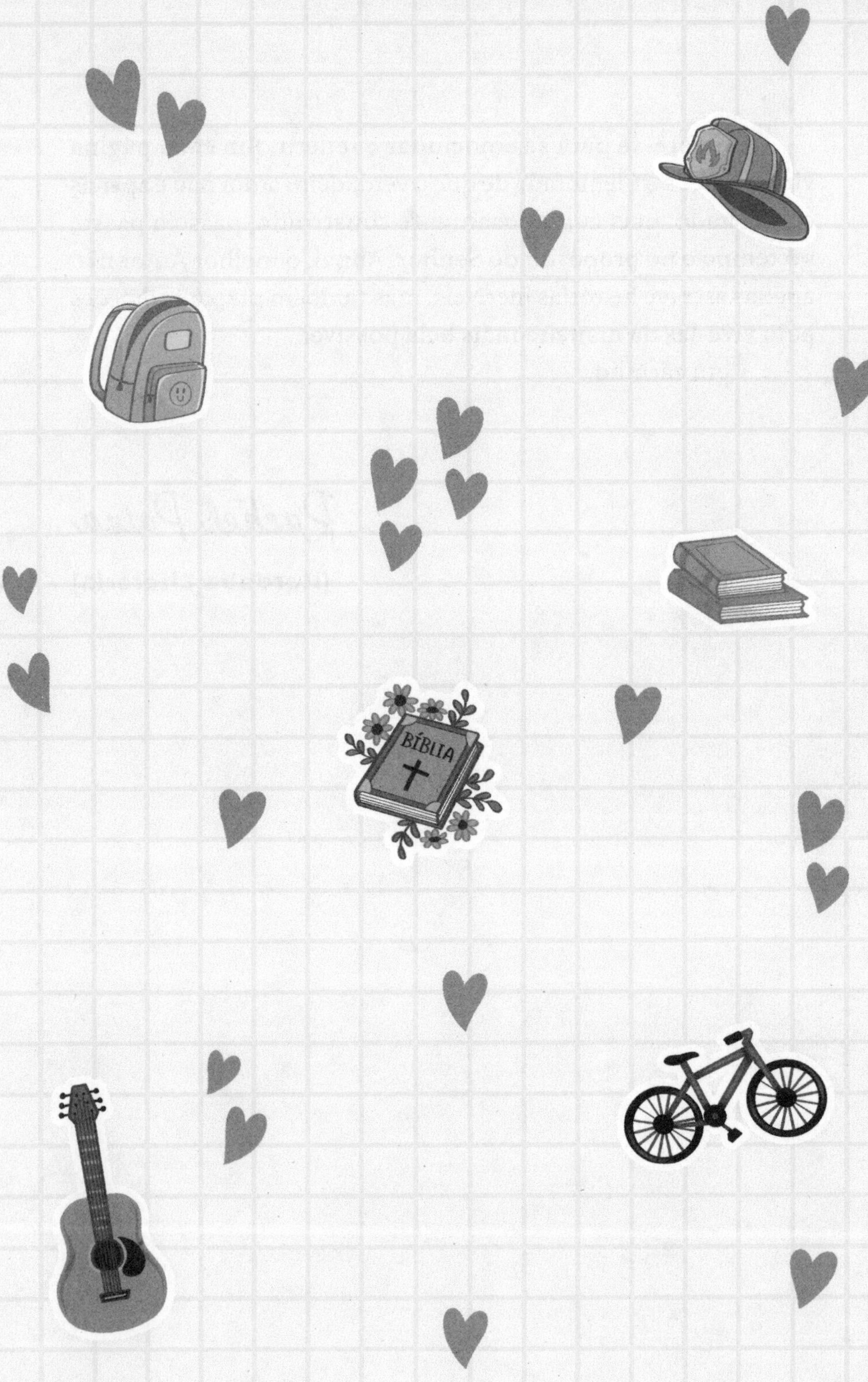
BÍBLIA

Resgate de um coração

Kell Carvalho

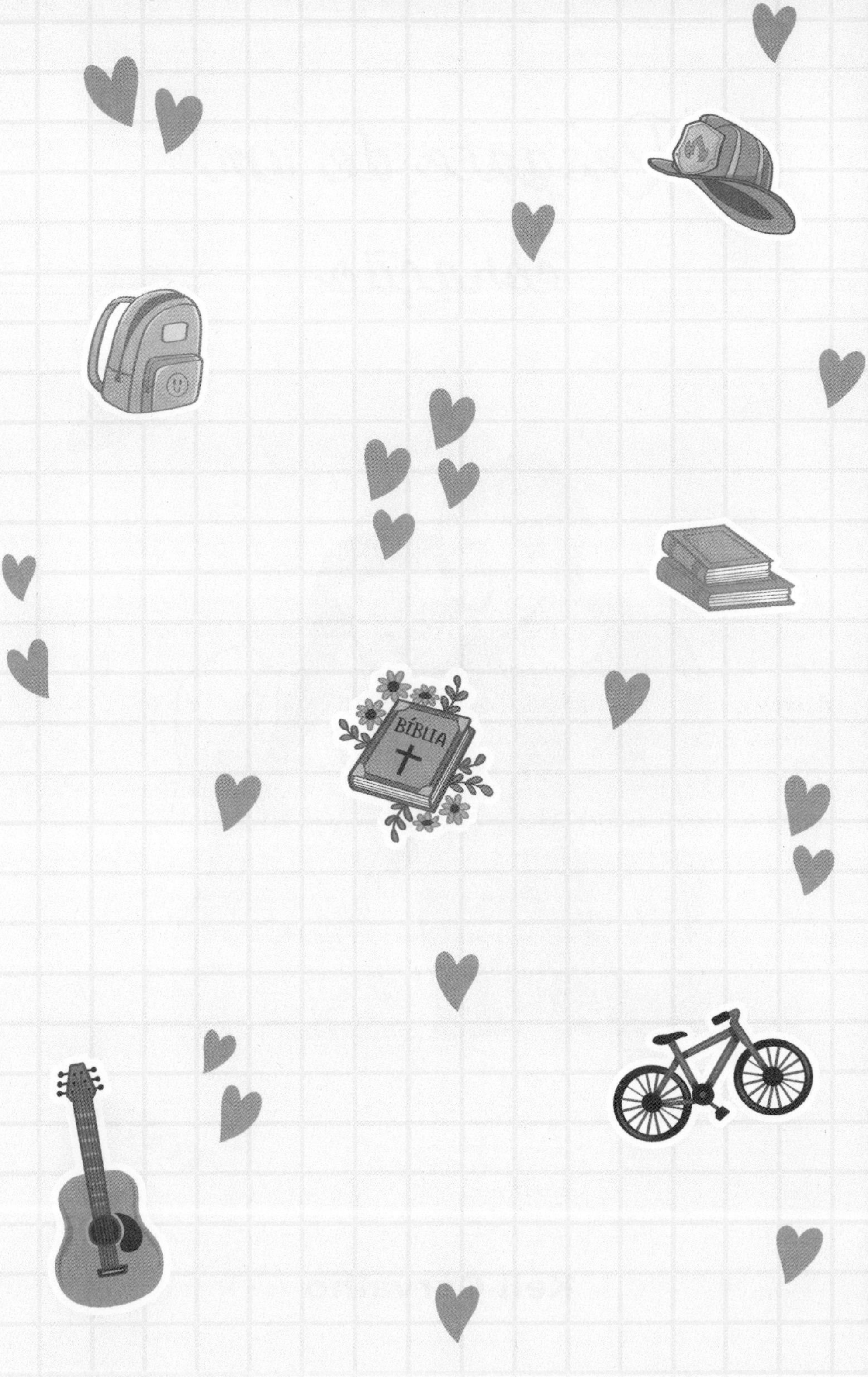
BÍBLIA

Capítulo 1

Eu sempre imaginei como a minha história de amor seria e, a cada vez que eu lia um romance, deixava a minha mente vagar pelo enredo, fantasiando ser eu no lugar da protagonista. Como leitora voraz, aos 25 anos já havia vivido, no mínimo, mil amores diferentes. No início, não filtrava muito o que lia e encarei umas relações bem tóxicas, que me deixavam mais frustrada do que apaixonada. Até que descobri a ficção cristã através do livro *Um perfeito encanto*, da autora Dulci Veríssimo. A partir desse dia, minha vida de leitora mudou, bem como o meu padrão de homem ideal. Tudo isso graças ao doutor Bernardi[1]. Fisicamente, ele não fazia o meu tipo. Nunca gostei dos loiros de olhos azuis, mas seu caráter e a maneira como ele amou, cuidou e respeitou Beatrice[2] ao longo de toda a trama conquistou o meu coração, fazendo-me desejar alguém com seus padrões e princípios. E assim segui: sonhando e esperando.

Contudo, a vida não é só feita de romance e, enquanto meu "boy unção" não aparece, precisei cuidar das outras áreas da minha existência. Concluí o ensino médio, fiz faculdade de Letras, pós-graduação em libras e em educação especial, mas, ainda assim, eu parecia não me encaixar no mercado de trabalho. Até que, em uma noite, depois de um

---
1 Mocinho protagonista do livro *Um perfeito encanto*, de Dulci Veríssimo (N. A.).
2 Mocinha protagonista do livro *Um perfeito encanto*, de Dulci Veríssimo (N. A.).

fatídico dia de choro e frustração, uma amiga me enviou um *link* pelo WhatsApp dizendo ser a oportunidade que eu procurava. O site do Instituto Federal de Rondônia tomou conta da tela do meu notebook anunciando uma proposta mais que tentadora: vagas para intérpretes de libras e um salário de encher os olhos e os bolsos. Bastava preencher um *curriculum* disponível ali mesmo e esperar ser selecionada. Quem fosse escolhido faria uma apresentação por videoconferência e, se aprovado, a vaga seria dele.

Sabe quando você toma uma decisão no calor do momento, achando ser a melhor coisa do mundo? Então, foi exatamente assim que aconteceu. Sem nem ao menos ponderar os prós e contras, cliquei no *link* de inscrição e enviei todos os meus dados. Algumas semanas mais tarde, recebi um e-mail dizendo que eu havia sido selecionada. Participei de uma entrevista on-line, simulei a tradução de uma aula e, para a minha surpresa, fui escolhida para a vaga.

Agora, mais calma, fico pensando se eu não fora a única, louca o suficiente, a se candidatar. Quem, em sã consciência, aceitaria largar família e amigos a fim de ir embora para um lugar longe de tudo e de todos? Bem, eu aceitei, e lá fui eu, após tomar todas as vacinas que meu braço — e aquela outra parte do corpo — pôde suportar, rumo ao El Dorado, em Rondônia.

O que eu sabia sobre esse pequeno estado brasileiro era só o que escutava: presença de povos indígenas e poucas áreas urbanas, onça, bastante peixe para comer, mosquito poderoso o suficiente para matar um ser humano, florestas para todos os lados e casas que flutuavam acima dos rios. E, sim, eu quis ir mesmo assim. Em vez de comprar uma passagem de avião, optei por viajar dirigindo meu carro, um Ford sedan de segunda mão que fora do meu pai por anos, justamente para poder trazer meus suprimentos. Apesar de ter pesquisado no Google e visto que existiam supermercados na região, eu tinha lá minhas suspeitas. Afinal, não se pode acreditar em tudo que se lê na internet.

O Sol já se preparava no poente, jogando seus poucos feixes de luz sobre uma imensa plantação de soja, que se estendia a muitos quilômetros ao lado da rodovia. A grande placa azul com letras brancas indicava a divisa entre os estados de Mato Grosso e Rondônia. Apesar dos vários temores que me rondavam por estar indo ao encontro do desconhecido, uma sensação boa de independência tomou conta de mim. Troquei a marcha do carro e aumentei a velocidade, adentrando o território da cidade de Vilhena, o portal da Amazônia.

O trânsito seria tranquilo se não fosse pela infinidade de carretas que trafegavam sem interrupção em ambos os sentidos. A paisagem não havia mudado nos últimos quilômetros, mantendo-se ainda nas plantações de soja que se estendia como um tapete verde por toda a planície, capturando minha atenção por diversas vezes. Ao que tudo indicava, teria chovido por ali não fazia muito tempo. Como a BR-364 não estava em boa condição, reduzi a velocidade e desviei de um buraco enorme no meio da pista pela qual eu transitava. Foi quando, de repente, uma capivara surgiu, saindo da vegetação, e adentrou a estrada. Tudo aconteceu muito rápido. Tentei ao máximo contornar o animal, mas, na manobra, os pneus do meu carro aquaplanaram na pista molhada, girando-o e me lançando para fora da rodovia.

Não sei quanto tempo fiquei apagada. Ao abrir os olhos, minha cabeça doía e as vistas estavam desfocadas. Eu ainda conseguia ouvir o vaivém das carretas transitando na BR, mas era tudo muito distante. O capim espetava as minhas costas, indicando que eu não estava no meu carro, e a sombra de um imenso guarda-chuva impedia que a garoa fina me molhasse. Apertei os olhos e tentei me situar, recordando os últimos acontecimentos.

— Ei, você está bem?

Uma voz masculina me fez abrir os olhos outra vez, mais focados que antes. O rapaz vestia uma jaqueta jeans por cima de uma camiseta preta e, apesar de marcante, sua expressão era gentil. Fiquei sem reação, pois ele era do jeito que eu imaginava o doutor Bernardi, do livro da Dulci Veríssimo. Pele branca com uma tonalidade dourada, provavelmente bronzeada pelo sol, cabelos cor de mel, olhos azuis como o mar e, pelo seu tronco, parecia ser alto e forte.

Dada a minha falta de reação, ele se inclinou e apertou meu punho, com a feição concentrada.

— Seu pulso parece estar voltando ao normal. — Os olhos dele se estreitaram de um modo sério. — Está bem forte, na verdade. — Sorriu, parecendo aliviado.

Era lógico que meu pulso estava forte! Doutor Bernardi olhava para mim! Meu coração mais que acelerou; estava prestes a sair pela boca. Tentei me mexer, incomodada de repente com a situação, porém ele me impediu.

— Você não deve se mover até a ajuda chegar. Eu já te avaliei e parece que não quebrou nada. É apenas protocolo.

— Quem é você? — silabei, lutando para formar uma frase.

— Meu nome é Fernando. Estava vindo logo atrás quando você saiu da pista. Eu te tirei do carro por precaução, pois está vazando gasolina, o que poderia causar uma explosão. — Arregalei os olhos, apavorada. Não podia perder meus suprimentos! — Não se preocupe, eu sou bombeiro e me certifiquei de que isso não ocorra.

Fernando conferiu a hora no relógio em seu pulso, não muito contente. A chuva estava ficando mais intensa e nem sinal de a ajuda chegar. As rajadas de ventos aumentaram, então ele tirou a sua jaqueta e a colocou sobre mim. E ainda nada de o socorro aparecer.

— Droga! Você não pode ficar aqui desse jeito. Em breve, o solo vai encharcar, e pela distância que estamos, tudo indica que ainda vão demorar.

Fernando pediu que eu segurasse o guarda-chuva e, em um movimento rápido e ágil, me pegou no colo e correu rumo a seu carro parado no acostamento. Minhas costas doeram quando ele me colocou com cuidado no banco de trás e pediu que eu me deitasse. Em seguida, sentou-se ao volante e ligou o aquecedor do veículo.

— Você está bem? — perguntou, virando-se para trás.

— Estou com frio.

— Tenho um cobertor lá atrás.

Ele saiu outra vez do veículo, sob a chuva torrencial que caía. Quando voltou, sua camiseta estava encharcada, mas aquilo parecia não o incomodar. Ele me cobriu e, em poucos minutos, eu já não tremia mais. O calor do cobertor trouxe um sono avassalador.

— Você precisa ficar acordada, não sabemos se houve alguma contusão na cabeça. — Notando que eu estava prestes a adormecer, Fernando me advertiu, apontando para um corte que latejava na minha testa.

Resmunguei, lutando para manter as pálpebras abertas.

— Estou dirigindo há quase quatro dias, parando apenas para comer e dormir quando a noite cai. Sinto-me exausta.

— Se importa se eu te perguntar de onde você está vindo?

— São Paulo.

— Fez todo o trajeto sozinha? — Sua voz soou surpresa.

— Sim.

— Você é bem corajosa. São mais de dois mil quilômetros até aqui.

— A necessidade forja a coragem.

Fernando deixou uma risada baixinha escapar.

— Sim. — Ele ficou em silêncio por um tempo, e eu quase adormeci com a quietude. — É sério, moça, você não pode dormir.

— Beatriz. Meu nome é Beatriz.

— Certo, Beatriz, você tem de ficar acordada até os socorristas chegarem.

— Tudo bem, então vamos conversar. Esse silêncio e a chuva lá fora são um convite e tanto para uma soneca.

— Por mim, tudo bem. — Ele virou a cabeça para trás e me olhou de relance. — O que te traz a Rondônia?

— Um emprego. Vou trabalhar como intérprete de libras no Instituto Federal em Vilhena.

— Isso é muito legal.

— Eu sempre sonhei em trabalhar com libras desde a minha adolescência, mas só agora a oportunidade surgiu. Ela foi tão tentadora, que não pensei duas vezes antes de vir.

— Você vai gostar daqui, é um bom lugar para se viver.

— Pode até ser, mas aquela capivara que atravessou na frente do meu carro não me deixou uma boa primeira impressão.

Fernando riu alto e sua risada preencheu todo o veículo, provocando uma descarga elétrica no meu coração. Não conseguia entender o porquê de me sentir tão à vontade na presença dele e o motivo de todas as sensações que eu nunca havia sentido tão intensamente.

Após um longo período, as luzes vermelhas do giroflex da ambulância e da viatura dos bombeiros indicaram que o socorro havia chegado. Eu estava bem, mas, ao mesmo tempo, era como se estivesse completamente desorientada e não saberia dizer se era por causa do acidente ou pelos sentimentos provocados por aquele desconhecido.

— Chegaram, graças a Deus.

Fernando saiu do carro e abriu a porta de trás para que pudessem me retirar. Eu conseguiria andar sozinha, mas, por causa do protocolo de atendimento, fui tratada como se todos os ossos do meu corpo estivessem quebrados.

Ele me acompanhou ao lado da maca, segurando o guarda-chuva sobre mim até que me colocassem na ambulância, entrando logo em seguida e, assim como antes, se inclinou para poder falar comigo. Engoli em seco, tentando não deixar transparecer como sua simples presença me deixava desestabilizada.

— Assim que eu chegar na cidade, vou acionar um guincho para vir buscar seu carro, tudo bem? — Assenti, ainda tentando entender de onde vinha tanta prestatividade. — Há algum endereço para onde eu possa levar seus pertences? Tem bastante coisa no seu veículo, não vai dar para ir para a oficina assim.

Oh, céus, meus suprimentos!

— Não tenho certeza. O endereço está no meu celular, mas nem sei onde ele está agora.

— Precisamos ir — informou o socorrista.

— Tudo bem. — Fernando se virou para ele. — Vocês vão levá-la para o hospital regional?

— Sim, a não ser que ela tenha algum convênio.

— Não tenho — respondi, com a garganta apertada.

Eu odiava os hospitais e queria a minha mãe.

— Vou acertar tudo por aqui e te encontro no hospital, tudo bem? — ele disse, como se lesse os meus dilemas.

Um pouco cética, assenti aliviada.

Capítulo 2

Eram quase dez horas do dia seguinte quando o médico de plantão assinou a minha alta hospitalar. Os exames não haviam constatado nada que me fizesse ficar internada, mas, por precaução, acharam por bem que eu permanecesse em observação na enfermaria durante aquela.

Saí para a manhã ensolarada. O céu estava claro e limpo, como se a tempestade do dia anterior não tivesse ocorrido. Respirei fundo e olhei para os lados, procurando me orientar. Nenhum dos meus pertences estava comigo e Fernando não havia ido ao hospital, como prometido. Eu estava em um lugar estranho, sem amigos, família ou conhecidos. Tudo o que eu possuía tinha ficado no carro e nem sabia onde ele poderia estar naquele momento.

A gravidade da situação chegou até mim como um soco no estômago, e o desespero tomou conta de cada célula do meu corpo frágil. Por que acreditei que um estranho cumpriria a sua promessa? Fernando poderia ser um oportunista e, àquela hora, todos os meus bens poderiam estar a quilômetros de distância dali.

Fiquei tão iludida por sua beleza e cuidado que não me certifiquei de deixar tudo em segurança. Lágrimas de desespero já inundavam os meus olhos quando senti uma mão apertar o meu ombro. Assustada por não esperar o toque, virei de súbito para trás em um salto.

Um soluço ficou preso na minha garganta ao avistar Fernando a apenas um passo de mim, vestido com um uniforme alaranjado e segurando um boné da mesma cor. Sob a luz do sol, seus olhos pareciam ainda mais claros, assim como os cabelos. Sua pose lembrava um super-herói me encarando, como se esperasse que eu falasse primeiro, mas as palavras desapareceram. Percebi que havia permanecido tempo demais calada quando ele deu um sorriso tímido e encolheu os ombros.

— Perdão, te assustei?

— Sim, duas vezes! — Fui logo expondo meus dilemas antes que ficasse ainda mais constrangida.

— Duas?

— Você disse que viria ao hospital para me informar sobre meu carro e meus pertences. Fiquei apavorada pensando que tinha perdido tudo. Eu... — Um nó na minha garganta me impediu de prosseguir.

— Fui acionado assim que cheguei à cidade. Precisei trabalhar a noite toda, mas passei por aqui. Não permitiram a minha entrada porque já havia passado o horário da visita noturna e eles me informaram que você estava medicada e dormindo. — Um suspiro escapou de seus lábios antes de ele continuar. — Como prometido, o seu carro foi guinchado e está na oficina. Seus pertences estão aqui comigo. Acabei de sair do plantão, desculpa se te preocupei.

Trêmula, abracei meu próprio corpo.

— Eu não sabia o que pensar.

— Entendo, e não te culpo. Há muitas pessoas maldosas neste mundo. — Um olhar sério surgiu em seu rosto enquanto ele dava uma olhada ao redor. — Mas eu não sou uma delas, Beatriz.

— Perdão por pensar que era.

Fernando assentiu, aceitando minhas desculpas, e indicou onde havia estacionado.

— Você já comeu alguma coisa hoje?

— Sim, serviram café da manhã antes de me liberarem.

— Certo. — Ele esfregou a mão direita na lateral da calça. — Vou te levar para casa, tudo bem?

Paramos ao lado do carro dele e me virei para olhá-lo.

— Me sinto mal por estar te incomodando.

— "Vidas alheias e riquezas salvar", esse é o nosso lema. — Colocou o boné na cabeça e apontou para o brasão da corporação do corpo de bombeiros bordado em seu uniforme.

Meu coração pulou uma batida quando um sorriso tomou conta de seu rosto.

— Sendo assim, eu aceito — respondi rápido demais. — Até porque você é a minha única opção — acrescentei, atropelando as palavras.

— Fico feliz em ser útil. — Se ele notou meu desconcerto, não demonstrou. — A sua bolsa está aí no banco da frente, caso precise do celular — disse, abrindo a porta para mim.

— Obrigada.

— Aliás, sua mãe ligou, e eu atendi.

Olhei-o surpresa.

— Você atendeu meu celular?

— Não era justo deixá-la sem notícias suas.

Meu coração se apertou ao imaginar a agonia que ela teria passado. Mamãe era superprotetora, e eu ainda não acreditava que ela havia, mesmo contrariada, permitido minha mudança. Após todo o ocorrido, senti-me culpada por não dar ouvidos às preocupações dela. — Ela se assustou muito?

— Acho melhor retornar à ligação o quanto antes, ela disse alguma coisa sobre ter te avisado que os índios iriam te sequestrar. — Um brilho de diversão atravessou seus olhos.

— Vou ter que ligar depois, meu celular está sem bateria.

Fernando tomou seu lugar atrás do volante e passei o endereço anotado em um bloco de notas para colocar no GPS do celular dele. Fiquei boquiaberta quando ele tirou do bolso um iPhone de última geração, mostrando que as pessoas ali não eram tão atrasadas como eu imaginava que seriam.

Durante o trajeto, observei tudo ao meu redor a fim de me localizar. Vilhena não era nada do que eu esperava. Logo na esquina do hospital havia um semáforo. Fernando virou à esquerda e seguiu por uma avenida pavimentada de mão dupla. Tamanha foi a minha felicidade ao avistar um supermercado enorme que minha empolgação foi notada pelo motorista.

— Aqui é como você esperava que fosse?

— Para falar a verdade, não. — Paramos em outro semáforo no qual um grande fluxo de carros transitava.

Sem mata fechada, cipó, indígenas ou animais selvagens.

— Decepcionada por não ver nenhuma onça por aí? — Fernando segurou o riso e me olhou de soslaio.

Ao perceber um sorriso se formando, mordi os lábios.

— Tudo que eu sabia sobre Rondônia era de ouvir falar.

O sinal abriu, e ele seguiu pela mesma avenida. Passamos por alguns condomínios compostos por casas exuberantes. Mais adiante, um parque ecológico ladeava ambos os lados da via, com muitas árvores e um lago cortando-o ao meio. Muitos ciclistas transitavam na ciclovia paralela ao parque. Famílias faziam piquenique sobre o gramado bem aparado, enquanto as crianças corriam até a ponte branca sobre o ribeirinho. Não muito longe dali, o Instituto Federal se erguia em uma arquitetura ampla, muito diferente do que eu esperava.

— Você vai trabalhar aqui, não é?

— Sim, escolhi morar neste bairro para poder ficar mais perto.

Fernando virou à esquerda, como o GPS indicava. Ele pediu que eu conferisse o endereço e depois coçou a base do nariz.

— Há algo errado?

Ele não respondeu, apenas dirigiu por mais alguns metros e parou em um lugar deserto. As casas já haviam ficado para trás, e tudo que se via eram estacas no chão demarcando os limites de alguns terrenos baldios.

— Sinto em dizer isso, mas acho que você foi enganada. — Apontou para o endereço informado.

Meu sangue gelou e tudo girou ao meu redor.

— Não é possível, eu vi fotos do lugar e o rapaz até fez uma videochamada me mostrando a casa. Paguei dois meses de aluguel adiantado!

— Como você pode ver, não há nada aqui. Este provavelmente é um dos novos bairros que estão loteando. A não ser que o endereço esteja errado.

— Não está, conferi duas vezes antes de te passar.

Eu não queria chorar na frente dele, mas as lágrimas já estavam perto demais para serem evitadas.

Minhas economias estavam contadas para sobreviver apenas por um mês até eu receber meu primeiro salário. A viagem não foi barata e, além disso, eu já havia desembolsado dois meses de aluguel. Meu carro estava na oficina e era bem provável que cobrariam um rim pelo conserto dele.

— O que vou fazer agora? — As lágrimas vieram com mais intensidade.

Fernando me olhou com uma mistura de pena e comoção. Tentei esconder meu choro direcionando minha atenção para a janela.

— Não se preocupe, eu conheço um lugar onde você pode ficar.

Balancei a cabeça com veemência, tentando me acalmar.

— Não vou poder pagar por nada.

Ele não respondeu, apenas deu partida no veículo, fazendo todo o caminho de volta. Abalada demais para prestar atenção ao redor, dessa vez era como se tudo lá fora passasse como um borrão. Não sei por quanto tempo Fernando dirigiu nem quais ruas ele havia tomado até pararmos em frente a um prédio de seis andares. Ele acionou o controle preso no quebra-sol e o portão de metal se abriu.

— Tem um apartamento aqui que você pode ficar.

— Fernando, eu não posso pagar por nada além de um quarto de hotel barato por alguns dias até ver o que fazer.

— Você não vai ficar num hotel barato. Aqui é seguro e o apartamento já está mobiliado. Quanto ao aluguel, você paga quando puder.

Ele está me levando para a casa dele?

— Eu não vou ficar na sua casa! — protestei assim que o pensamento me ocorreu.

— Não é a minha casa.

— Mas você tem o controle do portão.

— O meu pai possui alguns apartamentos para alugar aqui. Você pode ficar em um deles.

— Mesmo assim, o aluguel deve ser caríssimo.

— Já disse para não se preocupar com isso.

— Olha só para esse lugar, eu nunca poderia pagar nem agora nem nunca!

— Você pode pagar o que pagaria no outro endereço.

— Não!

Ele me olhou com os músculos do queixo tensionados.

— Você não tem muita escolha no momento. Estou dizendo que você pode ficar aqui pelo mesmo preço que pagaria no outro apartamento e pagar quando puder. É tão difícil aceitar uma caridade?

— De onde venho, a gente sempre desconfia quando a esmola é muito grande — contra-argumentei com agressividade.

Fernando abriu a boca, mas a fechou logo em seguida. O desapontamento que surgiu nos olhos dele fez meu coração encolher, mas me mantive firme. Era bom demais para ser verdade toda aquela bondade para com uma estranha. A cética dentro de mim não me deixava confiar após ter sofrido um golpe.

— Com o tempo, você vai perceber que a maioria das pessoas daqui é solidária. Sei que você não sabe nada sobre mim e acabou de descobrir que foi enganada. Eu te entendo e no seu lugar também não acreditaria em outra pessoa, mas você pode confiar em mim.

Relutante, e sem outra opção, aceitei ver o apartamento. Eu estava exausta, chateada e precisava resolver toda aquela situação.

Subimos de elevador em completo silêncio até o último andar. Fernando parou em frente à porta 15A e procurou a chave no chaveiro que havia pegado no carro.

O lugar era uma espécie de *loft* claro, limpo, aconchegante e com móveis que combinavam uns com os outros. A sala, copa e cozinha eram interligadas. Apenas a suíte tinha um espaço privado. Uma pequena sacada dava vista para o pátio pelo qual havíamos entrado.

— O que achou?

— É ótimo aqui. Tem certeza de que seus pais não se importarão de eu não dar nenhuma entrada no valor do aluguel?

— Administro os apartamentos, tenho carta branca quanto a isso, não se preocupe.

Suspirei, envergonhada e sem escolha.

— Então, fico com ele.

— Ótimo! — Seu sorriso provocou uma descarga de adrenalina no meu coração. — Vou buscar suas coisas.

— Eu te ajudo.

— Você acabou de sair do hospital, não pode se esforçar.

— Estou bem e é muita coisa para você trazer sozinho.

— Peço que alguém lá embaixo me ajude. Sente-se aí e espere — ordenou, apontando para o sofá.

Quando Fernando saiu, peguei o carregador do meu celular e o conectei à tomada do quarto. Quase imediatamente, um milhão de mensagens e chamadas perdidas pintaram na tela do aparelho. Minha mãe beirava o colapso nervoso ao atender à minha ligação.

— Por Deus, Bia! O que aconteceu com você? Eu já estava prestes a embarcar em um avião para te procurar.

Relatei o ocorrido, deixando-a ainda mais aflita. Ela disse que era para eu ir embora o quanto antes e esquecer de uma vez aquela ideia maluca de morar sozinha em um estado tão longe dela. Com calma, fui contornando a situação e dizendo que Rondônia, à primeira vista, era como todo e qualquer estado, não o fim do mundo que desenhavam nos grandes centros.

    Quase uma hora depois, encerrei a ligação e voltei para a sala. Todos os meus pertences estavam lá. Sobre a mesa, encontrei a chave do apartamento e o cartão da oficina onde meu carro seria consertado. Em um folheto do corpo de bombeiros, havia dois números de telefone rabiscados. Ao lado de um dos números estava escrito *delivery* e, no outro, "Fernando".

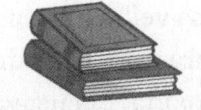

Capítulo 3

Uma semana após eu me instalar no apartamento, a campainha tocou. Pensando ser Fernando para tratar do contrato do aluguel, corri para o quarto, troquei a blusa velha que eu usava e arrumei os cabelos. No entanto, quem sorriu para mim quando abri a porta foi uma moça simpática de imagem despojada. Ela usava um macacão jeans e boné rosa-chá que deixava escapar as pontas de seu cabelo chanel.

— Oi, sou Raysa, sua vizinha. O Nando me avisou que temos uma moradora nova no prédio e que eu deveria me apresentar. — Foi logo falando, antes mesmo que eu terminasse de analisá-la.

Algo dentro de mim murchou ao ouvi-la se referir a ele com tamanha intimidade. Eu pensei nele e no cuidado que teve comigo desde que me socorreu do acidente até me deixar aquele bilhete com os números de telefone. Toda aquela atenção afetuosa estava mexendo muito com meus sentimentos. Em um surto de coragem, enviei uma mensagem agradecendo por ter levado meus pertences até o apartamento. Ele demorou quase três horas para responder e, quando o fez, apenas mandou um *emoji* de "joinha". Então, a moça à minha porta só significava uma coisa: ele era comprometido e estava transferindo a responsabilidade de companhia para a namorada.

— Sou Beatriz, mas pode me chamar de Bia. — Me apresentei, antes que ela notasse os dilemas através do meu silêncio.

— Eu ia receber uma amiga e ela acabou desmarcando. Agora tenho uma panela cheia de brigadeiro que não posso comer sozinha. Tudo bem se eu dividir com você? Posso te ajudar a organizar a mudança se você não se importar.

Fitei Raysa, ponderando sua proposta. Não tinha nada além do meu guarda-roupa para terminar de organizar, mas, confesso que já estava ficando maluca por não ter ninguém para conversar. Era estranha toda aquela solicitude por parte de uma desconhecida, o que me fez lembrar de Fernando e de toda sua ajuda, notando que essa talvez fosse uma peculiaridade dos rondonienses.

— Por mim, tudo bem.

Raysa sorriu empolgada e entrou no apartamento, fazendo-me agradecer, horas depois, a Fernando, por solicitar que ela fosse até lá. A jovem emanava uma energia tão contagiante que era como se nos conhecêssemos desde a infância. Pude perceber o quanto ela era uma mulher piedosa e nossa conversa rondou por todos os aspectos das nossas vidas. Era fácil notar como ela amava ao Senhor, mesmo não tendo me dito no primeiro momento que era cristã, mas o brilho do Espírito Santo resplandecia em seu rosto. E a melhor parte: Raysa e Fernando não tinham um relacionamento.

A tarde avançou sem percebermos que o Sol já estava se pondo. Raysa pulou da cadeira ao constatar o horário.

— Poxa vida! Estou atrasada para o ensaio do grupo de louvor. — Saiu recolhendo a panela que levou com brigadeiro, além de calçar os chinelos de dedo.

— Eu também fazia parte do louvor na minha igreja! — revelei empolgada por descobrir mais uma coisa em comum entre nós.

— Que show! Você quer ir à igreja hoje comigo? Preciso chegar uma hora antes, mas, como você também canta, vai gostar de assistir ao ensaio da banda.

Aceitei o convite e, 40 minutos mais tarde, seguimos no carro dela rumo à igreja. Ao chegar, contemplei cada detalhe do lugar à medida que me sentava em uma das cadeiras estofadas e minha nova melhor amiga ia tomar sua posição no altar junto aos músicos que ali já estavam.

Aproveitando o tempo livre, peguei minha Bíblia e a abri aleatoriamente para poder ler um pouco antes de o culto começar. Foi quando uma voz conhecida soou de repente, fazendo a pele do meu braço arrepiar.

— Desculpe o atraso, galera!

Fernando passou rápido pelo corredor sem notar a minha presença. Mas seu perfume chegou até mim como um soco no estômago. Então ele era cristão? Deus estava mesmo enviando meu Pedro Bernardi? Eufórica, observei-o cumprimentar os amigos e se posicionar atrás do teclado. Foi quando nosso campo de visão se cruzou. Eu não queria ser pega observando-o, mas não me importei em desviar o olhar. Os cantos dos lábios dele se levantaram levemente ao me cumprimentar com um suave aceno de cabeça.

Foi difícil prestar atenção no louvor no começo do culto. Meus olhos me traíam e por várias vezes me peguei olhando para Fernando. Obrigando-me a acabar com tal comportamento, fechei os olhos e só os abri no fim do louvor. No entanto, outra tortura se iniciou quando ele desceu do altar e se sentou ao meu lado, tornando um calvário entender uma só palavra do preletor da noite.

No final da pregação, o pastor solicitou que todos dessem as mãos em uma corrente de oração. Peguei a mão de Raysa, que se encontrava à minha esquerda, e estendi a mão para Fernando à minha direita, mas ele não retribuiu. Olhando-o de relance, percebi que estava de olhos fechados, concentrado na sua oração. Recolhi a mão e fiz o mesmo, porém tal atitude por parte dele me incomodou.

♥

O culto acabou e os jovens se aproximaram de mim com entusiasmo. Foi gratificante ser recebida de forma tão calorosa pelos amigos em comum de Fernando e Raysa. Eles decidiram esticar o bate-papo em uma pizzaria e lá fomos nós. Fernando parecia ser o mais reservado do grupo, mas, vez ou outra, fazia alguma brincadeira com o melhor amigo Lúcio. Raysa contagiava a todos com suas gargalhadas extravagantes, que sempre me levavam a rir com ela. Outras duas garotas, Alice e Camila, e mais um rapaz, Rodrigo, também faziam parte do grupo.

Na pizzaria, juntamos duas mesas e nos sentamos em volta delas. A conversa era descontraída e todos buscavam sempre me incluir, fazendo-me sentir aceita. Olhando para o rosto de cada um deles, um contentamento sem tamanho tomou conta de mim, a ponto de eu ter de conter as lágrimas. Deus estava cuidando de cada um dos meus temores ao colocá-los no meu caminho.

Uma garçonete se aproximou e, sem cerimônia alguma, tentou flertar com Fernando, jogando uma piadinha vulgar ao anotar seu pedido. Quando ela saiu, Raysa cutucou o amigo com o cotovelo e começou a rir. Os rapazes entraram na brincadeira e Lúcio, o palhaço do grupo, apertou seu ombro.

— Se essa garota soubesse o que você pensa sobre o amor, não se engraçaria para o seu lado, meu nobre.

Fernando o fuzilou com os olhos, em silêncio.

— O que você pensa sobre o amor, Nando? — Alice quis saber, curiosa até demais.

— Para começar, ele não pega na mão de garotas nem quando o pastor pede durante a oração — respondeu Lúcio.

Camila arregalou os olhos, surpresa.

— Por que não?

— Fale sobre a sua filosofia, Nando! — Lúcio parecia estar se divertindo ao expor o amigo.

Fernando pensou antes de responder. Fiquei tentando decifrar aquele homem. Antes que ele percebesse que eu o encarava, olhei para o enfeite de flores sobre a mesa, mas, em vez de ver o arranjo, foi a imagem de Fernando tocando teclado que veio à minha mente. Ele estava invadindo o meu subconsciente!

— Acredito que o amor tem mais a ver com uma escolha que requer compromisso do que com um sentimento — principiou ele, cauteloso. — Ao ter compromisso de ambos os lados, a relação funciona. Já a emoção acaba com o tempo.

Alice se remexeu na cadeira, como se estivesse desconfortável.

— Do jeito que você fala, até parece que os sentimentos não são importantes.

— Não é isso, mas, em média, um casal fica apaixonado apenas por alguns anos, e há casos que não passam de meses. A paixão é apenas uma reação química; depois que passa, só resta o comprometimento. É por isso que o amor é uma escolha. Decidir se relacionar significa olhar além da química, porque então você ficará com a pessoa mesmo após todo o entusiasmo inicial passar.

Camila bufou do outro lado da mesa, e olhei para ela.

— As pessoas não fazem essas avaliações antes de gostar de alguém. Eles apenas se apaixonam e se casam. E isso é o que torna tudo muito romântico!

— A maioria das pessoas não pondera que um dia os sentimentos vão desaparecer. — Fernando deixou escapar um sorriso de escárnio. — E, quando isso acontece, elas culpam o cônjuge. É por isso que há tantos divórcios.

No meio do pingue-pongue da discussão, eu tentava acompanhar, fascinada, o raciocínio do Fernando. Suas ponderações faziam sentido. Cheguei a recordar que, certa vez, havia lido um artigo destinado a jovens prestes a se casar que falava sobre a importância da abnegação ao outro por toda a vida. Na época, fiquei sonhando acordada e imaginando por onde andavam os homens dispostos à magnificência daquele ato. Fernando seria um deles? Empertiguei minha postura, decidida a descobrir aquilo naquela noite, voltando minha atenção ao assunto.

— Eu até concordo com você — disse Lúcio. — Mas presumo que você nunca se apaixonou.

— Já me apaixonei muitas vezes. — Fernando sorriu. — Entretanto, eu nunca estive comprometido. É por isso que não namoro. Se não for para ser para sempre, eu não quero perder o meu tempo.

A garotinha romântica dentro de mim deu um grito eufórico. Ele de fato era aquele tipo de homem que por tantos anos idealizei. A discussão seguia, então engoli meu frenesi interno para acompanhar.

— Suponho ser por isso também que você não dá as mãos para mulheres quando ora. O menor toque pode levar a uma reação química que pode te obrigar a fazer um compromisso por toda a vida — concluiu Raysa.

Fernando apenas deu de ombros em resposta.

— Você é bem criterioso. Analisa o romance do romance — disse Alice, com nítida decepção.

— O que é romance? — desafiou Fernando.

— Eu não quero ouvir sua opinião — disse ela, bem-humorada. — Amo romance e não vou deixar você estragar isso para mim.

— E qual a sua opinião, Beatriz? — Lúcio quis saber ao notar que eu havia ficado de fora da conversa.

Engoli em seco e tentei não encarar Fernando.

— Julgo não ser tão criteriosa quanto o nosso colega. — Sorri, nervosa. — Ainda não aprendi a controlar minhas reações químicas. Eu até tento mandar no meu coração, mas nem sempre tenho êxito.

— É sobre isso. — Lúcio me apoiou.

— No entanto, eu concordo em partes com o Fernando. — Arrisquei olhar para ele. Seus olhos vieram ao encontro dos meus e ali ficaram. — Em um mundo cheio de defraudação, o mais correto a se fazer é guardar o coração. — Aquela frase era mais para mim do que para qualquer outro naquela mesa, pois conhecia minhas lutas diárias. A comida chegou e o assunto mudou para terrenos menos profundos.

Quando Raysa e eu chegamos de volta ao nosso prédio, já passava das onze horas da noite e o estacionamento estava escuro e deserto. Notamos o elevador prestes a se fechar, obrigando-nos a correr, em meio a risadas, para tentar impedi-lo de subir sem nós e nos deixar sozinhas, à espera e ao relento. Por pouco, conseguimos entrar antes de as portas se fecharem. Raysa foi atingida por uma crise de riso, levando-me a rir com ela como uma adolescente histérica.

Apenas após o elevador começar a subir, percebi que Fernando estava dentro dele. Sem dizer nada, ele apenas se afastou, dando espaço para nós. Fiquei sem entender o que fazia ali tão tarde. A porta se abriu e Raysa saiu no seu andar, deixando-nos sozinhos.

Mesmo morrendo de curiosidade, não questionei sua presença. Quando o elevador parou no meu andar, ele saiu logo depois de mim. Caminhamos em silêncio, um ao lado do outro, até que parei à minha porta. Fernando colocou a mão no bolso da calça jeans e retirou suas chaves e se dirigiu à porta de frente para a minha.

— Você mora aí? — perguntei, surpresa.

— Sim. — Ele insinuou um sorriso. — Se precisar de alguma coisa, é só avisar.

Assenti enquanto Fernando entrava em seu apartamento e fechava a porta atrás de si, deixando-me estática no corredor.

Capítulo 4

Após o dia em que Fernando foi até o meu apartamento para eu assinar o contrato de aluguel, não o vi mais durante toda a semana subsequente à mudança. As aulas no instituto federal haviam se iniciado, obrigando-me a passar longas horas mergulhada no trabalho, o que ajudou, de certa forma, a esfriar todo aquele sentimento por ele que vinha me consumindo.

Na terceira semana, passamos a nos encontrar no elevador. Às vezes, eu estava indo para o trabalho, e ele voltando do plantão noturno com o semblante tão cansado que dava pena. Em outras ocasiões, eu estava voltando no final do expediente e ele indo iniciar o dele, tão cheiroso que o meu coração sempre descompassava, mas, nesses raros momentos, nosso diálogo não passava de um "Olá, como vai?".

Na quarta semana, meu carro ficou pronto, e eu quase precisei vender um rim para pagar o conserto. No entanto, nada disso importava, pois as amizades que eu havia feito na igreja eram um bálsamo para mim, e Raysa uma dádiva ainda maior na minha vida, sempre aparecendo na minha porta com uma panela de brigadeiro para jogarmos conversa fora. Os eventos com os jovens me distraíam e os encontros do grupo pós-culto eram sempre um momento agradável. Mesmo Fernando estando lá, era como se não estivesse, dada a distância que ele mantinha entre nós dois, e aquilo me deixava cada vez mais frustrada.

Nesse ritmo, os primeiros meses em Rondônia passaram entre altos e baixos. Ora deprimida pela saudade da família, ora exultante com os novos amigos, e deprimida de novo por nutrir tantos sentimentos por Fernando, sendo que ele nem ao menos dava um vislumbre de esperança se possuía algum interesse em mim.

No quinto mês, decidi que já estava na hora de aquilo mudar. Liguei para minha mãe e abri meu coração. Ela me deu alguns conselhos preciosos e então passei a orar com fervor para Deus tirar aquele sentimento do meu coração, assim como eu havia lido Bea fazer no meu livro preferido. Estava na cara que Fernando não era o doutor Bernardi e que ele não nutria nenhuma paixão secreta por minha pessoa. Se assim fosse, já teria pelo menos tentado se aproximar, mesmo como amigo, vizinho ou sei lá.

Julho chegou trazendo as férias escolares e horas de ociosidade. Coloquei algumas leituras em dia, fiz duas faxinas no minúsculo *loft* e inventei de ter aulas de culinária pelo YouTube. Eu era um desastre total na cozinha e por muito pouco não coloquei fogo no prédio inteiro ao tentar assar um rocambole de frango recheado. A fumaça estava tão densa no apartamento que começou a escapar pela janela e por baixo da porta. Enquanto eu tentava controlar a situação, a porta da sala estourou e Fernando entrou igual a um furacão, arrastando-me para o corredor logo em seguida.

Quando constatou ser apenas um rocambole torrado o causador do fumaceiro, ele me encarou com reprovação.

— Você quase me matou do coração, Beatriz! Estava tentando colocar fogo no prédio?

Engoli em seco, morrendo de vergonha.

— Eu só queria comer rocambole de frango recheado no jantar — respondi no automático.

Fernando controlou a respiração, mordeu os lábios por dentro e depois fitou a porta arrombada. E então começou a rir. Fiquei sem entender nada; em um momento, ele estava furioso comigo e, no segundo seguinte, estava rindo sem controle.

Cruzei os braços até que ele parou de rir e enxugou os cantos dos olhos.

— Vou te levar para comer o tal rocambole de frango recheado. — Deixando-me no corredor, Fernando foi em direção ao seu apartamento. — Partimos em uma hora — disse antes, de fechar a porta.

Ele acabou de me chamar para um encontro?

Saindo do meu estupor, corri para o meu quarto para escolher o que usar. Minha empolgação era tão grande que fiquei andando de um lado para o outro na frente do guarda-roupa até que liguei desesperada para Raysa. Em dois minutos, ela estava lá para me auxiliar.

— Deixa eu ver se entendi direito — disse ela da porta do banheiro enquanto eu tomava um banho para me livrar do cheiro de fumaça. — O Fernando te convidou para um encontro?

— Não sei se posso chamar assim. — Eu estava me controlando para não criar falsas esperanças.

— Você acha isso mesmo?

Saí vestida em um roupão e com uma toalha na cabeça, notando-a pensativa.

— Como assim?

— Sei que até hoje nunca falamos de maneira aberta sobre isso, mas sou observadora, Bia, e você sempre muda seu comportamento perto do Fernando.

— O que você quer dizer? — desconversei.

— Não testa a minha inteligência! Vejo como você olha para ele, amiga.

Suspirei, sentando-me na cama.

— Está tão na cara assim?

— Transparente como um cristal.

— Pelo jeito, não o suficiente para ele notar.

— Fernando é o que chamo de indecifrável. Nunca dá para saber o que se passa dentro daquela cabecinha, e olha que crescemos praticamente grudados um no outro. Ele é racional ao extremo. Nota-se isso com aquele papo na pizzaria meses atrás, você se lembra?

— Como poderia me esquecer?

— Eu nunca o vi agir pela emoção. Tudo o que ele faz é tão meticuloso que dá até raiva, às vezes. — Ela me encarou de um jeito que me lembrou a minha mãe me dando conselhos. — Não quero que crie tantas expectativas em relação a ele para depois não se decepcionar.

— Ele nunca se interessou por ninguém antes?

— Bem, teve uma única vez que ele demonstrou de forma bem sutil que gostava de alguém. Após eu encher tanto a sua paciência, ele me contou estar ponderando algumas coisas antes de falar com a garota. Ela também gostava dele e não fazia questão nenhuma de esconder isso. No fim, a coitada desistiu de esperar uma atitude e partiu para outra. Ela se casou há dois anos e após isso ficou ainda mais difícil saber como funcionam as emoções do Fernando.

Então, o que ele tinha de racional, eu tinha de emocional, duas pessoas opostas. Enquanto eu sonhava com um romance arrebatador, ele analisava cada atitude antes de tomar qualquer decisão. Ouvir tudo aquilo de Raysa foi como se um balde de água fria se derramasse sobre a minha cabeça.

— Argh! Ele é tão difícil!

— Mas são homens como ele que valem a pena, Bia.

Ela foi embora, e eu terminei de me arrumar sem tanta empolgação como antes. Quando saí para o corredor, Fernando já me aguardava. Frustrada, olhei para a sua figura bem-arrumada e cheirosa. Por que ele tinha de ser tão bonito? Ajudaria muito mais se fosse apenas um cara comum, mas de comum ele não tinha nada. Indaguei sobre a porta que ele havia arrombado e ele me garantiu que não teria problema ficar só encostada e que no outro dia a consertaria para mim. A paulista dentro de mim, mesmo não confiando por completo na segurança dos meus pertences, o seguiu sem questionar.

Tentei ficar calada durante o trajeto, falando apenas o necessário até chegarmos ao restaurante e pedirmos o bendito rocambole de frango recheado. Tentei ao máximo parecer descontraída, mas nada deu certo. Então, decidi que tentaria ao menos entender o seu ponto de vista racional, especulando como quem não quer nada.

— Você parece ter opiniões bem definidas sobre certos assuntos. — Comecei, um pouco desconfortável, sem querer transparecer minhas intenções. — Qual a sua filosofia em relação à amizade entre um homem e uma mulher?

Ele afastou seu prato vazio para o lado e entrelaçou as mãos sobre a mesa com um sorriso rápido, claramente envergonhado.

— Esse tipo de amizade é um verdadeiro campo minado. Para um homem e uma mulher serem de fato apenas amigos, não pode haver nenhum outro interesse oculto. Mesmo nesses casos, há riscos de que com a convivência as coisas mudem. Acredito que uma certa distância deve ser estabelecida.

— Você e a Raysa são amigos de longa data.

Ele assentiu.

— Na verdade, eu a tenho como uma irmã. Sei que o que sinto por ela é algo fraternal, assim como o que ela sente por mim também é.

— Entendo.

Antes que pudesse estender o assunto, Fernando levantou e tirou a carteira do bolso.

— Vou pagar a conta.

Concordei, desapontada pela conversa ter durado tão pouco e fui para fora do restaurante esperar por ele, com teorias malucas em minha cabeça. Era por esse motivo que ele ficava tão distante de mim? Eu era uma ameaça aos seus sentimentos? Ele tinha medo de que as coisas evoluíssem entre nós, caso nos tornássemos amigos? As perguntas ainda pairavam sem resposta quando ele retornou.

— A noite está bem agradável, gostaria de fazer uma caminhada? — Fernando apontou para uma pracinha próxima de onde estávamos.

Aceitei o convite de bom grado, determinada a prosseguir a nossa conversa.

— Fernando, eu não quero ser invasiva, mas posso continuar te perguntando algumas coisas? — Fui direto ao ponto. Precisava acabar com aquela agonia dentro de mim, que ansiava entender aquele homem.

— Claro. — Ele concordou quando começamos a andar lado a lado.

— Acredito que todo relacionamento começa com a amizade primeiro. Se você não for amigo da garota antes, como saberá como ela é realmente? Tem coisas que descobrimos ao conviver com a outra pessoa.

— Há outras formas de conhecer alguém sem precisar ficar grudada nela o tempo todo.

— Tipo *stalkeando*?

Fernando sorriu e chutou um pedregulho na calçada.

— Não, observando.

— Para mim, parece o mesmo. — Ele sorriu de novo, mas dessa vez de um jeito um pouco mais divertido, o que fez acender a sensação de borboletas no meu estômago. — E se você a interpretar de forma errada?

Fernando apontou para um dos bancos da praça e nos sentamos lá.

— É muito difícil esconder sua verdade por muito tempo. As pessoas até conseguem por um tempo, mas, uma hora ou outra, seu verdadeiro eu vem à tona.

— É por isso que você ainda está solteiro? — Deixei escapar.

Ele contraiu os lábios e olhou para mim.

— Estou solteiro porque ainda não me sinto pronto para um compromisso.

— E o que é estar pronto para você?

Ele crispou os olhos, talvez pensando onde eu queria chegar com tantas perguntas.

— Não tem um *checklist*, se é isso que quer saber. Eu apenas quero me sentir totalmente seguro de mim quando isso acontecer. Não é apenas sobre mim, tem os sentimentos de outra pessoa envolvida. Acho desnecessário ficar criando ilusões, pois isso pode trazer sérios problemas emocionais.

— Mas nem tudo pode ser ponderado tão meticulosamente. — Não sei de onde veio tanta coragem, mas, quando percebi, as palavras já estavam jorrando da minha boca de forma desenfreada. — Se tratando de sentimentos, nunca há garantias. É claro que tudo tem de ser pensado, mas não faz mal deixar as emoções ditarem um pouco as regras. Se analisarmos tanto, talvez deixemos a pessoa certa ir embora.

Com a mesma velocidade que minhas palavras foram, a resposta dele veio.

— No momento em que a garota certa aparecer, ela não vai embora nem desistir só porque as coisas não acontecem no tempo dela — contra-argumentou em tom agressivo. — Vai esperar com paciência até o momento certo. Não é isso que diz em *Eclesiastes* 3? Que há tempo para tudo? Há tempo de amar, mas, sobretudo, há um tempo necessário de espera. E eu acredito que quando o meu tempo de amar chegar, será porque eu soube esperar, e o mais importante, que ela também foi paciente o bastante para esperar por mim.

Diante do exposto, fiquei sem reação, tomando aquilo como uma lição. Se de fato eu gostasse dele, teria de começar a exercitar toda a minha paciência e controlar, de uma vez por todas, as minhas emoções. Eu só precisava decidir se eu estava disposta a tudo aquilo.

Capítulo 5

Na última semana de férias, antes de voltar a trabalhar, recebi um convite para ir pescar com o nosso grupo de amigos da igreja. Passaríamos dois dias no rio Guaporé e, no primeiro momento, a ideia me causou desagrado. Ter que dormir em barracas, no calor e com mosquitos por todo lado não me deixava muito animada. Nunca havia pescado na vida, e não conhecer para onde iríamos me deixava desconfortável, sem falar que eles disseram que já tinham visto onças por lá.

Porém, quando Fernando confirmou sua presença na programação, a euforia que isso causou nos demais me fez querer participar também. Mesmo não fazendo ideia do que me aguardava, aceitei o convite de Raysa, animada como sempre, dizendo que eu não me arrependeria. Mas, confesso, aceitei também porque era uma oportunidade única de estar mais próxima do Fernando. Após a conversa na praça, achei que ele me acharia uma intrometida e falaria ainda menos comigo. No entanto, nada foi como imaginei. Quando voltamos, ele arrumou a minha porta arrombada, já que fiz questão de frisar o quanto estava temerosa de dormir com ela apenas encostada. A tarefa demorou cerca de duas horas e, nesse tempo, a conversa fluiu naturalmente, — claro, com assuntos menos sérios dessa vez. Enquanto ele trabalhava e sorria esporadicamente, me ocorreu que eu deveria tentar entender seu modo de agir e não ficar julgando seu lado meticuloso, silencioso e frio em relação a mim.

Seguindo as orientações de Raysa, fiz uma mochila com roupas adequadas para repelir os mosquitos e os apetrechos de que precisaria naqueles dias à beira do rio. Ao chegar ao estacionamento do nosso prédio, local marcado para a partida, pude constatar que eles levavam o *hobby* a sério. Lúcio e Fernando tinham dois barcos a motor, chamados por eles de "voadeiras", em cima de uma carretinha atracada às suas caminhonetes. Além deles, Alice, Camila e Rodrigo também já se encontravam lá.

— A Bia vem comigo, vocês se dividem aí para ver quem vai no meu carro ou no do Fernando — disse Lúcio, se dirigindo ao grupo e tomando a mochila das minhas mãos.

Eu não queria ir com ele. Há tempos, vinha notando como Lúcio ficava se engraçando para mim e temia por Fernando cogitar que eu estivesse gostando de toda aquela atenção.

— Alice, Camila e Rodrigo vêm comigo e a Raysa faz companhia para a Beatriz e Lúcio. — Fernando distribuiu o restante do grupo por conta própria, parecendo não se importar com o que cada um queria.

Embarcamos nos respectivos carros e pegamos a rodovia em direção a Pimenteiras, uma pequena cidade na divisa com a Bolívia, muito conhecida na região por seu festival de praia de água doce e amantes da pescaria. A viagem durou cerca de duas horas e, ao chegar ao destino, fiquei encantada com o charme da cidadezinha que se estendia ao lado do rio Guaporé. Em sua margem, barcos, lanchas e outras embarcações que eu não conhecia pintavam de colorido a pacata região. Seguimos pela rua principal até um conglomerado de casinhas e estacionamos.

— Lar, doce lar — brincou Lúcio ao sair do veículo.

— Quem mora aqui? — perguntei a Raysa ao me juntar a ela fora do carro.

— Esse é o nosso refúgio. Sempre alugamos quando a gente vem pescar. Tem ar-condicionado, Wi-Fi e é toda mobilada.

— E eu achando que iríamos dormir em barracas.

Raysa sorriu, colocando sua mochila nas costas e acenando para Fernando com os outros que acabavam de parar perto de nós.

Com fome, todo o grupo se dirigiu a um pequeno restaurante à beira do rio. O Sol estava se preparando para se pôr, banhando o Guaporé com seus raios dourados. Minha mãe era uma admiradora do pôr do sol e aquele era o mais lindo que eu havia conseguido presenciar até então. Senti uma saudade avassaladora tomar conta do meu coração enquanto a lembrança dela me vinha à mente. Ela adoraria ver aquele espetáculo. Peguei meu celular e fiz um pequeno vídeo para enviar mais tarde, à medida que os meus olhos eram inundados por lágrimas.

Ainda absorta, senti uma mão forte apertar o meu ombro, desviando minha atenção do poente.

— Está tudo bem aqui? — Lúcio se pôs ao meu lado, parecendo preocupado.

— Sim! — Forcei um sorriso, mantendo as lágrimas escondidas pelos óculos escuros. — Estava apenas vendo o pôr do sol.

Lúcio olhou em direção ao local onde os outros já se acomodavam em volta da mesa e depois para mim.

— Você vem agora ou precisa de mais alguns minutos?

— Vou agora. — Dei uma última olhada para o céu e o segui.

Todos estavam distraídos com o celular. Havia uma cadeira vazia à direita de Raysa, e outra, à esquerda de Fernando, na qual uma mochila pousava. Mesmo que meu desejo fosse poder me sentar perto dele, fui em direção à minha amiga.

— Beatriz, guardei esse lugar para você. — Fui surpreendida por Fernando indicando o assento enquanto retirava a mochila.

De imediato, as atenções se voltaram para nós. Lúcio parecia mais surpreso do que os outros. Meu coração começou a bater em descontrole quando Fernando sorriu, esperando que eu me movesse.

Antes que a situação ficasse mais constrangedora, dei a volta na mesa e me sentei ao lado dele.

— Daqui dá para você continuar a ver o pôr do sol — justificou sua atitude em me querer sentada ali.

Meu coração se derreteu, e eu já nem ligava em tentar controlar meus sentimentos, como havia prometido a mim mesma que faria.

Após comermos, rodeados por uma atmosfera alegre entre brincadeiras e provocações, colocamos os nossos barcos no rio e zarpamos em direção ao local em que eles costumavam pescar. Já era noite, o melhor horário, segundo meus companheiros, e tudo que se ouvia era o som que vinha da mata e da correnteza. A Lua estava cheia e sua luz clareava de forma impressionante o lugar.

Os barcos ficaram próximos, assim poderíamos nos comunicar sem ter de falar muito alto para não espantar os peixes. O grupo se dividiu conforme havíamos chegado lá. Com isso, fiquei com Lúcio e Raysa.

— Você sabia que aqui tem jacaré, Bia? — informou Lúcio, em meio ao silêncio.

— Não brinca com isso! — Estremeci, olhando para todos os lados em busca de um.

— É sério — Raysa confirmou. — Da última vez que estivemos aqui, um comeu o peixe que eu havia fisgado, com anzol e tudo, bem na nossa frente.

Não sei se ela falava sério, mas o medo tomou conta de mim.

— E só agora vocês me contam isso?

— Você não viria se a gente contasse.

— Não mesmo!

Um calafrio subiu pela minha espinha.

— Não se preocupe, eu te salvo caso algum te atacar — disse Lúcio, e Fernando riu lá do outro barco.

— Você nem sabe nadar. Como acha que fará isso? — inquiriu Fernando.

— Cala a boca, super-homem. — Lúcio alfinetou, segurando o riso.

— Você sabia, Beatriz, que ele caiu do barco tentando puxar um peixe uma vez? Fui salvá-lo e quase que nós dois nos afogamos de tanto ele se debater.

— Tinha um cardume de piranhas onde estávamos, e eu não queria ser devorado por elas — Lúcio retrucou o amigo.

Os demais começaram a rir e senti alguma coisa puxar o meu anzol.

— Peguei alguma coisa! — gritei, pondo-me de pé para conseguir segurar o molinete.

Deduzindo que eu não daria conta de trazer o peixe para fora, Lúcio se posicionou ao meu lado, colocando sua mão sobre a minha, e fez os movimentos necessários para liberar a linha e puxar de volta.

— O bicho é forte! — ele constatou quando não obteve sucesso em sua tarefa.

— Será que fisguei um jacaré? — bradei, apavorada, arrancando gargalhadas de todo o grupo.

— Deve ser uma cachorra, para dar tanto trabalho assim!

— Existe peixe com esse nome?

— Aqui, sim! — Lúcio segurou mais firme o molinete.

Eu estava mais atrapalhando do que ajudando.

— Toma, faz isso sozinho.

— Não, você consegue tirar ele da água — protestou. — Ajudo você.

Após alguns minutos de luta, conseguimos finalmente trazer o peixe até a proa do barco e constatamos que se tratava de um enorme pintado.

— Nada mal para uma "calça branca" — disse Fernando do outro barco, observando a nossa movimentação.

— Uma o quê?

— Significa pescadora de primeira viagem. — Raysa traduziu para mim.

— Obrigada, então. — Sorri de volta para ele sob a luz brilhante da Lua.

Para minha surpresa, Fernando retribuiu o sorriso, e não apenas meneou a cabeça, como sempre.

Com o coração a ponto de bater asas para fora do meu corpo, tentei pelas próximas horas me concentrar na pescaria, mas, para todo lado que eu olhava, era aquele sorriso que via. Algum tempo depois, como ninguém além de mim havia pegado nenhum peixe, decidimos voltar para a casa.

Alice entrou no quarto que as meninas iriam dividir e sorriu de forma provocativa.

— Que bom que você ainda não tomou banho. Quem pesca limpa o próprio peixe. — Indicou a cozinha com o polegar. — Regras da pesca.

Eu nunca havia limpado um peixe na vida, mas assenti e obedeci. O pintado estava sobre a bancada, ao lado da pia, e eu o encarei, mal acreditando como havíamos conseguido tirá-lo da água sem arrebentar a fina linha de pesca. Acho que fiquei tempo demais analisando como faria a limpeza e não vi Fernando se aproximar.

Quando me virei em sua direção, ele sorriu. Seus olhos brilharam sob a luz do pêndulo que decorava o ambiente, e isso foi o suficiente para fazer meu coração errar as batidas outra vez.

— Precisa de ajuda?

— Sim, por favor. Nunca fiz isso na vida — confessei.

Ele abriu uma gaveta e retirou de lá uma faca e um cutelo.

— Comece abrindo-o pela barriga para remover as vísceras. Corte a cabeça e o rabo. Após isso, você divide todo ele em postas.

Não entendi nada do que disse e ele deve ter percebido minha confusão, pois sorriu e pediu que eu me afastasse antes de começar a executar o serviço, narrando o que estava fazendo.

— Agora, corte o rabo e a cabeça fora. — Me estendeu o cutelo. — Só tome cuidado com isso, pois é bem afiado.

Sem confiar muito que eu conseguiria, obedeci. O primeiro golpe não foi suficiente, então ele me orientou a usar mais força. Respirei fundo e bati mais forte do que era realmente necessário, fazendo a cabeça do peixe voar e estalar no peito de Fernando, sujando sua camiseta.

— Ai, meu Deus! Me desculpa. — Soltei o cutelo na pia, morrendo de vergonha. — Foi sem querer.

— Sem querer? — Fernando olhava para a sujeira e não dava para saber se seu tom era de chateação. — Eu não acho que foi sem querer.

Quando levantou os olhos, vi neles uma faísca de diversão. Ele estendeu a mão e pegou a mangueira móvel da pia e, antes que eu me desse conta, ligou-a, apontando o jato de água para mim, molhando minha roupa e cabelos.

— Desculpa, foi sem querer — disse ele em um tom desafiador.

Desacreditada e boquiaberta com o que ele havia acabado de fazer, agarrei as vísceras do peixe espalhadas sobre a bancada.

— Não se atreva a fazer isso! — ele advertiu, tarde demais.

Comecei a jogar tudo sobre Fernando enquanto ele revidava com água. Em meio a toda a confusão de água, vísceras, gritos e risadas, escorreguei e caí de costas no piso. Fernando largou a mangueira e se abaixou para me ajudar.

— Me desculpa, Bia, você se machucou? Acho que fui longe demais com a brincadeira.

Ele acabou de me chamar de Bia? Todos me chamavam assim, menos ele. Ouvir aquilo pela primeira vez reacendeu todo o frenesi em relação ao que eu sentia por ele. Ali, em meio à água, com um cheiro horrível de buchada de peixe e sob o olhar preocupado dele, eu soube com plena convicção de que eu queria ser a mulher paciente que o esperaria.

Capítulo 6

— O que vocês estão fazendo aí?

Fui despertada do meu estupor pela voz de Lúcio. Ao olhar para cima, constatei Alice, Camila, Raysa e Rodrigo o acompanhando do outro lado da bancada que dividia a cozinha do restante da casa.

Fernando me ajudou a me levantar para eu não escorregar e cair de novo. O silêncio era total. Quando ele encarou o grupo, ninguém ousou fazer qualquer tipo de piada.

— Vamos acender uma fogueira lá fora para tocar violão. — Rodrigo foi o primeiro a se manifestar.

— Eu trouxe ingredientes para fazer uma moqueca, caso pegássemos um pintado — disse Alice. — Vou buscar lá no quarto.

Ela saiu seguida por Camila, e Rodrigo puxou Lúcio para fora da casa. Raysa passeava o olhar entre nós com certo divertimento.

— O que houve aqui?

— Escorreguei e caí.

— Antes disso. Pela euforia que presenciei, parecia estar acontecendo uma guerra.

— Ela quem começou. — Fernando se encostou na bancada e apontou para mim com um sorriso lentamente tomando conta de seu rosto.

— Eu me desculpei e disse que foi sem querer, mas essa criança não se deu por satisfeita.

Fernando inflou o peito pronto para revidar, porém Raysa interveio.

— OK, já entendi. Agora, limpem essa bagunça. — Ela fez menção de sair, mas retornou. — Pensando bem, eu limpo. Vão tomar banho. Os dois estão fedendo — ordenou como se fosse uma mãe cuidadosa e autoritária.

— Sim, senhora. — Fernando saiu primeiro, indo para o quarto dos meninos.

Antes que eu também me retirasse, minha amiga cruzou os braços com um sorriso cheio de insinuações.

— Devo te dar os parabéns!

— Pelo quê?

— Você ainda me pergunta? Presenciei tudo o que aconteceu aqui. Nunca vi meu amigo se divertindo tanto. Era quase inacreditável!

— Não aconteceu nada demais.

— Você ainda não entendeu, não é? — Olhei para ela, confusa. — Deixa para lá, você tem que perceber isso sozinha.

Com um floreio de mão, ela me enxotou da cozinha.

Enquanto tomava banho, percebi que um sorriso não saía dos meus lábios. Se aquele era o verdadeiro Fernando, aquele que ele não deixava qualquer pessoa ver, eu havia adorado. Sua risada alta ainda parecia chacoalhar algo dentro de mim, vibrando todo o meu corpo.

Fechei os olhos e pedi que Deus segurasse toda aquela euforia e não me deixasse subir muito alto em minhas ilusões; caso contrário, o tombo seria desastroso, podendo quebrar parte do meu frágil coração. Não queria alimentar falsas esperanças, mas estava cada vez mais difícil não criar expectativas.

Após o banho, eu ainda não me sentia preparada para encarar Fernando. Temia não saber como agir, por isso fiquei por algum tempo no quarto, orando e pedindo sabedoria a Deus para guiar meus sentimentos, e aquele momento foi precioso, pois senti aos poucos tudo se acertando dentro de mim.

Ao sair, a casa estava vazia. O som de risadas e conversa alta soou do lado de fora, então segui para lá. Todos estavam em volta da fogueira, sentados em cadeiras de praia e comendo a moqueca que Alice havia feito com o pintado que pesquei.

O único lugar vazio era ao lado. Segui para lá tentando não olhar para Fernando, mas com a sensação de que estava sendo observada.

Raysa me serviu e comi em silêncio, apenas apreciando a companhia dos meus amigos, a brisa suave que vinha do rio e o som de grilos e sapos ao longe.

Fernando buscou um violão no carro para podermos cantar algumas músicas depois do jantar. Eu estava do lado oposto da roda, o que me deixou de frente para ele. Com a fogueira crepitando entre nós, era quase impossível não notar como ele ficava ainda mais bonito sob a luz do fogo. Raysa me pediu para cantar para eles, mas recusei. Todos ali eram músicos talentosos, enquanto eu mal sabia fazer alguns acordes. Após muita insistência, decidi cantar algo autoral e Fernando me passou o instrumento.

— Não riam de mim, por favor. Eu não toco muito bem.

Dedilhei as primeiras notas até achar o tom certo.

— Essa é uma música que compus em um momento em que estava prestes a tomar uma decisão importante. — Parei, sentindo-me estranha pela vontade repentina de cantá-la, mesmo sabendo que não era tão boa. — Ela não é grande coisa, mas gostaria que meditassem sobre a letra.

Cantei a primeira estrofe até chegar ao refrão, minha parte preferida:

"Não conseguimos saber se se trata de outra armadilha, pois o nosso coração é enganoso. Você não pode saber. Mas precisamos decidir confiar na vontade de Deus, se quer entrar por essa porta ou seguir o seu caminho. A fé não oferece benefícios até que os peregrinos decidam entregar todo o seu ser. Então decido entregar tudo o que é meu, oferto todo o meu coração."

Sem minha permissão, uma lágrima percorreu a minha bochecha ao finalizar o último acorde. Meus amigos aplaudiram, inclusive Fernando, que me olhava, pela primeira vez, de forma afetuosa.

♥

Eram cinco horas da manhã quando ouvi meu celular notificar uma nova mensagem. Estava com tanto sono que ignorei e voltei a dormir. Um tempo depois, mais uma vez meu telefone apitou; várias vezes, na realidade.

Sonolenta, peguei o aparelho e abri o aplicativo notificado. Despertei de imediato ao ver que as mensagens eram de Fernando pedindo que eu o encontrasse no barco em dez minutos. Respondi que estava indo e pulei da cama para me arrumar.

Meu coração parecia estar descontrolado e minhas mãos tremiam ao escovar os dentes e vestir um moletom.

Fernando já estava no barco quando cheguei ao local combinado. Um sorriso cativante iluminou seus lábios ao se levantar para me receber.

— Precisa de ajuda para descer? — Ofereceu, estendendo a mão para mim. Parei no barranco e fitei sua mão, recordando-me de seu voto de "castidade". — Você pode segurar a minha mão se quiser. — Seu olhar era intenso ao pronunciar as palavras. — Aliás, acho que ultrapassamos esse ponto, já que te carreguei no colo duas vezes!

— Duas vezes?

— Como você acha que saiu do seu carro e foi parar dentro do meu no dia do acidente? — Minhas bochechas queimaram, e eu podia jurar que estava mais vermelha que um morango maduro. — Desculpa, não quis te constranger.

— Tarde demais!

Dessa vez, o seu riso foi alto, parecia brotar de um lugar escondido, que ele não revelava a muitas pessoas. Aceitei sua mão estendida e o toque em sua pele foi eletrizante.

Quando eu lia sobre a tal descarga elétrica que percorria os braços dos personagens nos romances, achava um exagero do escritor, porém, ao sentir seus dedos envolverem os meus, uma sensação tão boa tomou conta de mim, que dei razão a todos eles. Compreendi também o porquê de Fernando se abster daquele simples toque que enchia o meu coração de expectativa.

— Aonde vamos?

— Ver o Sol nascer.

Mirei seus olhos e estreitei os meus.

— Isso parece um pouco romântico demais, você não acha? — provoquei, sentindo que tinha liberdade para isso.

— Tudo bem para mim, se é isso que parece para você — disse ele ao dar partida no motor da voadeira.

A adolescente dentro de mim gritou sem acreditar no que meus ouvidos haviam acabado de escutar. Ele estava, finalmente, se declarando? Minha pele formigava e eu mal me continha no meu lugar. Um milhão de possibilidades agitavam a minha mente, assim como o vento nos meus cabelos.

Fernando parou o barco em certo ponto, bem no meio do rio Guaporé. Ele parecia reflexivo, como sempre, e nada disse por um longo tempo. Também fiquei em silêncio, esperando sua iniciativa, olhando para o ponto que ele mirava.

Não demorou, o Sol emergiu por detrás das copas das árvores, colorindo o horizonte e a água com raios dourados. Assim como no pôr do sol do dia anterior, eu me emocionei com aquele espetáculo da natureza, não contendo as lágrimas.

Fernando se mantinha quieto, então apenas aguardei que ele começasse a se declarar. Porém, nada aconteceu.

— Obrigada por isso — falei, não suportando mais. — Acho que nunca tinha visto o Sol nascer antes. Foi lindo.

— Que bom que gostou. Eu precisava me desculpar adequadamente após ter feito você cair. Aquele tombo poderia ter sido bem sério.

Então era disso que se tratava? Apenas um pedido adequado de desculpas? Sem declaração de sentimentos nem nada?

— Precisamos voltar agora. O pessoal quer tentar pescar alguma coisa antes de irmos embora.

O entusiasmo escapou do meu coração como o ar de um pneu furado, mas forcei um sorriso para que ele não notasse.

Fizemos o caminho de volta e, vez ou outra, eu o olhava de relance, buscando ler o que se passava naquela cabeça e semblante indecifrável. Por fim, desisti de tentar e comecei a apreciar a paisagem ao redor.

Quando chegamos à casa, todos ainda dormiam. Dentro de mim, uma desolação sem igual tomava conta, deixando-me exausta. Gostar do Fernando era como estar numa roda gigante. Uma hora eu estava lá em cima, criando expectativas e sonhando com um futuro promissor entre nós, para no momento seguinte estar lá embaixo, vendo todos os meus planos frustrados.

Deitei-me na cama e cobri minha cabeça com o cobertor, deixando aquela sensação ruim sair com uma longa coleção de lágrimas, até que adormeci.

Horas depois, despertei com o barulho de uma forte chuva no telhado e um dos carros sendo ligado na garagem ao lado da janela. O quarto estava vazio e a bagagem das garotas não estava mais lá. Ao sair do quarto, encontrei Fernando e Raysa na cozinha.

— Cadê todo mundo?

— Lúcio precisa voltar agora devido ao trabalho — informou Raysa, fechando o zíper da sua mochila. — Vou voltar com ele e o restante do pessoal. Você não se importa de ir sozinha com o Fernando, não é?

Ela sorriu e alternou o olhar entre mim e ele.

— Não — respondi, desanimada. No mínimo, faríamos todo o trajeto cada um ocupado com seus próprios pensamentos.

No carro, eu decidi que seguiria o exemplo de Fernando e ficaria quieta no meu canto. Se ele quisesse algum tipo de conversa, teria de tomar a iniciativa dessa vez.

— Espero que não se importe, mas preciso passar em um lugar no caminho — disse ele, quando deixamos a pequena cidade de Pimenteiras para trás.

— Tudo bem, eu não tenho nenhum compromisso à minha espera.

— Ótimo. — Fernando apontou para o som do carro. — Se quiser colocar uma música, fique à vontade. Tem um *pen drive* no porta-luvas.

Como eu sabia que o silêncio seria nosso companheiro de viagem, liguei o som. Um sertanejo gospel explodiu pelos alto-falantes, fazendo-me olhar surpresa para ele batucando os dedos no volante. Tentei não rir ou comentar sobre seu gosto musical, mas quando ele começou a cantar "Oh, oh, oh, eu vou levando paz e amor. Oh, oh, oh, foi esse Deus que me salvou",[3] não aguentei e rompi em uma gargalhada.

— Ah! Vai me dizer que não gosta desse estilo de música? — revidou em tom de implicância. — Isso é poesia pura!

— Não é, não. Poesia são as músicas do Projeto Sola, Marcela Taís, entre outros. Não isso! — Apontei para o som, indignada.

— Essas são legaizinhas também. Mas são músicas assim que me representam.

E lá estava o Fernando leve e divertido outra vez, me confundindo. Nesse clima descontraído, seguimos viagem, um rebatendo o gosto musical do outro. Em determinada altura da rodovia, ele tomou um caminho de cascalho. Passamos por duas curvas, uma ponte e uma porteira aberta. Após percorrer alguns metros por uma estrada estreita, uma casa ladeada por rosas coloridas despontou ao pé de um alto monte.

— Que lindo aqui. Onde estamos?

Fernando desligou o carro e a música parou. Ele olhou para mim, e seus olhos ficaram mais penetrantes quando deu um sorriso torto.

— Na casa dos meus pais. — Meu sangue gelou, meu coração acelerou, minhas mãos começaram a suar sem eu saber por quê até ele ficar sério de novo. — Eu queria te apresentar para eles.

....
3 Música "Paz e Amor", de André e Felipe (N. A.).

Capítulo 7

— Fernando! — Uma garotinha de uns 10 anos correu em nossa direção ao sairmos do carro. — Eu não acredito que você está aqui!

Ele se inclinou para recebê-la com um abraço, levantando-a no colo.

— Que saudade, minha princesa!

A menina deixou um beijo estalado no rosto dele e olhou para mim quando Fernando a colocou de volta no chão.

— Quem é essa?

— Uma amiga. — Fernando sorriu para mim. — Seja educada e diga "Oi" para ela.

A menina me observou por algum tempo e, em vez de me cumprimentar, resolveu gritar:

— Mãe, o Fernando está aqui e trouxe uma namorada!

Senti o rubor tomar conta do meu rosto, mas Fernando achou divertida a peraltice da irmã.

Uma mulher, muito jovem para ser a mãe deles, saiu de dentro da casa secando as mãos no avental vermelho quadriculado.

— Filho! — Ela abriu os braços e esperou até ele subir os degraus e alcançá-la na varanda. — Por que não avisou que estava vindo? — Ela me olhou por cima do ombro dele quando o abraçou e nossos olhares se cruzaram. — E que traria alguém com você... — Uma pitada de surpresa pintou seu semblante antes de ela sorrir para mim.

— Mãe, essa é a Beatriz.

Fiquei esperando ele dizer que eu era uma amiga ou algo do tipo, mas Fernando não acrescentou nada mais.

— Meu Deus, que linda! — Ela estendeu os braços para mim, envolvendo-me em um abraço caloroso.

— Beatriz, essa é a minha mãe, Isaura. E aquela pequena ali é a minha irmã Nina.

— É um prazer conhecê-las — cumprimentei, tentando soar tranquila, mas só Deus sabia como estava o meu interior.

Houve um breve silêncio após as apresentações, como se as duas esperassem que ele explicasse minha presença.

— Cadê o pai?

Se ele estava desconcertado com a situação tanto quanto eu, não deixou transparecer.

— Está no rio, consertando a draga. Aquela coisa velha vive estragando, mas seu pai se recusa a trocar o motor ou chamar um técnico para fazer um serviço mais profissional.

— Vamos até lá, então. Assim, a Beatriz conhece o sítio. — Fernando parecia mais à vontade do que eu jamais havia visto. — Tudo bem se a gente almoçar aqui com vocês?

— Que pergunta mais boba, menino. É lógico que são bem-vindos para o almoço. Vou aumentar a água do feijão.

— Vou com eles, mãe. — Nina se pôs ao lado do irmão, segurando sua mão. — Não é legal esses dois andando sozinhos por aí no meio do mato.

Fernando riu e eu ruborizei de novo. Se aquilo acontecesse toda vez que a menina abrisse a boca, eu teria sérios problemas em breve. Rumamos para o caminho de cascalho que se estendia em uma trilha no meio do bosque.

Nina começou a tagarelar sobre a escola, como se quisesse a atenção do irmão só para ela. Eu ri do ciúme evidente em seus olhos todas as vezes que me olhava de relance.

Alguns metros depois, podia-se ouvir um barulho estridente de motor. Saímos para uma clareira coberta de areia, destampando em um largo rio com diversos maquinários às margens.

Fernando colocou dois dedos na boca e assobiou alto. Um senhor grisalho, cópia fiel do rapaz ao meu lado, saiu de trás de uma geringonça que tinha um tubo largo que a ligava ao rio e sorriu, vindo em nossa direção.

Com a mesma empolgação de Isaura e Nina, ele abraçou o filho.

— Papai, essa é a namo... — Antes que Nina terminasse a frase, Fernando abraçou a irmã por trás e tapou a boca dela com a mão.

— Essa é a Beatriz. — Ele me apresentou. — E esse é o meu pai, Josias.

— É um prazer conhecê-lo, senhor — cumprimentei-o com um aperto de mão.

Ainda sorrindo, ele olhou para o filho e, assim como Isaura, parecia esperar ele dizer algo a mais.

— Nina, por que você não mostra tudo por aqui a Beatriz enquanto converso com o papai?

Ela sorriu de um jeito sapeca quando Fernando se inclinou e cochichou algo em seu ouvido.

— Tudo bem.

Segui a menina saltitante, com uma energia de dar inveja. Quando estávamos longe o bastante, ela começou a tagarelar.

— Sabia que você é a primeira garota que o meu irmão traz aqui?

— Sério?

— Sim, ele nunca namorou antes.

— Mas eu não sou a namorada dele.

Nina parou de andar e se virou para mim com os olhos semicerrados devido à claridade.

— Então por que você está aqui? Ele disse uma vez que só traria uma garota para nossa casa quando ela fosse sua namorada.

As borboletas no meu estômago se agitaram.

— É mesmo? E o que mais ele disse?

Ela deu de ombros e voltou a andar.

— Acho que só isso. O Fernando não é de falar muito, ainda mais da vida pessoal dele.

— Sei disso... — Pensei alto.

— Você gosta dele?

Ri do rumo que a minha conversa com aquela menina de 10 anos estava tomando.

— Claro que gosto, ele é meu amigo. A gente gosta dos amigos.

— Então por que você ficou tão vermelha quando falei que você era a namorada dele?

— Eu não fiquei vermelha.

— Vermelha como um pimentão! — Ela soltou uma gargalhada gostosa, levando-me a rir também.

— Vamos falar de outra coisa — sugeri para poder sair daquele assunto embaraçoso. — O que é todo esse equipamento? — Apontei para os maquinários próximos ao rio.

— Retiramos areia do rio e fornecemos para os depósitos das cidades vizinhas.

— Que interessante, eu nunca havia visto nada assim. É bem legal.

— Por falar em coisa legal, você quer ver minha biblioteca? O Fernando me disse que você é professora e poderia gostar de conhecer.

— Você tem uma biblioteca? — Ela concordou com a cabeça, orgulhosa. — Eu adoraria ver.

Nina pegou a minha mão e saiu me puxando de volta para a casa. Isaura arrumava a mesa quando entramos. Ela sorriu da empolgação da filha quando ela avisou Isaura para onde me levaria.

A biblioteca era no quarto de Nina e consistia em duas paredes do cômodo completamente cobertas de livros, o sonho de qualquer leitora.

— Uau! São todos seus?

— Sim, e eu já li todos eles.

— Isso é impressionante!

— Fernando me obrigou a ler alguns, é bem verdade, mas a maioria li por vontade própria.

— Ele parece ser um bom irmão. — Aproveitei para sondar um pouco.

— Ele era um chato quando morava aqui, mas, agora que está longe, sinto saudade. Mas ele me liga todos os dias e, às vezes, até me ajuda com o dever de matemática pela internet.

Meu coração se derreteu. Por trás daqueles muros existia um homem meigo e afetuoso, levando-me lá para cima da roda gigante das emoções outra vez.

— Meninas — Isaura entrou no quarto —, o almoço está servido. Vá lavar as mãos, mocinha. — Apontou para a filha.

Nina saiu, deixando-me a sós com a mãe. A senhora olhou para mim e pude ver um milhão de perguntas girando em volta dela.

— Você e meu filho se conhecem há muito tempo? — ela principiou com cautela.

— Há quase sete meses. Eu morava em São Paulo e me mudei para trabalhar em Rondônia. Assim que cheguei, me envolvi em um acidente e foi quando o conheci. Ele me ajudou muito desde então. — Minhas mãos voltaram a suar, obrigando-me a escondê-las no bolso de trás da calça jeans.

— Fernando tem um coração de ouro, mesmo. Fico feliz que ele enfim encontrou alguém para...

— Não é nada disso, senhora — interrompi. — Nós não somos namorados, apenas amigos.

Ela sorriu, parecendo se divertir com meu constrangimento.

— Como eu disse, estou feliz por ele. Agora venha, todos já estão esperando.

Segui Isaura para a cozinha, onde Fernando e o pai conversavam à mesa. Quando notou que nos aproximávamos, a conversa cessou e

Fernando indicou a cadeira ao lado dele para que eu me sentasse. Nina chegou saltitante e ocupou o outro lado dizendo que oraria dando graças pelo almoço.

— Senhor Jesus — começou sua prece e todos fecharam os olhos —, graças te damos por esse alimento. Provê para os órfãos e as viúvas e nunca deixe faltar em nossa mesa. Te damos graças pela visita do meu irmão e da Beatriz — ela fez uma pausa quase dramática —, sua futura namorada. Que eles decidam logo que se amam e...

— Amém! — Josias interrompeu a oração da filha. — Me desculpe por isso, Beatriz. E você, mocinha — apontou o dedo para Nina com uma expressão severa —, se comporte ou vai comer sozinha no seu quarto.

— Ai, só estava querendo dar uma forcinha — retrucou ela, fazendo careta.

Fernando sorriu e olhou para mim como um pedido de desculpas. Fiquei me perguntando o porquê de ele nunca rebater as palavras da irmã. Olhando-o assim, era como se ele até estivesse gostando das insinuações, mas, se tratando do senhor indecifrável, nunca dava para saber realmente.

O almoço seguiu sem nenhum outro comentário constrangedor por parte de Nina, que agora estava muito ocupada colocando o irmão a par de todas as novidades da casa. Segundo ela, Josias havia fechado um contrato com uma loja de material de construção e a nova demanda exigiu a contratação de mais dois ajudantes. Depois, ela contou que Isaura a estava ensinando a costurar e que já tinha feito seu primeiro vestido. E, assim, Nina pulou de um assunto para o outro até finalizarmos o almoço.

Ajudei Isaura a retirar a mesa e lavar a louça sob protestos dela. Minha mãe havia me ensinado desde cedo que era muita falta de educação não se oferecer para tal serviço após comer na casa de alguém.

Reunimo-nos na sala após a cozinha estar limpa e Nina veio do quarto equilibrando alguns álbuns de fotos em seus braços.

— Ah, não, Nina, pode guardar isso aí — reclamou Fernando ao ver a irmã prestes a me entregar o primeiro.

— Eu adoraria ver. — Alcancei o álbum antes dele, cheia de curiosidade para ver como ele era ao longo dos anos.

Fernando coçou a nuca, derrotado, e se sentou ao meu lado no sofá, deixando-me entre ele e a irmã. Era a primeira vez que estávamos tão próximos e aquilo agitou tudo dentro de mim. Seu perfume maravilhoso me torturava sempre que se mexia e o aroma chegava até mim.

Nina tinha um comentário engraçado para cada foto do irmão. Algumas vezes, Isaura contava a história por trás da fotografia, e assim passamos uma tarde regada a risadas, vergonha alheia e uma sensação de lar que me inundava a todo instante. Ao ver a interação e o respeito mútuo entre Fernando e sua família, meu coração se aqueceu, fazendo-o ganhar mais alguns pontos na escala da minha paixonite por ele.

Já estava prestes a escurecer quando Fernando e eu nos despedimos de sua família.

— Foi um grande prazer te conhecer, Beatriz. — Isaura me abraçou, demorando-se um pouco no afago. — Cuide bem do meu menino — sussurrou no meu ouvido antes de me soltar.

Eu não sabia o que dizer, então sorri e assenti. Nina já foi menos discreta, falando em alto e bom som que ela queria ser dama de honra do nosso casamento. Josias apertou a minha mão e desejou um bom retorno, garantindo que eu era muito bem-vinda para voltar.

Quando pegamos a rodovia principal em direção à nossa cidade, Fernando diminuiu o volume da música que tocava e me olhou de relance.

— Peço desculpas pelas piadas inconvenientes da Nina.

— Ela é um amor — respondi sincera.

— Sim, ela é. Mas também é espevitada além da conta.

— Graças a Nina, fiz descobertas bem interessantes hoje. Foi divertido conhecer seu passado, *cowboy*. — Indiquei o sertanejo tocando ao fundo.

Seus lábios se contraíram ao segurar o riso.

— E você, tem irmãos? — ele quis saber. — Me fale um pouco sobre sua família.

Nas quase duas horas de viagem que tínhamos pela frente, contei sobre meus familiares, algumas das minhas experiências ao longo da vida, boas e ruins. Ele me ouviu com atenção, fazendo perguntas e rindo em certos momentos. Fernando não precisou dizer com palavras, mas era evidente que as coisas entre nós haviam mudado de patamar.

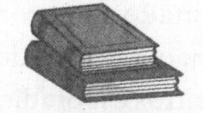

Capítulo 8

    Um mês inteiro se passou desde a viagem de pesca e a visita à casa dos pais de Fernando, e nossa amizade pareceu não avançar aquém disso, como eu havia imaginado que aconteceria. Era frustrante ter criado tantas expectativas naquele final de semana e, logo após, tudo voltar ao que era, com encontros esporádicos no elevador guiados por assuntos triviais, reuniões entre os amigos da igreja, em que ele parecia fazer questão de se manter longe de mim, entre outras situações.
    Até que, em um belo dia, tudo mudou.
    — Bia, você ainda está no trabalho? — disse Lúcio ao telefone enquanto eu recolhia meu material no final do expediente. — Preciso de um grande favor.
    — Estou indo para casa agora, se eu puder ajudar.
    — O favor é para o Fernando, na verdade. Ele fez uma endoscopia e eu estou aqui com ele, mas surgiu uma emergência no trabalho e terei de correr para lá agora. Você poderia me substituir e levá-lo para casa?
    — Não tem mais ninguém que pode fazer isso? — perguntei, agitando-me.
    — O Rodrigo não está na cidade, e a Raysa não atendeu ao telefone. Só consegui pensar em você. Não sei se percebeu, mas nosso nobre amigo não é muito popular.
    Suspirei ao imaginar o que ele pensaria sobre isso.
    — Tudo bem para ele se for eu?

Lúcio riu do outro lado da linha.

— Acho que não fará muita diferença, ele está chapado devido ao sedativo.

Como não tinha alternativa, aceitei.

— Tudo bem, eu vou.

— Maravilha! Te passo o endereço por mensagem.

Senti uma compaixão enorme por Fernando. Ele estava doente? O pensamento me fez estremecer. Corri para o estacionamento e segui para o endereço informado. Chegando lá, um rapaz me conduziu até a enfermaria onde Fernando me aguardava.

— Ele está bem? — perguntei aflita, vendo-o deitado sobre uma das camas.

— Sim, apenas um pouco grogue por causa do efeito do sedativo. Ele deverá falar algumas coisas sem sentido também, mas o lado bom é que não se lembrará de nada depois — disse o jovem com certo divertimento, como se já tivesse presenciado muita coisa engraçada por ali. — Se precisar, posso auxiliar você e levá-lo para o carro.

Aceitei a oferta e me aproximei da cama. Fernando estava com os olhos abertos e fitava o teto. Ao notar a minha presença, abriu um largo sorriso, aquele que fazia meu coração acelerar.

— Oi, você! — disse ele mais alto que o necessário.

Sorri de volta ao notar sua empolgação quase infantil.

— Olá, vou te levar para casa.

— Tudo bem. — Ele se sentou e o rapaz que me acompanhava pegou em seu braço para ajudá-lo, mas Fernando se esquivou. — Eu não preciso de ajuda, consigo andar sozinho — falou um pouco arrastado.

O enfermeiro ignorou o pedido, conduzindo-o até o meu carro sob os protestos do paciente.

— Prontinho.

O jovem se afastou e, após fechar a porta do veículo com Fernando lá dentro, sorriu para mim.

— Ei! — Fernando abaixou o vidro e pôs a cabeça para fora da janela, encarando-o. — Não é cortês dar em cima de uma moça comprometida.

— Fernando! — adverti, morrendo de vergonha.

O jovem continuou a sorrir, pouco se importando.

— Como eu disse, ele vai agir estranho por um tempinho.

Notando a agitação do meu paciente, precisei colocar o cinto de segurança nele, o que foi um sacrifício e tanto, já que ele não parava quieto.

— Você precisa ficar parado para eu afivelar o cinto.

Fernando obedeceu e, em um movimento inesperado, tocou uma mecha do meu cabelo e o esfregou entre seus dedos.

— Você é muito bonita, sabia?

Mesmo que estivesse ciente de que era o sedativo falando, eu gostei de ouvir.

— Vamos para casa, Don Juan.

Liguei o carro e, assim que o coloquei em movimento, Fernando voltou a falar.

— Gosto muito de você, Bia.

Apertei o volante e um suspiro trêmulo escapou dos meus lábios. Aquilo era tudo que eu esperava ouvir durante todo aquele tempo, mas nunca imaginei que seria nessas circunstâncias. Mas, para o meu pobre coração apaixonado, já era muita coisa.

— Também gosto muito de você — disse ciente de que ele não se lembraria daquela conversa depois.

— Eu sei. — Ele sorriu e virou a cabeça para me olhar.

Como a clínica ficava a poucas quadras do nosso prédio, chegamos em cinco minutos. Foi difícil tirar Fernando do carro e, quando finalmente consegui, ele jogou o braço sobre meus ombros em um abraço lateral, o que tornou o caminhar mais fácil para ele.

Fernando reclamou de tontura no elevador e cambaleou até o sofá quando abri a porta do seu apartamento com a chave que ele me entregou após quase cinco minutos tentando tirá-la do bolso.

— Você vai ficar bem aqui sozinho? — perguntei quando ele recostou sua cabeça em uma almofada e apertou os olhos.

— Sente-se aqui. — Fernando apontou para o espaço vago ao seu lado. — Quero conversar.

Tombando a cabeça e olhando em minha direção, deixou escapar outro sorriso encantador.

— Você não está em condições de falar, precisa descansar.

— Tenho de dizer tudo o que está aqui dentro antes que me sufoque. — Bateu o punho fechado sobre o peito.

Trêmula, caminhei até o sofá e me sentei ao seu lado.

— Estou te ouvindo.

Antes de iniciar suas confissões, ele respirou fundo e sua expressão ficou mais séria.

— Eu tinha 17 anos quando tive o meu primeiro amor — iniciou ele, com a voz um pouco arrastada. — Ela era linda, inteligente e parecia gostar de mim também. Em um acampamento da igreja, fomos assistir a um filme. Ela se sentou ao meu lado e segurou a minha mão. Ficamos assim até que o filme terminou e aquilo encheu meu coração de expectativa, ansiando por mais momentos como aquele. — Ele suspirou e fez uma careta, como se tivesse com dor e confuso. — Eu decidi que queria ficar mais próximo dela até eu ter a idade ideal para firmarmos um compromisso sério. Parecia que nossos sentimentos e propósitos estavam alinhados, mas eu me enganei. Descobri que ela pretendia me usar para fazer ciúmes em quem estava realmente interessada. — Ele sorriu sem humor. — É por isso que eu não gosto de segurar a mão de garotas. Nunca!

— É compreensível — falei cheia de empatia e pena.

— Depois dessa garota, houve outra, mas, dessa vez, fui cauteloso ao extremo. — Soltando uma lufada de ar, acrescentou: — Tão cauteloso que ela desistiu de esperar por mim.

Ele ficou um tempo em silêncio e senti que precisava dizer algo.

— Talvez ela também não fosse a pessoa certa para você.

— Acredito que sim. — Sua voz dúbia soou grave. — Após essas decepções, decidi que fecharia meu coração. — Ele riu alto, como se aquilo fosse algo muito engraçado. — Então você apareceu. — O ar ficou preso e meu coração parecia que explodiria no peito. — Você apareceu para me torturar. Por que me tortura tanto,

Bia? — Fernando aproximou o rosto dele do meu, fitando meus olhos com intensidade.

— É difícil respirar direito perto de você, eu quero segurar a sua mão, te apertar entre os meus braços e nunca mais te soltar.

Era a coisa mais romântica que alguém já havia me dito e foi difícil conter a emoção. As lágrimas inundaram meus olhos sem que eu conseguisse contê-las.

— Não chore! — Ele examinou os meus olhos e, com um toque suave de polegar, enxugou meu rosto.

— Você poderia falar essas coisas para mim estando consciente — disse, frustrada.

— Eu não posso me declarar ainda. — Fernando sorriu, embora o lábio inferior e o queixo tremessem. — Eu quase estraguei tudo na pescaria. Te levei para ver o Sol nascer com essa intenção, mas não seria certo. Estaria fazendo as coisas sem direcionamento dos meus pais e isso é muito importante para mim. Por isso eu não disse nada, e sei que esperava que eu dissesse, me desculpe.

Esse ponto era importante para mim também, então sorri para ele, compreendendo suas atitudes naquele dia.

— Tudo bem.

— Meus pais te aprovaram, sabia? — Ele me empurrou de leve no ombro, voltando a apoiar a cabeça na almofada. — Só que ainda falta outra coisa, mas não vou te contar o que é. Você só precisa ter um pouco mais de paciência comigo. — Fez um gesto deixando um pequeno espaço entre seu polegar e o indicador.

— Estou sendo o mais paciente que consigo ser. — Suspirei.

— Continue, você está se saindo bem. — Fernando estendeu o braço e segurou a minha mão. — Não desista de mim como as outras, Bia. Seja aquela que resgatará o meu coração. Caso contrário, estarei condenado para sempre a uma vida solitária.

Envolvi sua mão entre as minhas. Meu coração parecia não caber no meu peito diante de tal alegação. Eu nunca havia parado para pensar em suas lutas, me concentrei apenas no quanto eu gostaria de que as coisas acontecessem no meu tempo, me esquecendo de que havia um caminho a percorrer até o momento certo onde ambos estivessem seguros e prontos para iniciar uma caminhada juntos.

— Eu não vou desistir. — Acho que foi a frase mais convicta que havia saído da minha boca até então.

Ele sorriu contente com minha resposta, então esperei que ele dissesse mais alguma coisa romântica.

— Estou com sede. Nunca falei tanto na minha vida!

Foi a minha vez de rir e ir até a cozinha. Quando retornei com um copo de água, ele estava dormindo deitado no sofá. Deixei a bebida na mesinha de centro e saí do apartamento sem fazer barulho.

♥

Já passava das oito horas da noite, e eu não havia ouvido nenhuma movimentação de Fernando. Pedi um caldo pelo *delivery* e, assim que chegou, me encaminhei para lá.

Ele atendeu quando bati à porta. Seus cabelos estavam molhados e o cheiro de loção pós-barba que vinha dele era maravilhoso. Limpei a garganta, procurando disfarçar que eu estava reparando nele.

— Pedi alguma coisa para você comer. Sente-se melhor?

Ele pareceu confuso.

— Estou bem...

Fiquei me perguntando se ele realmente não se lembrava de nada. Estendi o pote de caldo de frango e ele aceitou reticente.

— Se precisar de alguma coisa, é só me chamar.

Virei-me para ir embora, mas ele interrompeu.

— Você já jantou? — Fernando me analisou. Seus olhos pareciam ter uma expressão mais terna do que antes. — Acho que tem muita comida aqui.

— Sim, eu já comi. — Sondei-o mais uma vez, esperando que ele falasse alguma coisa, mas Fernando ficou em silêncio. Senti que deveria dizer a ele que eu sabia sobre o exame e que eu o havia ajudado a chegar até em casa. — Você não se recorda mesmo de nada? Lúcio teve uma emergência no trabalho, então eu o substituí.

Sua expressão deu sinais de desespero.

— O que eu fiz? — Seu olhar ficou perdido, como se tentasse buscar por memórias.

— Fique tranquilo, você foi um ótimo paciente.

— Por que tenho a sensação de que você está mentindo só para me sentir melhor? — Ele parecia preocupado de verdade. — Fala logo o que fiz, Bia?

"Bia"?

Não pude deixar de sorrir.

— Não é nada do que você tenha de se envergonhar.

Ele tapou o rosto com a mão livre.

— Então fiz besteira mesmo.

— Bom apetite, vizinho. — Voltei para o meu apartamento, deixando-o intrigado.

— Volta aqui agora, Bia! — Escutei antes de dar um adeusinho e fechar a minha porta.

"Bia".

Capítulo 9

Eu não sabia o que era pior: estar ciente dos sentimentos de Fernando por mim ou viver no completo escuro sobre suas intenções, como antes. Foi difícil agir naturalmente perto dele, pois, cada vez que eu o via, notava, de forma sutil, o que não enxergava antes. Ele se mantinha afastado, como um mecanismo de defesa contra qualquer ilusão que pudesse ferir seu coração mais uma vez.

Compreendi que seus atos eram todos bem pensados a fim de evitar qualquer defraudação de ambos os lados. Sem dúvidas, ele era meu Pedro Bernardi: cauteloso, cuidadoso, responsável e que, assim como o personagem, trazia uma carga emocional ruim de seu passado. Porém, sabendo o que sabia agora, eu o esperaria com ainda mais paciência, assim como ele havia me pedido, certa de que valeria a pena.

O Sol não havia aparecido durante todo aquele dia, mesmo que estivesse no auge do período de seca em Rondônia. Poeira e fumaça pairavam no ar devido às queimadas na região, comuns naquela época do ano.

Mais cedo, havia circulado nas redes sociais e nos aplicativos de mensagens notícias sobre um foco de incêndio localizado em uma área de reserva florestal e que os bombeiros já estavam se deslocando para controlar a situação. Meu coração se apertou, pois naquela manhã me encontrei com Fernando no elevador quando nos encaminhávamos para o trabalho. Ele parecia contente e nossa conversa foi mais do que um simples "Olá, como vai?". Fernando estava brincalhão como na pescaria e seus olhos pareciam finalmente querer me dizer algo.

Durante todo o dia, informações de como o fogo avançava com rapidez em direção a uma aldeia eram publicadas com frequência. Os indígenas foram evacuados em sua maioria, mas muitos ainda se recusavam a sair de suas ocas.

Era angustiante saber que alguém que eu amava estava arriscando sua vida no meio de toda aquela situação e não poder fazer nada a respeito. Com o coração mais apertado a cada instante, passei a orar incessantemente para que tudo acabasse bem e que Fernando voltasse em segurança para casa.

Quando ele não retornou no horário que eu sempre o escutava abrir a porta de seu apartamento, liguei para Raysa.

— Isso é normal por aqui nesta época do ano, amiga, fique tranquila. No mínimo, ele dobrou o plantão para poder ajudar a controlar o fogo. Ouvi dizer que bombeiros de todo o estado estão se deslocando para o local. Ele deve aparecer em breve — disse ela, soando positiva.

Contudo, ele não apareceu e a aflição aumentou. A noite caiu e a escuridão do lado de fora parecia sufocar algo dentro de mim, deixando-me temerosa e pensando no pior.

Sem conseguir dormir, decidi que faria uma vigília de oração por todos que estavam trabalhando, pelos povos originários que corriam o risco de perder suas moradias e fazendeiros que tinham suas plantações em perigo.

Quase meia-noite, ouvi passos no corredor, abri a porta ansiando por ver Fernando, mas, era Raysa quem se aproximava.

— O que aconteceu? — perguntei ao notar o quanto ela estava séria.

— Um bombeiro se feriu.

— Meu Deus, o Fernando? — Minhas pernas perderam a força e fui obrigada a me segurar em algo.

— Não divulgaram o nome, apenas postaram um vídeo feito lá do local. Estou com tanto medo, Bia. E se for ele?

Ela começou a chorar e, por mais que eu tentasse consolá-la, pensamentos negativos tomavam conta de mim, levando-me a chorar com ela.

Raysa se uniu a mim na vigília de oração e, conforme as horas avançavam madrugada adentro, novas notícias inundavam os nossos telefones, mas nenhuma delas nos levava a saber se o nosso amigo estava bem.

Um novo dia já estava quase nascendo quando despertei com o barulho de alguém abrindo a porta do apartamento da frente. Raysa dormia no meu quarto, e eu escolhi ficar no sofá para notar qualquer movimentação. Corri para lá com a garganta apertada, ciente do meu estado deplorável.

Um grande fardo foi arrancado de cima de mim quando Fernando se virou para a minha porta sendo aberta abruptamente. Fuligem de fumaça impregnava seu uniforme e seus cabelos loiros. Seus olhos claros estavam vermelhos e o rosto denunciava que ele havia chorado.

— Graças a Deus você está bem! — Dei um passo em sua direção, mas parei de repente ao perceber que estava prestes a abraçá-lo para ter certeza de que ele era real, e não apenas uma miragem.

As lágrimas de alívio não se continham nos meus olhos, molhando todo o meu rosto.

Seu olhar me analisou como se também fosse atingido por uma emoção sem precedentes. Ele abriu os braços e deixou as lágrimas correrem sobre o seu rosto.

— Vem aqui. — Me convidou em meio a um soluço.

Corri para os seus braços sem esperar um segundo convite, aninhando-me em seu pescoço quando ele apertou a minha cintura.

— Eu senti tanto medo — sussurrou Fernando no meu ouvido com a voz entrecortada. — Achei que não teria a chance de dizer o quanto amo você.

Ao som de sua confissão, apertei ainda mais o nosso abraço. Minhas lamentações se tornaram sem sentido de repente ao constatar o caminho que havíamos trilhado até ali. O seu jeito calado e introspectivo nada mais era do que cautela, prudência e sensatez. Talvez, se tivesse se deixado levar pela mesma emoção que eu sentia, não teríamos chegado tão longe, e eu o amava por isso. Éramos opostos que se completavam perfeitamente.

Afastei-me e tentei enxugar seu rosto com minhas mãos. Fernando piscou os olhos e neles pude ver seu coração.

— Você está aqui agora, Graças a Deus. Orei tanto para que Ele te guardasse e te trouxesse em segurança para mim — declarei e um sorriso desenhou seus lábios trêmulos.

— Isso quer dizer que você também me ama?

— Acho que desde o dia que abri os meus olhos naquele acidente e você estava me protegendo da chuva.

Suas sobrancelhas se ergueram em surpresa.

— Mas você não me conhecia, nem sabia se eu era uma boa pessoa.

— Você era o doutor Bernardi, não tinha como dar errado. — Eu estava tão feliz que um sorriso bobo havia sido tatuado nos meus lábios.

— Quem?

— Não importa. Ele é só um personagem literário. Você é real, está vivo e acabou de dizer que me ama, é isso que importa.

Ele sorriu não muito convencido da minha resposta e segurou a minha mão.

— Me desculpe por demorar tanto a fazer isso. Eu precisava saber se você não era como as outras, entende?

— E eu não sou?

Ele já tinha me dito isso, mas eu queria ouvir de um Fernando consciente, e não de um dopado de sedativo.

— Não. — Ele olhou brevemente para as nossas mãos dadas e a acariciou com o polegar. — Você é a pessoa que almejei durante todos esses anos — os nossos olhos se encontraram e neles vi um poço de sinceridade —, paciente o bastante para me esperar estar pronto e convicto do que quero e se essa é também a vontade de Deus.

— E o que você quer? — instiguei-o para que não restasse dúvida de que aquilo era real.

— Passar o resto dos meus dias ao seu lado, pois tenho certeza de que chegou o meu tempo de amar. — Um brilho divertido surgiu em seu rosto. — Na verdade, eu soube disso durante a nossa guerra de água em Pimenteiras, porém eu ainda me encontrava temeroso. Sua música disse que não temos garantias, mas que precisávamos decidir confiar em Deus porque a fé não oferece benefícios até que os peregrinos decidam crer que Sua vontade é boa, perfeita e agradável. Então, decidi que estava na hora de deixar Deus guiar esse âmbito da minha vida e parar de ser tão meticuloso e analítico; caso contrário, meu ceticismo não me permitiria experimentar qualquer experiência amorosa na vida. — Ele fitou meus olhos com franqueza. — Beatriz, eu escolho entrar em um relacionamento com você e agora entendo que o amor é mais do que uma escolha lógica. Lutei contra esse sentimento, mas eu não consigo mais negar.

Eu sabia que a emoção entalada na minha garganta impediria que as palavras saíssem firmes, mas, ainda assim, me declarei.

— Eu também sinto o mesmo por você, Fernando. E escolho trilhar esse caminho ao seu lado, com todo o meu coração.

Eu tinha plena convicção da minha decisão, pois Fernando havia se mostrado um homem íntegro e segundo o coração de Deus. Ali, no meio do corredor entre as portas dos nossos apartamentos, era como se um brilho invisível nos envolvesse com fé e esperança de longos anos de amor e companheirismo vindouros.

— Ainda bem, senão eu teria de ligar outra vez para os seus pais e dizer que não fui digno do seu amor.

— Meus pais? — perguntei em choque.

— Você acha que eu me declararia sem antes falar com eles?

Dei um gritinho histérico.

— Ain, você é mesmo o doutor Bernardi!

— Pare de ficar me comparando a esse cara.

— Ownt, até nisso você se parece com ele. Doutor Bernardi odiava o amor da Bea pelo senhor Darcy.

— De *Orgulho e preconceito*? — Fernando parecia estar se esforçando para acompanhar meu raciocínio.

— Você leu *Orgulho e preconceito*?

— Só porque uma professora me obrigou no ensino médio.

Suspirei, encantada, e ele sorriu.

— Mas, falando sério agora, você realmente falou com meus pais? — Ele assentiu. — Como?

— Bem, eu salvei o número da sua mãe quando atendi ao seu telefone na noite que você passou no hospital após o acidente, caso houvesse uma emergência. — Um brilho travesso surgiu em seus olhos.

— Você deve ter quebrado algumas leis com essa atitude.

Fernando deu de ombros.

— Mas usei para o bem, então acho que estou perdoado.

— Como foi?

— Sua mãe se lembrou de mim, de quando entrei em contato pela primeira vez. — Era lógico que minha mãe sabia quem ele era, já que me ouviu reclamar ao telefone inúmeras vezes dos sentimentos que eu achava não serem correspondidos. Mas não o interrompi, deixando-o falar. — Depois, os meus pais ligaram para eles também e aí fizemos duas chamadas de vídeo até eles terem certeza de que eu era confiável.

— Eles não me disseram nada!

— Eu não queria que você soubesse ainda, então pedi segredo. Meu plano era ligar para eles com você para podermos conversar os quatro e acertar tudo. — Ele suspirou e seu sorriso sumiu. — Ontem, eu vi a morte diante dos meus olhos e, graças a um colega que se feriu no meu lugar, estou aqui. Não queria perder mais um minuto sequer sem dizer o que sinto e como já tenho a bênção dos nossos pais, aqui estou eu, chorando igual a um bebê, todo "sentimentaloide".

Sorri, achando fofa a sua cara de choro.

— Eu te amo — falei pela primeira vez aquela frase já impregnada no meu coração há tanto tempo.

Ele levou minha mão aos seus lábios e deixou um beijo terno sobre os meus dedos.

— Então, casa comigo?

Sorri entre lágrimas, vendo como Deus era maravilhoso. Nem em meus sonhos mais loucos de leitora voraz de romances clichês e água com açúcar eu poderia imaginar como o Senhor escreveria a minha história de amor. É bem verdade que sofri como as mocinhas, criando perceptivas e Ele as frustrando. Porém, esse foi um caminho necessário, que eu trilharia outra vez se fosse preciso, para ter o que Deus havia reservado ao concluir essa jornada.

— Sim, Fernando, eu me caso com você — respondi, finalmente pronta para o meu "felizes para sempre".

Se Fernando tinha um coração a ser resgatado, eu precisava ser moldada para tal proeza. No final, tanto ele quanto eu fomos salvos: ele do seu coração trancado, e eu do meu, que vagava sem rédeas por aí, mas que, conforme a boa e perfeita vontade do Criador dos céus e da terra, fomos guiados um para o outro, e dali em diante para Sua glória.

FIM

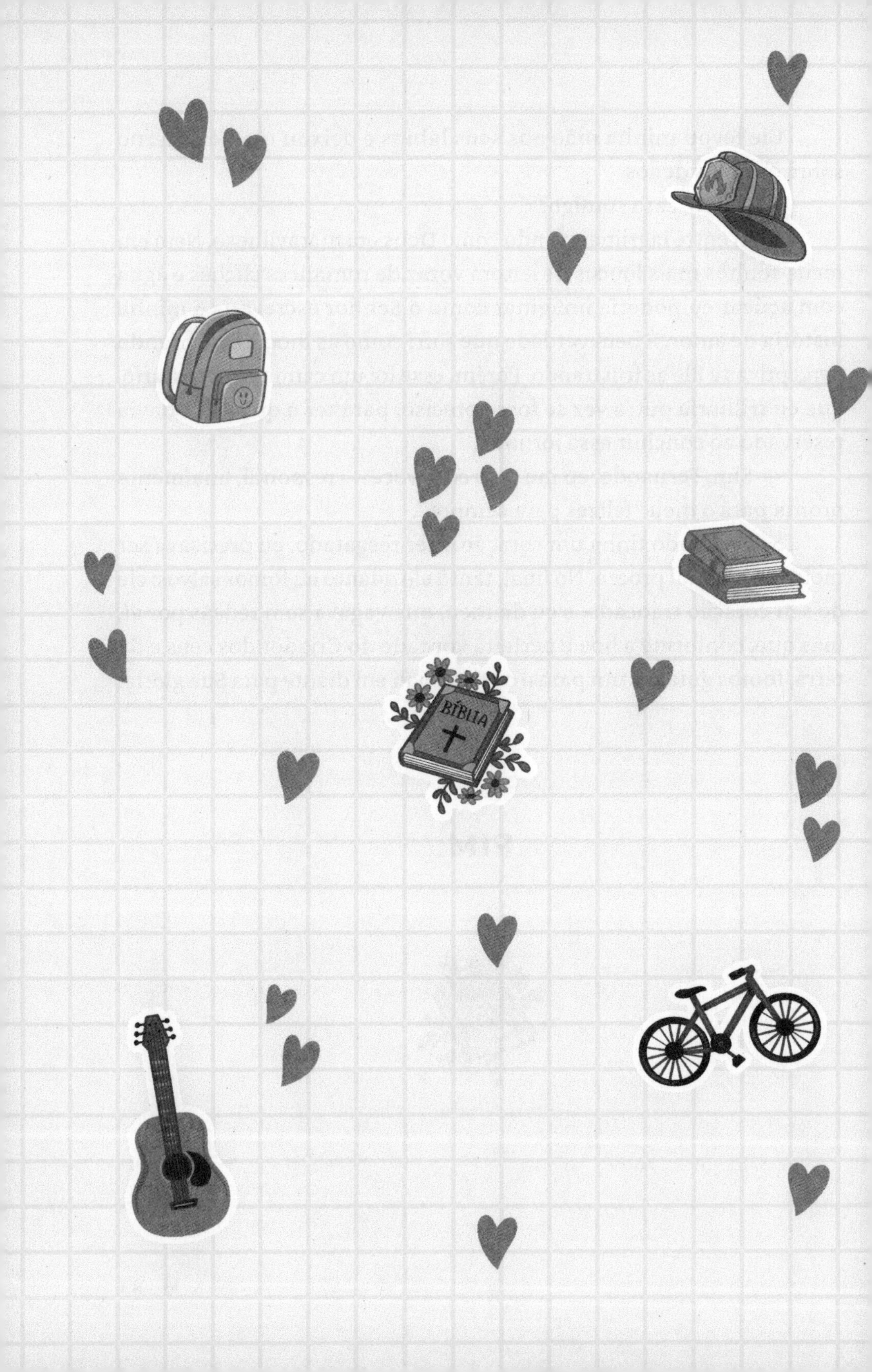
BÍBLIA

Missão do amor

Maina Mattos

BÍBLIA

Capítulo 1

— Você é esquisita, Napáuria.

Embora a palavra "esquisita" soasse como uma ofensa, partindo do meu primo Leo, eu sabia que se tratava de uma brincadeira. E, na verdade, ele não estava errado. Comparada às meninas da nossa turma, eu era esquisita, sim. Já havia me conformado com o rótulo.

No auge dos meus 18 anos, estava prestes a me formar no ensino médio e meu futuro não passava de um borrão diante dos meus olhos. Enquanto alguns colegas tinham a cabeça cheia com o Enem e a faculdade, eu nem sequer tinha decidido qual curso faria, e talvez isso tenha influenciado o meu desempenho ruim — ou desinteresse — na prova. Havia também aquelas garotas cujo único pensamento era o baile de formatura; tão perto, mas tão distante para mim. E no meio do fuzuê de conversas sobre vestidos super decotados, saltos altos, maquiagem forte e namorados, eu me sentia totalmente deslocada. Talvez esse fora o motivo que me forçou a ter como companhia três rapazes nos últimos anos da escola. No mínimo, eu não precisava lidar com papos sobre beijos e outras coisas mais. Eles ao menos me respeitavam. E, dentre os três, um era Leo, meu parente de sangue e irmão na fé.

— Elisabeth Elliot disse uma vez que "se seu objetivo é a pureza do coração, esteja preparado para ser visto como alguém esquisito". Você não me ofendeu, Leo. Ser chamada de esquisita é quase um elogio. — Dei um soquinho no ombro dele. — Tem quase o mesmo efeito de ser chamada de "puritana" ou "santinha". São todos bons adjetivos mascarados de insulto.

Embora a sentença tenha sido encarada de modo divertido entre nós, na real, eu não achava tão cômico assim. Eu já tinha me acostumado, claro. Mas não posso negar as lutas vividas durante a adolescência e todos os seus desafios, sendo a garota careta que não ficava, era BV[4] e tinha uma ideia maluca de não beijar o namorado quando ele aparecesse em sua vida. Isso sem mencionar a parte das orações por alguém cujo nome eu nem sequer sabia. Não que saísse por aí contando a todo mundo sobre meus princípios, mas não é preciso falar muito para dizer certas coisas.

— Tudo bem, então, "puritana". Eu te encontro amanhã no ponto de ônibus. — Leo se despediu e foi se afastando. — Não se esqueça de levar seus fones de ouvido.

Eu ia dizer mais uma vez para ele comprar os próprios fones de ouvido, mas ele não ofereceu oportunidade. Deu as costas e saiu correndo rumo à casa dele.

Quase cinco horas de uma longa viagem de ônibus fizeram meu corpo vibrar de alegria quando entramos na casa da tia Lídia, a quase 300 quilômetros da nossa casa. Na verdade, ela não era minha tia de sangue, era irmã do pai do Leo, mas eu acabei adotando o título para mim também, uma vez que a simpatia e o carinho dela criavam um caminho de adoção para novos sobrinhos — e ela mesma havia solicitado que eu me referisse a ela assim.

Fomos acolhidos com uma mesa farta de café da tarde, com delícias bem típicas da culinária mineira. Nos sentamos à mesa com tia Lídia e Ana, sua filha adolescente de 13 anos.

— E como vai sua mãe? — Lídia perguntou com aquele jeito que demonstrava interesse genuíno, não apenas cordialidade. —

---

[4] Sigla usada para descrever quem nunca deu um beijo, nem mesmo selinho (N. A.).

A última vez que nos encontramos foi há muitos anos, desde então tive poucas notícias.

— Ela está bem, graças a Deus. Tem trabalhado bastante.

— E você? Ainda está envolvida com o abrigo da Elisa? Leo contou que tem recebido muitas crianças. Vi umas fotos suas em algum trabalho com elas na internet, não foi?

— Sim — respondi tentando conter o entusiasmo. — Vou todas as tardes, exceto nos finais de semana. Eu ajudo como posso, mas confesso que meu trabalho preferido é no berçário.

Eu amava ficar com os bebês e oferecer meu tempo para cuidar deles. A pior parte era que às vezes me apegava a algum e precisava me despedir depois, quando eles partiam. Foi preciso aprender a lidar com minhas emoções e confiar nos planos de Deus enquanto ofertava meu tempo com trabalho voluntário no abrigo coordenado por minha tia Elisa. Havia sido ela quem despertou em mim aquela chama em relação a missões, o desejo de seguir os mesmos passos e dedicar minha vida ao Senhor em tempo integral, ainda que isso significasse abrir mão do casamento, como tinha acontecido com ela.

— Tia — Leo interrompeu nossa conversa, sem cerimônias, depois de lamber um dedo sujo com cobertura de chocolate —, o soldado Franco já chegou?

— Não — foi Ana quem respondeu. — Aquele lesado marcou um compromisso à noite, se esqueceu de que mamãe pediu que estivesse aqui hoje.

— Ana, isso são modos de falar do seu irmão? — Tia Lídia a repreendeu e sorriu para o sobrinho. — Graças a Deus ele conseguiu um tempo para participar do Projeto com a gente; vai nos encontrar já no distrito de Ipitinga.

— Mamãe está emocionada porque o filho preferido dela chega amanhã.

— Não seja boba, Ana. Não tem essa de filho preferido — tia Lídia ralhou. — Mas, sim, estou feliz. A última vez que Tito veio foi nas férias, e sinto falta dele, mesmo estando muito feliz com o caminho escolhido por ele.

Franco, cujo nome na verdade é Tito, era o primo mais velho de Leo. Nosso único contato foi numa festa de aniversário do nosso primo em comum quando eu ainda era uma bebê espevitada, e ele, uma criança quieta. Sabia, por relatos posteriores, que ele serviu no Exército e atualmente era missionário. Aliás, para meu deleite, havia cursado a escola de missões que eu tanto ansiava, no Instituto Jim Elliot. Além da curiosidade para conhecer o tão amado e falado Franco, eu queria fazer algumas perguntas em busca de tentar encontrar uma luz para o meu futuro.

♥

Já era tarde da noite, e eu me refugiava na sala da família. Como de costume, lia a Bíblia antes de me deitar. Após orar a Deus para pedir direção sobre meu futuro, ouvi o barulho de alguém entrando no cômodo.

— Aceita um suco de maracujá? — Tia Lídia se aproximou com o andar calmo e estendeu o copo em minha direção. Aceitei o mimo e agradeci o gesto acolhedor. — Você deve estar cansada. Leo já está no mais profundo sono.

— Sim, estou exausta — confessei e tomei um gole do suco. — O dia foi bem puxado.

Sentindo-se convidada pelo meu sorriso, ela se sentou ao meu lado no sofá.

— Além de terem feito uma longa viagem, não pararam nem um minuto desde que chegaram, ajudando com os preparativos para amanhã. — Ela abriu um sorriso satisfatório. — Me alegra ver a força da juventude, principalmente quando está se dedicando a servir ao Senhor.

Sem saber o que responder, apreciei um pouco mais o sabor do suco enquanto minha mente voava até aquele ponto de indecisão à minha frente. Com um tato materno, Lídia pareceu ler o caminho dos meus pensamentos.

— Algo te perturba?

Ergui a cabeça de súbito e encontrei no olhar dela um convite para desabafar. Ponderei por apenas alguns segundos e cheguei à conclusão de que tinha ali ao meu lado a pessoa ideal com quem poderia compartilhar meus dilemas.

— Me formo este ano, como você já deve saber. Mas não faço a mínima ideia de qual caminho a seguir. Todos parecem ter um plano traçado. Leo, por exemplo, está convicto de seu futuro na engenharia. Já eu, não. Eu não sei o que quero fazer da minha vida. Nem sequer tenho uma faculdade dos sonhos!

Abaixei o olhar, sentindo a conhecida frustração retornar. A verdade é que eu tinha um sonho, mas ele não tinha a ver com carreira profissional, e sim com um desejo ardente de poder dedicar anos de serviço ao Senhor.

— Entendo — ela disse apenas isso e tocou minha mão.

Estimulada pelo contato, continuei a relatar meu drama interior.

— Eu sei o que quero, mas não sei se é o mesmo que o meu pai quer. Ele vive falando em como eu deveria me dedicar aos estudos para poder ter um bom emprego e ser bem-sucedida. Já minha mãe apoia minha escolha, mas não me estimula muito. A verdade é que estou numa encruzilhada e não sei discernir qual caminho tomar. Preciso de uma direção, não consigo achar uma resposta para meu impasse.

— Você já pensou que um casamento poderia ser uma dessas soluções? Eu tinha sua idade quando fiquei noiva.

Assustada com o comentário tão fora da órbita, dei uma risadinha.

— Não consigo pensar em casamento por agora. Eu tenho só 18 anos e a maioria dos rapazes que conheço tem a mesma idade e, sinceramente, tia, isso não me estimula muito a pensar em um relacionamento amoroso no momento.

— E qual seria o problema com os rapazes de 18 anos?

— São meninos imaturos. — Dei de ombros.

— Você sabe que a idade não define exatamente a maturidade de alguém, não é? Conheço rapazes de 30 com cabeça de 15.

— Eu sei. Mas tenho estabelecido um padrão sobre o homem com quem desejo me casar e todos os meninos que conheço estão bem longe de alcançá-lo.

— Um padrão, é?

— Sim, um homem que se encaixa nos meus rigorosos critérios de masculinidade e piedade.

— E ter 18 anos não faz parte desses critérios? — Ela deu um sorriso.

— Não. — Neguei com a cabeça. Depois, lembrei-me de Leo e do quanto eu o considerava um rapaz piedoso, apesar de, aos meus olhos, não estar pronto para um relacionamento. — Sei que existem exceções, mas os meninos que conheço da minha idade são isso: meninos. Estão longe de terem maturidade e capacidade de sustentar e prover um lar. — Com agilidade, um pensamento me invadiu e, antes de parecer soberba, eu ri e quis desfazer qualquer má impressão. — Não que eu me considere uma menina madura, estou longe de alcançar esse patamar. Por isso, tenho um longo caminho antes de encontrar a pessoa certa.

— E como seria o homem certo? — Ela insistiu no assunto.

"Um príncipe como o Alexander[5], claro!"

— Um homem que ame a Deus acima de tudo, porque, se amar a Deus, ele buscará mudar qualquer comportamento pecaminoso por causa do Senhor. Terá como exemplo Cristo. Um homem de verdade, não um moleque que só deseja um namoro recreativo e brincar com meus sentimentos.

Se a parte final denunciou minha amargura, tia Lídia não demonstrou ter entendido. Ela estalou a língua e franziu a testa.

— Sua teoria está linda, de verdade. Idealizar um molde de homem bíblico é primordial, quanto a isso, não tenho nada a dizer. Mas sabe que, na prática, quando falamos sobre relacionamento, as coisas podem sair bem diferentes do esperado, não é?

....
5 Personagem do livro *De repente Ester*, Kell Carvalho (N. A.).

Dei um sorriso sem humor. Sabia melhor do que ninguém como isso era verdade. Há poucos meses, eu, defensora de uma teoria tão bela, havia me envolvido emocionalmente com um rapaz bem longe do meu referencial de homem piedoso. Talvez fosse por isso que os meninos da minha idade estivessem distantes da minha lista de marido ideal.

Percebendo que sua fala surtiu efeito, ela deu dois tapinhas de leve em minha mão.

— Você está certa na parte de não rebaixar o seu padrão. Uma garota cristã não deve esperar menos do que um homem cujo coração seja dedicado ao Senhor e esteja disposta a amá-la como Cristo amou a igreja, dando sua vida por ela. Apenas cuide para que seus ideais secundários não te impeçam de enxergar algo à sua frente, como um presente Divino. Às vezes, encontramos o amor onde e quando menos esperamos. Vou orar por você, para Deus direcioná-la sobre seu futuro. E, no que precisar, estarei aqui.

Sem entender como a conversa sobre meu futuro havia acabado em um conselho sobre vida amorosa, agradeci a atenção de tia Lídia. De alguma maneira estranha, pensar que Deus cuidava dos meus interesses e poderia intervir em minha vida em meio às minhas dúvidas me fez relaxar. Após se despedir, ela me deixou sozinha e eu voltei meu coração ao Senhor. Terminei orando pelo meu futuro marido, daquela vez com um ânimo redobrado, como se ele estivesse mais próximo, provavelmente motivada pelo teor da nossa conversa.

Capítulo 2

O primeiro dia do Projeto foi de intensas emoções. Além de conhecer muita gente nova, inclusive garotas cristãs com quem descobri vários gostos em comum, os trabalhos de evangelismo, manutenção do local onde ficamos hospedados e trabalhos sociais me deixaram exausta. Meu corpo desejava um banho ao final do dia e meu cabelo só não se encontrava num estado pior do que uma juba de leão porque eu havia "domado" os cachos num coque alto.

Já era tarde da noite quando consegui um lugar na fila do banho, mas acabei lavando os cabelos mesmo perto da hora de dormir. Minha consciência pesou ao me lembrar das mil e uma recomendações de minha mãe, entre elas estava justamente a de não dormir de cabelo molhado, ainda que eu não me importasse com isso. Quando Ana me sugeriu usar o secador de cabelos de uma das garotas, aceitei, aliviada. Porém, ao ver a condição do aparelho, fiquei apreensiva.

— Esse negócio não vai explodir, Aninha? — Torci o nariz ao analisar uma espécie de objeto que parecia ter feito parte da guerra no Iraque.

— Não, fica tranquila! A aparência é ruim, mas ele é superpotente. A Sara sempre o leva para os acampamentos e todo mundo usa. Nunca tivemos nenhum acidente.

Mas sempre há uma primeira vez, e fui eu a felizarda a protagonizar o episódio. Enquanto secava os fios, tentando definir os cachos, me distraí com a conversa divertida da Ana, até que senti um tranco no meu cabelo, seguido de um som estranho. Para meu completo horror, vi uma grande mecha presa na parte de trás do secador. No instinto, tirei o fio da tomada e tentei desenrolar meu cabelo de lá.

— Está preso! — constatei desesperada. — Ana, ai! Meu cabelo!

A menina até procurou me ajudar, mas, ao se dar conta da confusão de fios emaranhados dentro do secador, saiu correndo em busca de ajuda. Ela não demorou muito para voltar, o que foi ótimo, pois eu já estava sentindo o choro aflito entalado na garganta. Mas me recompus quando um homem apareceu ao lado dela.

— Então foi aqui que aconteceu um acidente envolvendo uma donzela? — ele perguntou com um pouco de diversão na voz.

— Meu cabelo ficou preso — respondi segurando o secador, de modo que a explicação acabou sendo desnecessária.

— Olha lá, Titi, se tem como abrir o secador.

Titi. Tito. Franco. Então este era o primo do Leo, irmão da Ana e filho da tia Lídia. Sem querer, fiz uma rápida análise. Eu esperava um rapaz mais jovem, embora não tivesse certeza da idade. Ele era alto, tinha um porte forte, cabelos espessos e um cavanhaque no rosto que dava a ele um aspecto ainda mais senhoril. Os óculos assentavam bem em seu rosto, combinando com o nariz avantajado. Não era um homem que eu classificaria como lindo, mas também estava longe de ser feio. Uma beleza comum, talvez?

— Deixa eu dar uma olhada. Com licença.

Ele pegou o secador na mão e avaliou a situação. Não conseguia ver o rosto dele, até porque eu olhava para o outro lado, morrendo de vergonha. Depois de sentir alguns puxões no cabelo, ele suspirou.

— Não tem jeito, vai ter que cortar.

— O quê? — Virei-me de súbito com os olhos arregalados. — Tem certeza? Não dá para desmontar e tirar o cabelo? Olha só, é uma mecha bem na frente. Vai dar uma falha imensa.

— Infelizmente, não. Está preso de um modo que te restam apenas duas opções: ou corta, ou assume um novo visual com esse acessório estranho pendurado na cabeça — referiu-se ao secador.

Ele estava sério, mas os olhos sorriam. Soltei um murmúrio de lamentação. Franco pediu à irmã que providenciasse uma tesoura e Ana correu para atender ao pedido. Eu não disse nenhuma palavra, estava atormentada demais com a ideia de estragar meu cabelo. O rapaz ainda deu mais uma analisada, mas balançou a cabeça em negativa. Quando Ana chegou, entregou a tesoura para ele.

— Posso cortar? — ele perguntou.

— Se não tem outro jeito... — Dei de ombros, tentando ser indiferente ao que estava acontecendo.

— Não se preocupe, vou cortar o mínimo possível — ele disse e abriu a tesoura sobre a mecha presa. — Não é tão difícil. Vou fazer um ótimo serviço, tenho experiência, trabalhei por um bom tempo em pet shop tosando cachorros.

Antes que eu pudesse processar a referência, ouvi o barulho do corte e senti os cachos caírem sobre meu ombro.

— Você está me comparando a um cachorro? — perguntei atônita e fui conferir o estrago com as mãos.

Uma gargalhada espontânea soou agradável aos meus ouvidos, contagiando meus lábios, que sorriram também. Tito ainda tinha os olhos brilhantes quando colocou o secador a uma boa distância da minha cabeça.

— Então você é a Napáuria — perguntou, e fiquei satisfeita por ele ter acertado a pronúncia do meu nome. Muita gente demorava bastante para aprender a falar direito. — A prima do meu primo. — Ele estendeu a mão. — Isso faz de você o que de mim?

Aceitei a mão e nos cumprimentamos com um leve balanço.

— A prima do seu primo.

— É justo — concordou e soltou minha mão. Depois, cruzou os braços em frente ao peito. — E então? O que está achando do Projeto? Claro, vamos desconsiderar o sério acidente de agora há pouco.

A fala me levou a passar a mão no cabelo mais uma vez, apenas para descobrir o tamanho da brecha que o corte improvisado causou. Para o meu alívio, não parecia grave.

— Estou gostando muito. Atendeu às minhas expectativas. — Pensei por um minuto se já era hora de descarregar minhas dúvidas sobre a vida de missionário, mas, pelo olhar cansado dele, imaginei que não.

— Leo me disse que você tem interesse em missões.

— Isso. — Soltei o cabelo e sorri. — Ficaria muito feliz se pudesse compartilhar comigo algumas experiências.

— Claro! Podemos conversar sobre isso amanhã. — Ele conferiu as horas em um relógio de pulso. — Já está tarde. Vou deixar vocês descansarem.

Ele deu mais uma dica de segurança com secadores de cabelo em um tom de brincadeira. Depois, orientou Ana a devolver a tesoura para o dono. Ele colocou a mão sobre a cabeça dela, que retribuiu com um abraço.

— Você me deve dez reais — ela cobrou. — Li o livro que você me deu. Pode perguntar para a mamãe.

— Hum. — Franco retirou a carteira do bolso e abriu em busca de uma nota. — Você leu e aprendeu algo ou só queria o dinheiro?

— Eu aprendi, pode fazer suas perguntas! — a menina respondeu e estendeu a mão em busca do prêmio.

— Vamos conferir isso depois. — Ele entregou a ela uma nota.

Após se despedir outra vez, se retirou, deixando Ana e eu — com uns cachos a menos na cabeça.

♥

Na manhã seguinte, Leo foi obrigado a me ouvir falar mais uma vez sobre meus romances cristão preferidos. Ana e mais três meninas estavam muito interessadas em conhecer as histórias de amor por trás de cada livro indicado por uma leitora assídua do gênero. Meu primo aproveitou para fazer graça, uma vez que ele já tinha me ouvido falar sobre esse assunto dezenas de vezes.

— Sabe o que é o melhor de tudo? Eles são romances puros como Napáuria sempre sonhou! — Leo forçou a voz para parecer uma garota empolgada. — Entendem? Existem príncipes encantados que também pensam como a doida da minha prima!

— Ah, não enche, Leo. — Joguei um pedacinho do meu pão nele. — Só porque você pensa diferente, não significa que tem direito de zombar das minhas decisões. — Ignorei a risada dele e me voltei para as meninas. — E, sim, tem príncipes, fazendeiros e soldados também. Todos são personagens incríveis com quem eu me casaria em um piscar de olhos.

Mais tarde, quando lavávamos os nossos pratos, Ana se aproximou e deu a entender que gostaria de compartilhar algo privado.

— Você poderia indicar esses livros para o Tito. Sabe, ele me paga para ler livros cristãos, e eu adoraria incluir alguns romances na minha lista.

— Se você quiser ler, pode fazer isso mesmo sem receber recompensa financeira do seu irmão. Não?

— Poder eu até poderia, mas ele e minha mãe não confiam nas minhas escolhas. Temem que eu leia livros com conteúdo inapropriado. — Ela cruzou os braços em frente ao peito e a feição era de uma adolescente frustrada. — Não vão acreditar em mim se eu pedir.

— E você quer que eu interceda por você?

— Sim. — O olhar se tornou esperançoso. — Se você contar para ele que leu e o assunto do livro, talvez ele até me dê de presente. Não sei se sabe, mas meu irmão também pensa como você.

— Como eu? — Franzi a testa sem entender ao que ela se referia.

— Isso, esse negócio de não beijar, namorar para casar e tal — respondeu e as bochechas ficaram um pouco coradas.

Não pude esconder a surpresa. Era a primeira vez que conhecia um rapaz, assim de perto, com esses princípios. Embora tivesse repetido diversas vezes para meu inconsciente que deveria haver alguém no mundo com o mesmo pensamento, na verdade, toda a minha expectativa girava em torno de que o rapaz certo aceitaria minhas condições, pois eu não renunciaria a elas. Seria como Dylan[6], ele precisou levar umas *bíbliadas* do Carlton[7] e receber muitos conselhos para abrir os seus olhos.

— Você tem certeza disso? — Me esforcei para não parecer tão interessada.

— Tenho. — Ela confirmou balançando a cabeça.

— Bem, vou ver o que posso fazer por você.

O sorriso de Ana se abriu e ela me abraçou. Depois saiu, saltitando igual a uma criança feliz.

Após terminar de lavar meu prato, peguei minha Bíblia e segui para o local onde teríamos uma reunião. Escolhi um lugar na frente e fiquei observando a equipe de louvor passar o som, no aguardo de Leo para me fazer companhia. Ao meu lado, duas meninas que eu não conhecia conversavam animadas, e o tom de voz não foi baixo o suficiente para esconder dos meus ouvidos o assunto de terceiros.

— Ele quem vai pregar hoje, tenho certeza. Ouvi tia Lídia dizendo na hora do café.

— Ele é um sonho de consumo! Eu bem que gostaria de ser a felizarda, mas sou muito nova para ele.

— Claro que não! — a outra replicou. — Ele tem 23 anos. São só três anos de diferença.

Abaixei a cabeça e sorri. Lembrei-me de como as mulheres podem saltar bem rápido de um pequeno gesto de gentileza para planos de casamento. Eu mesma havia me iludido. O fato de um garoto denominado cristão ter se interessado por mim e declarado esse amor me pareceu um sinal de que tinha encontrado a pessoa certa. No final,

---

6 Personagem do livro *Orei por você*, de Kell Carvalho, cuja trajetória de redenção é narrada (N. A.).

7 Personagem cristão do livro *Orei por você* que aconselhou Dylan sobre a vida amorosa (N. A.).

minha expectativa se transformou em um grande coração partido regado a mágoas. E eu nem poderia me isentar da culpa, já que havia dado espaço para a paixão e me envolvido com a desculpa de buscar a vontade de Deus quando, na verdade, apenas alimentava algo sem futuro.

Uma pontada de tristeza cutucou meu coração e eu suspirei. Aprendi a lição, apesar de tudo. Faria diferente na próxima oportunidade. Já tinha deixado meu coração solto o suficiente para se apaixonar dezenas de vezes. Eu estava convicta de que o guardaria a partir de então. Meu foco seria o Senhor.

Ainda pensando em minhas resoluções, uma voz grave ressoou no microfone, interrompendo minhas divagações. Franco convocava toda a turma para assumir seus lugares para dar início à reunião. Com uma Bíblia na mão e um esboço em um papel, ficou claro quem traria a mensagem naquela manhã. Era ele o *crush* das meninas ao meu lado.

Quando fizemos contato visual, ele sorriu e, não sei por quê, estremeci por dentro.

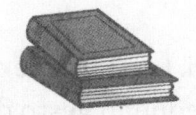

Capítulo 3

Os dois dias seguidos do Projeto poderiam ser descritos com poucas palavras: muito trabalho e Franco. Trabalho porque não paramos nem um segundo sequer. Eram devocionais, momentos de oração, reuniões e cultos, além de serviços que envolviam evangelismos, visitas e manutenção. Quanto a Franco, apesar da minha expectativa de conversar com ele em algum momento sobre o Instituto de missões, nós não trocamos mais do que algumas palavras de cortesia, grande parte na companhia da família dele — exceto o momento em que ele fez uma brincadeira sobre o "secador exterminador de cachos". Mas, ainda assim, Franco parecia estar em tudo. Era impossível não notar a presença dele, fosse pregando, orando, liderando grupos, carregando caixas, servindo como podia e até dançando — sim, ele dançava, com passos atrasados, muito atrasados, mas dançava. Sem mencionar as centenas de vezes em que o nome dele estava na boca das pessoas. Era "Franco isso, Franco aquilo, Franco é incrível, Franco me ajudou, Franco resolve, fale com o Franco...". Ele preenchia todo o espaço.

O fim de semana também aumentou ainda mais meu desejo de dedicar ao menos parte da minha juventude para servir ao Senhor em tempo integral, começando pela escola missionária na qual eu me capacitaria. Estava convicta de que Deus havia me enviado para aquele lugar para encontrar meu caminho. Talvez, enfim, minhas orações estivessem sendo respondidas.

E foi com esse sentimento que fechei o zíper da minha mala, pronta para deixar o distrito a caminho da casa de tia Lídia, onde permaneceria mais uns dias antes de pegar o ônibus de volta para minha realidade.

— Ei, Napáuria — Leo me chamou assim que coloquei os pés no salão onde estava sendo organizada a partida. Obedeci às ordens das mãos dele me chamando para perto. — Tia Lídia pediu que eu avisasse que você vai com o Tito.

Ergui as sobrancelhas e ia abrir a boca para perguntar o motivo da mudança, mas o próprio Franco apareceu com um molho de chaves na mão.

— Ei, parece que vou ser seu motorista — ele brincou e apontou para o portão. — Minha mãe te escalou como minha companheira de viagem.

Não sei por quê, mas a informação ameaçou minhas bochechas a alcançarem um tom a mais de vermelho. Assenti com a cabeça, me despedi do meu primo e segui atrás do rapaz. Ele ainda parou duas vezes para falar com alguém antes de chegarmos à caminhonete. A pedido, entreguei minha mala para ele, que a colocou na traseira, ao lado de cadeiras, panelas, mantimentos e tantas outras coisas mais. As portas se fecharam e ficamos isolados dentro do automóvel, embalados pelo som da música que tocava baixinho nos alto-falantes.

"Sertanejo? E gospel? É sério isso?"

Eu não era a pessoa mais sociável do mundo, mas também não era tímida a ponto de não conseguir falar. Eu poderia zombar do péssimo gosto musical dele, por exemplo. Porém, alguma coisa estranha me forçou a ficar quieta até ele começar um diálogo amigável.

— Então, acho que temos uma hora pela frente e podemos aproveitar para ter aquela conversa. — Ele deu partida no carro.

— Seria ótimo — respondi, sentindo meu ânimo voltar. — Eu gostaria muito de saber sobre seu tempo no Instituto, principalmente.

Franco sorriu e fez que sim com a cabeça. Ele olhou pelos retrovisores e fez o carro iniciar a jornada.

— Antes de eu começar a contar, posso perguntar o motivo do seu interesse? Você pretende fazer o curso?

— Sim! — respondi com convicção. Então, parei, refleti por um segundo e me corrigi. — Quer dizer, não sei ainda. Eu quero muito, mas não me decidi.

Ele não disse nada e senti necessidade de dar continuidade à conversa.

— Há alguns anos, comecei a pensar na possibilidade de fazer missões. Tudo começou com minha tia, que dedica os dias dela coordenando um abrigo. Minha frequência por lá e o exemplo de vida dela despertaram algo aqui dentro. — Apontei para meu coração. — Depois, conheci um missionário que me apresentou o Instituto Jim Elliot e várias biografias de cristãos que dedicaram suas vidas a Deus. Eu passei a fazer pesquisas e pensar de maneira séria na possibilidade de me formar no ensino médio e entrar para o Instituto. Mas não é uma decisão simples, não quando algumas pessoas esperam de você algo diferente, como uma faculdade ou um emprego "de verdade".

Sem pensar, deixei o suspiro de frustração encontrar uma saída entre meus lábios.

— Há decisões tão difíceis a se tomar. Às vezes, eu só queria que Deus mandasse um sinal ou a resposta bem clara, sabe? Algumas escolhas demandam renúncias e isso torna a responsabilidade maior — falei.

— Entendo. Você se sente perdida sem saber qual o melhor caminho e tudo o que quer é uma solução que não dependa só da sua decisão. Uma intervenção divina seria bem-vinda.

Abri um sorriso largo e ele me olhou por um instante antes de voltar o olhar para a estrada.

— É exatamente isso! Uma intervenção divina... — Eu ri mais uma vez. — Seria bastante propícia.

— Eu passei por isso. E não, não houve nenhum sinal sobrenatural para me orientar, só pessoas sábias me aconselhando. Eu precisei fazer minha escolha. Mas, olha — ele fez uma pausa e sorriu —, não me arrependo dela, ainda que às vezes me peguei pensando como teria sido minha vida. É bem provável que estaria prestando continências até hoje.

— Continências?

Sem tirar os olhos da estrada, Franco levou a mão até o pescoço, pegou uma espécie de colar e passou pela cabeça, retirando-o. Ele me entregou um cordão de metal com uma plaquinha de identificação com alguns dizeres. Lembrei-me de Dylan Fox, mas era o nome do Franco que estava gravado em letras de forma no metal.

— Franco, Tito. 2 *Timóteo* 4:7.

— "Combati o bom combate, acabei a carreira, guardei a fé". Fiz essa plaquinha para me lembrar que ser um soldado de Cristo, combater o combate da fé e seguir a carreira como um cristão são os meus principais objetivos.

Franco passou a me contar sobre seu amor pelo Exército. Como, desde criança, sonhava com o dia em que vestiria uma farda e serviria ao país. Quando a adolescência chegou, o sonho de infância se tornou um objetivo, a busca dele pelo futuro. Mas foi também na adolescência quando teve um encontro real com Cristo e compreendeu com verdade em seu coração todas as coisas ensinadas por seus pais. E, proporcionalmente ao seu amor pelo Exército, cresceu seu amor por Deus.

— E foi ali que aprendi o primeiro significado de renúncia para o Senhor. — Ele apertou os lábios diante de uma lembrança desconfortável. — Eu mantinha um relacionamento que desagradava a Cristo e estava bem longe dos padrões de pureza para um cristão. A princípio, tentei mudar o modo como o namoro era conduzido, mas a garota não quis colaborar. Ela não aceitou bem a ideia de impormos certos limites. Aliado a isso, comecei a entender o motivo de meus pais serem contra nossa união. Embora ela frequentasse a igreja, não tinha um coração em Cristo. — Ele riu. — Bem, eu também não tinha até a maravilhosa graça me encontrar.

— Posso imaginar o final da história. Você rompeu com ela.

— Isso. E tomei a decisão de nunca mais me relacionar de forma tão leviana como fiz. Eu era muito novo, nem deveria estar namorando. A partir de então, passei a esperar pela moça com quem pretendo me casar. Mas ainda acho que vai demorar um pouco, pois no momento quero reservar toda a minha atenção para o Senhor. Talvez daqui a uns cinco anos, quem sabe?

— Nisso estamos bem alinhados. Eu sofri uma decepção amorosa há pouco tempo e entendi que não é hora de me preocupar com isso. Casamento, no caso, só daqui a uns cinco anos também.

— Uma decepção amorosa costuma deixar marcas — disse em um tom que eu não soube identificar se falava sério ou brincava.

— Ah, deixa. Ainda mais em uma romântica como eu. Eu estava bem iludida, assumo. Pensei ter encontrado um príncipe Alexander e ele estava mais para um Ewan[8] imaturo com belas palavras e uma atitude de moleque. — Meu olhar se repousou em um ponto à frente e minha mente vagou para o dia em que a ficha caiu e eu percebi a furada na qual estava me metendo ao buscar uma resposta quando os sinais estavam claros bem debaixo do meu nariz. — Acho que eu deveria parar de ler romances, eles só me iludem e eu nunca vou encontrar um rapaz como meus mocinhos preferidos — desabafei mais para mim mesma.

— Você não vai me dizer que nenhum homem presta e que todos são iguais, né? — ele perguntou, forçando uma indignação em meio ao sorriso.

Eu ri.

— Estava bem perto de dizer algo parecido, mas vou mudar o discurso. Sei que existem homens bons, há exceções por aí. É só que está cada dia mais difícil encontrar um rapaz piedoso, sabe?

Uma gargalhada explodiu e o som da risada dele me impediu até mesmo de ouvir a música tocando. Fui contagiada pelo momento e ri também, embora não soubesse o motivo.

....
8 Personagens do livro *De repente Ester*, de Kell Carvalho. Alexander é um príncipe piedoso e Ewan um rapaz que precisava amadurecer (N. A.).

— Você acabou de me ofender! — Ele limpou a lateral dos olhos úmidos. — Desculpa por não fazer parte da exceção e não ser como um personagem piedoso dos seus romances.

— Não foi isso que eu quis dizer! — protestei, mas acabei fazendo a gente rir ainda mais. Quando nos acalmamos, tentei corrigir as coisas. — Você até se parece com um, sabia? O Dylan era soldado, assim como você! Ele também mudou a visão sobre relacionamentos ao se converter. Aposto que você ia gostar de ler o romance dele. — Ergui um dos ombros com falsa indiferença.

— Essa é uma experiência que não tenho vontade de vivenciar. Mas fico lisonjeado por você me comparar a ele.

— Vamos voltar ao assunto de missões. Você estava falando sobre renúncia.

— Sim, é verdade. Como você, também tive contato com missões através de um amigo da minha família. Ele era da nossa igreja; havia sido enviado ao campo e gostava muito de missões com povos indígenas. Não sei como aconteceu, mas, de repente, passei a pensar no meu futuro assim. E aí, tive um grande conflito de interesses.

Franco contou como ficou dividido entre o sonho antigo e o novo desejo. E piorou quando, ao se alistar, foi convocado a prestar o serviço militar obrigatório. Ele se apaixonou ainda mais e se esqueceu por um tempo de sua outra opção.

— Eu amava tudo que era relacionado ao Exército e queria muito continuar em uma carreira militar. Passei a pesquisar todos os caminhos e opções que eu tinha e estava decidido até abrir um e-mail desse amigo missionário com o testemunho de uma conversão. Aquilo mexeu comigo e me vi em uma encruzilhada. E estive nesse ponto onde você está, de precisar tomar uma decisão.

Houve silêncio. Cada um envolvido em seus próprios pensamentos. Olhei para a plaquinha de identificação que eu ainda segurava e li outra vez os dizeres.

— Em relação a você, acho que tenho uma vantagem. Não tenho nenhum grande sonho. Eu não estaria abrindo mão de nada que me é valioso para fazer missões — declarei. — Pelo presente, já sei qual foi sua escolha do passado, então me conte: como foi ir para o Instituto e o que você faz agora? Ana já me deu alguns *spoilers*, disse que você tem ajudado uma igreja aqui mesmo, em Minas. Mas não me importo de saber tudo.

Ele sorriu. Aquele tipo de sorriso que invade olhos, que denuncia a afeição.

— Com muito prazer!

E foi assim que o trajeto se tornou curto até a casa de tia Lídia, com tantos assuntos em comum entre nós a compartilhar.

Capítulo 4

Na manhã seguinte, acordei um pouco mais tarde do que deveria. Estava exausta e as noites de sono em um colchonete fino não se comparavam ao delicioso descanso na cama de colchão de molas preparada para mim no quarto de hóspedes da casa de tia Lídia. Depois de me arrumar, desci as escadas temendo ter sido deixada para trás, já que o local estava silencioso. Ao chegar no primeiro piso, porém, ouvi as vozes de duas pessoas em uma conversa contida. Sem saber se deveria me aproximar e interromper o momento, diminuí a velocidade dos meus passos.

— Estou feliz que tenha decidido ficar mais uns dias, filho. — Era a voz carinhosa da tia Lídia.

— Mas não é pelo motivo que você está pensando — Franco respondeu. — Não tem nada a ver com a sua insinuação.

— Eu sei que não. Aliás, apenas te dei uma dica, mas estou ciente de como você conduz sua vida à parte dos meus conselhos.

Tito riu.

— Sem drama, mãe. — Houve uma pausa. — Mas, se te importa saber, eu os considerei, sim.

Eu estava quase na porta da cozinha onde os dois conversavam. Ficou claro que aquela era uma conversa pessoal e eu não queria chegar tão de repente. Voltei alguns passos, fiz barulho com os pés antes de entrar no local e ser recebida por dois rostos sorridentes e o cheiro delicioso de café e bolo.

— Cadê todo mundo? Estou muito atrasada? — perguntei para esconder o constrangimento que ameaçou despontar nas minhas bochechas.

— Não, não. — Tia Lídia me tranquilizou abanando as mãos. — Rogério saiu mais cedo e levou Ana para ensaiar. Leo quis ir junto. Vamos com o Tito.

Voltei-me para o rapaz sentado, servindo-se de um pedaço de bolo. Quando nossos olhares se cruzaram, arrisquei oferecer um sorriso, que foi bem acolhido por ele. Era impressionante como em um dia havíamos nos aproximado tanto. O bate-papo no caminho abriu espaço para outras oportunidades em que tratamos de assuntos mais sérios, e também de coisas triviais, como gostos pessoais. Franco era simpático e acolhedor, conduzia fácil uma conversa por qualquer tema e isso despertou minha admiração, fazendo-me pensar em como Ana era sortuda por ter um irmão mais velho; diferentemente de mim, a do meio de três irmãs.

— Venha se sentar — tia Lídia chamou.

Tomei o café da manhã muito bem acompanhada. Era impossível não se sentir querida naquela casa. O modo como a mulher agia e servia a todos despertou o meu desejo de ser assim quando chegasse o dia em que eu teria um lar para cuidar.

Depois fomos para a Igreja, onde nos encontramos com o restante da família. Ao término, fui informada de que o almoço seria na casa da avó do Leo, da Ana e do Franco.

— Não se assuste, a minha avó perdeu a noção de discrição há tempos. A cabeça dela não é mais a mesma e costuma falar algumas coisas bem inconvenientes — Franco me informou baixinho ao atravessarmos o portão da casa. — Além de não escutar muito bem.

A senhora a quem ele se referia estava acomodada no sofá da sala de estar e expressou de maneira aberta sua alegria por ver os netos a quem ela considerou "dois desnaturados que não se importam em visitar uma velha com o pé na cova". Depois, mandou eles se sentarem ao lado dela e contar o que estavam fazendo da vida, enquanto tia Lídia e Rogério foram para a cozinha, seguidos por Ana, que implorava por um copo de refrigerante. Os rapazes precisavam falar alto e vez ou outra repetir alguma frase para ela conseguir entender.

— Você está muito bonito, Tito. — Ela deu alguns tapinhas carinhosos na mão dele. — E as namoradinhas? Eu falei para a sua mãe que quero carregar uns bisnetos no colo antes de ir para a cova.

— Não tem namoradinhas, vó — Franco respondeu rindo e precisou repetir mais alto para ela entender.

— Ah, como não? Um rapaz boa-pinta como você, no meu tempo, já estaria na boca de espera para se casar. — Depois, ela se voltou para Leo. — Você também, aposto que está de olho em algum brotinho na sua cidade.

Leo deu uma gargalhada.

— Só se for uma pizza brotinho de calabresa — respondeu e a senhora não entendeu a piada. — Ainda não. Eu bem desejo arrumar uma namorada, mas minhas pretendentes não me querem.

— Como não? Um partidão como você! O segredo é convidar as mocinhas para o baile e levá-las para dançar. Foi assim que seu avô me conquistou.

A partir daí, ela entrou em um silêncio nostálgico e só então pareceu notar minha presença no canto da sala.

— E você, quem é?

— Sou a Napáuria.

— Ela é minha prima, vó. Filha da tia Joana e do tio Alan — Leo explicou.

— Hum... — Ela me avaliou de cima a baixo. Voltou-se para o Tito e, achando que falava baixo, aconselhou: — Você pode convidá-la para o baile. Não vai querer morrer solteirão.

O vermelho irradiou da minha bochecha para todo o meu rosto. Eu não sabia o que dizer, tampouco como me comportar, principalmente porque Franco não desviou o olhar de mim enquanto ria da sugestão da avó.

— Acho que vou fazer isso — ele respondeu brincando e deixou a avó satisfeita.

Para a minha sorte, Rogério interrompeu o assunto para chamar a família para o almoço. Já à mesa, ninguém conseguiu evitar as risadas com as diretas da avó, que dessa vez manteve os assuntos românticos bem distantes da conversa.

♥

Já era tarde da noite. A família estava reunida na sala depois do culto, aguardando a pizza ficar pronta para o jantar. Ana e Leo jogavam videogame, tia Lídia conversava com o marido sobre questões da igreja e Franco se sentou ao meu lado para me fazer companhia.

— Sinto muito pela minha avó, ela deixou você constrangida hoje.

— Imagina! Ela é muito simpática e engraçada. Aliás, você se parece com ela.

— Isso significa que eu sou simpático e engraçado?

— E direto também.

Franco cruzou os braços.

— É uma boa análise. Acho que sou assim, mesmo.

Nós rimos e continuamos a conversa sobre nossas personalidades. Compartilhei com ele como eu era tímida em um primeiro momento, mas isso passava quando conhecia melhor a pessoa.

Tia Lídia recebeu uma mensagem avisando que a pizza estava pronta para ser retirada, então ela e o marido saíram para buscar nosso jantar. Franco se ofereceu para preparar a mesa e eu o acompanhei até a cozinha. Depois de estender uma toalha sobre a mesa e colocar os pratos, copos e talheres, nos sentamos nas banquetas perto da pia para conversar sobre a história de Jim e Elisabeth Elliot.

O telefone de Franco tocou. Ele retirou do bolso e visualizou a tela do celular, abrindo um sorriso. Estávamos perto o suficiente para que eu conseguisse ler o nome e ver a foto aparecendo no visor. Meu coração congelou por um instante. Havia seis meses desde que tinha visto aquele rosto pela última vez. E por que raios ele estava fazendo uma chamada para o Tito?

— Me dá licença um minuto — Franco pediu e atendeu ao telefone. Uma chamada de vídeo. — Fala, Sérgião!

— E aí, soldado Ryan? "Tô" esperando você me mandar o vídeo da música que prometeu e nada. Tive que ligar, pois, se depender de você, precisaria aguardar deitado e dormindo.

A voz de Sérgio era inconfundível para mim. Havíamos conversado por centenas de horas pelo telefone, quando ele dizia coisas lindas e românticas, prometendo uma vida a dois e um futuro com um casal de filhos em uma casinha na praia, ainda que não houvesse qualquer compromisso além da desculpa de estarmos orando para buscar a vontade de Deus. Como eu havia me iludido e deixado meu coração e meus sentimentos enganosos ditarem minha conduta, mesmo sabendo o perigo no qual eu estava entrando, em uma zona de relacionamento sem rótulo com a ausência do conhecimento dos meus pais! Fui iludida pela ideia de que era tudo à distância; não havia nenhum tipo de contato físico, por isso, o modo como ele agia não era perigoso, estávamos apenas esperando a confirmação de Deus para namorar.

A amargura do arrependimento fez minha boca ficar seca. Eu não sentia mais nada por ele, sequer havia algum interesse. Podia enxergar com clareza meu erro e a falta de respeito com a qual Sérgio me tratou. De todos os homens do mundo, ele era o último com quem eu me relacionaria. Porém, ouvi-lo outra vez fez com que sentimentos confusos viessem à tona, como se a ligação do passado ainda estivesse lá, mesmo depois de toda minha lamentação e pedido de perdão ao Senhor.

"Ah, coração! Por que eu não soube guardá-lo? Seria tão mais leve se você tivesse se mantido fechado apenas para o cara certo!"

— Ih, irmão! Esqueci mesmo! Eu "tô" aqui na casa dos meus pais. — Franco mexeu o celular e eu percebi tarde demais o movimento. Ao girar a tela para mostrar o ambiente, eu apareci. — Vou ficar a semana toda.

— Ué, tem uma garota aí com você? — Sérgio perguntou. Se ele me reconheceu, não deu a entender. — O soldado Ryan foi abatido?

Tito riu alto e negou com a cabeça. Eu estava decidida a me levantar e correr como uma covarde, mas ele apontou a câmera direto para mim, sendo impossível escapar do lamentável encontro. Não soube reagir, fiquei estática e muda como uma estátua.

— A prima do meu primo. Veio passar um tempo com a gente — Franco disse colocando uma parte da cabeça dele na minha frente.

— Ei, Napáuria? — Sérgio falou com naturalidade, como se estivesse revendo uma amiga antiga, e não a garota para quem ele se declarou, defraudou e depois rejeitou. Aquilo só piorou meu estado. — Quanto tempo!

Apertei os lábios e ergui uma das mãos.

— Oi, Sérgio. — Minha voz saiu como se eu estivesse de luto, muito embora não tivesse forçado isso.

— Ué, vocês se conhecem? — Para meu alívio, Franco voltou a tela do celular para ele.

— Sim, uma velha amiga. Espero que você esteja bem! — Sérgio falou em um tom mais alto, como se eu estivesse longe.

Franco virou o rosto em minha direção e deve ter percebido algo, porque ele logo desviou o assunto, se levantou, foi para a porta que dava para a varanda e voltou a conversar com Sérgio sobre o tal vídeo que ele deveria enviar.

Minha alegria anterior murchou aos poucos. Revivi a tristeza ao precisar lidar outra vez com o passado. Eu deveria ter superado, afinal, o fato de Sérgio nunca mais ter respondido às minhas mensagens e ligações fora um livramento, uma resposta de Deus às minhas orações. Principalmente quando eu soube que ele continuava atirando para todos os lados enquanto dizia que me amava. Mas, ainda assim, a culpa e a vergonha costumavam trazer à tona a rejeição vivida.

Franco desligou o telefone e se voltou para mim com a expressão de curiosidade.

— Está tudo bem?

— Está sim — tentei soar divertida, mas acho que falhei.

— Tem certeza?

O que aconteceria se eu falasse a verdade?

— De onde você conhece o Sérgio? Vocês são muito amigos?

Franco voltou a se sentar e apoiou o celular em cima da bancada da pia.

— Eu morei por um tempo na cidade dele e ele foi muito receptivo comigo na igreja. Me ajudou financeiramente quando precisei, sempre me convidava para almoçar. É um bom rapaz.

— Deve ser... se não tem uma garota envolvida — desabafei e me arrependi logo em seguida.

— É, acho que ele tem um probleminha relacionado às mulheres. Eu já o repreendi algumas vezes e tento fazê-lo enxergar a seriedade do assunto. — Franco crispou os olhos. — Vocês tiveram algo?

— Está tão na cara assim? — Suspirei e esfreguei as mãos no rosto. Depois, apoiei o queixo em uma das mãos e o cotovelo na bancada. — Não namoramos e graças a Deus não houve envolvimento físico. Eu o conheci em uma viagem e depois nossa interação foi toda virtual. Acho que posso nomear o que tivemos como defraudação. E uma moça não sai muito bem quando passa por uma experiência dessas.

— Sinto muito. Era sobre ele que você estava falando ontem? É recente?

— É. — Ergui meu corpo para tentar encerrar o assunto. — Mas ficou no passado. Acho que aprendi minha lição. Não vou deixar um cara me enrolar outra vez. Quando chegar a hora, ele vai ter que ser muito claro sobre as intenções dele, e não só com palavras. Serei bem mais cuidadosa.

Franco abriu um sorriso e ficamos em silêncio por um tempo. Então ele mudou a postura e relaxou os ombros. Por que eu não tinha reparado ainda como ele era bonito de perfil? O nariz grande até combinava com o rosto e o cavanhaque.

— Entendo o que você diz. As emoções são um lugar muito instável para se brincar, sem ter certeza do que quer. Quando chegar a minha vez, eu não vou pedir a escolhida em namoro, mas em casamento.

Quero deixar claro a ela minhas intenções, pois pretendo me relacionar apenas com a mulher que desejo que caminhe junto comigo na missão de formar uma família. Que Deus me dê graça para manter meu propósito e acertar nisso.

— Amém!

Eu sorri ao pensar no quanto a felizarda seria sortuda.

Capítulo 5

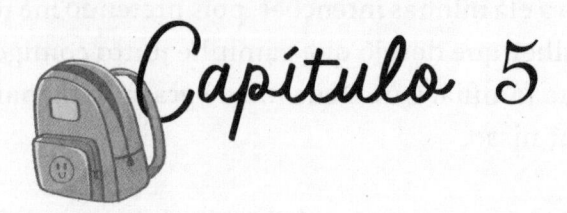

— Napáuria!

Abri os olhos com relutância e encontrei Ana parada em frente à minha cama. Ainda desnorteada pelo sono, encarei a menina e murmurei alguma coisa.

— Tito pediu que eu acordasse você. Vem, não demora, ele está esperando na cozinha.

Assim que ela me deixou, sentei-me na cama e esfreguei os olhos. Peguei o celular na mesinha ao lado e precisei olhar duas vezes para ter certeza das horas. Eram 5h30 da manhã! O que Franco queria comigo tão cedo?

Com as pernas pesadas, me levantei. Em frente ao espelho, conferi se minha calça de moletom e blusa larga me deixavam ao menos apresentável e prendi os cachos rebeldes. Passando as mãos no cabelo para tentar abaixar o *frizz*, desci as escadas a caminho da cozinha, de onde vinha o som de cochichos. Avistei Ana, Leo e Franco, todos animados, como se não fosse madrugada.

— O que aconteceu? — perguntei depois de bocejar.

— Vamos caminhar. Ana quis ir junto, pensei que talvez você também desejasse se unir a gente — Franco me entregou uma caneca cheia de café. — Vamos pegar um caminho aqui perto, uma estrada com muito verde ao redor.

— Vamos, Napáuria! Vai ser divertido!

Caminhar era, de longe, minha atividade física preferida. Avaliei a empolgação dos meus companheiros, todos com roupas leves e tênis no pé. Bebi um gole do líquido quente para despertar enquanto pensava no assunto.

Não seria nada mal me exercitar um pouco. E eu estava gostando muito da companhia de Franco, não dava para negar. As conversas com ele eram sempre interessantes e há tempos não me sentia tão bem perto de um amigo.

— O que é preciso para a aventura? — Me rendi à ideia.

— Uma roupa e sapatos confortáveis. Só isso. Estou providenciando a água — Franco respondeu.

Tomei o resto do café junto com a torrada que me foi oferecida. Depois, voltei para o quarto, troquei minha roupa e ajeitei melhor meu cabelo. Em alguns minutos, estava me unindo à turma e partimos rumo à nossa trilha.

Seguimos pelas ruas quase desertas da cidade, com um ou outro trabalhador indo para a labuta diária. Ana estava muito animada e falava comigo sem parar, enquanto Leo e Franco conversavam sobre futebol. Depois de quinze minutos, nós entramos em uma via que terminava numa rua de terra. A princípio, havia alguns sítios ao lado, mas, com o tempo, a estrada era ladeada apenas por árvores.

— Que lugar lindo! — declarei após constatar que o esforço estava valendo a pena.

— Espere mais um pouco porque vamos parar para descansar em um lugar sensacional — Franco declarou.

Fiquei esperando o tal lugar chegar. Na próxima curva, talvez. Quem sabe logo ali na frente? Então, desviamos do caminho principal e pensei estar próxima do nosso destino; porém, após subir um largo trecho bastante inclinado, indo para o lado da mata, comecei a desconfiar de que ainda estávamos longe.

— Falta muito? — perguntei para Franco após observar que Ana estava calada, talvez poupando esforços. Eu mesma já estava ofegante, cansada, com os pés doendo e pensando em todo o caminho de volta.

— Para o nosso lugar de descanso? Não, estamos próximos.

Assenti e continuei concentrada no chão cheio de pedras e buracos. Ana pediu uma pausa para tomar água, mas o irmão a incentivou a continuar porque o nosso ponto de descanso era logo ali. E, de fato, após uma curva, um riacho com água transparente corria em meio a pedras, formando uma espécie de cachoeira. Havia um espaço limpo perto da margem e nós nos sentamos ali. Minhas pernas agradeceram pela pausa e o corpo ficou satisfeito com a hidratação fornecida pela água. Tito se sentou ao meu lado e me ofereceu uma maçã. Depois, tirou ovos cozidos e colocou no meio da nossa roda, incentivando-nos a comer para repor as energias. Aceitei e, com calma, apreciei a vista enquanto descascava o alimento para comê-lo ao ar livre.

A conversa fluiu e Franco passou a relatar alguns casos que ocorreram com ele quando prestou serviço militar. Era nítido o quanto ele amava o assunto. Os olhos brilhavam e a expressão se abria enquanto relatava.

— Uma vez estávamos fazendo uma inspeção, algo que acontece de tempos em tempos no quartel. Éramos divididos em grupos. Naquela ocasião, o assunto era primeiros socorros. Houve uma simulação de um acidente e a vítima foi ferida na cabeça. O sargento perguntou ao rapaz do meu lado qual procedimento deveria ser feito. Ele não sabia responder, então eu dei a dica em voz baixa: "um torniquete[9] no pescoço". — Franco soltou uma gargalhada.

— Um torniquete no pescoço? — indaguei abismada com a ideia absurda. — Vocês queriam salvar a vida do ferido ou matá-lo mais rápido?

— Mas você não sabe o pior! O rapaz acreditou que eu estava falando sério e repetiu em voz alta. O sargento ficou uma fera. — Ele tomou ar para controlar o riso. — E eu fiquei de castigo porque não aguentei e gargalhei muito.

....
[9] Instrumento para deter temporariamente por compressão o fluxo sanguíneo de um membro (N. A.).

O grupo todo se contorceu de tanto rir. Leo achou a atitude do primo genial.

— Bons tempos aqueles — Franco disse. — Nunca me esquecerei da expressão do sargento.

— Qual foi o castigo? — Ana quis saber.

— Fiquei duas horas extras limpando a cozinha. Mas, depois dessa, aprendi minha lição. — Ele piscou para mim.

Ana avistou uma árvore a alguns metros e perguntou se eram goiabas penduradas nos galhos. Franco assentiu e, atraído pelas frutas, ele e Leo foram catar algumas no pé. Não sei como, mas o diálogo entre mim e a menina acabou entrando em um assunto que eu não esperava.

— Tem várias meninas da igreja que são loucas pelo meu irmão — Ana disse, referindo-se ao sucesso de Tito entre as mulheres. — Já ouvi minha mãe comentar sobre a paixão de anos da Letícia. Tem também a Gabriela e a Maria. Eu suspeito que a Michele também goste dele.

Sem querer, meus olhos foram atraídos para o homem pendurado no galho da goiabeira. Ele não era o tipo popular, como Dylan de *Orei por você*, um dos meus livros preferidos. OK, ele até tinha um certo charme, como eu havia reparado no dia anterior, mas não era nenhum modelo ou conquistador nem nada do tipo. Era atencioso, sim, isso é verdade. Porém, nada demais. Talvez fosse exatamente a postura de seriedade que atraísse as meninas. Quem sabe, talvez, a falta de rapazes solteiros na igreja?

— E ele não tem interesse em nenhuma garota? — perguntei sem entender de onde vinha meu interesse no assunto.

— Não sei. — Ana deu de ombros. — Acho que não. Ele estava de conversa com uma moça há um tempo, mas não deu em nada.

"Uma moça? Quem seria? Será que eu a havia conhecido? Mas por que eu estava pensando nisso?"

— Ele é um cara difícil, então — concluí e Ana riu.

— É um irmão chato e exigente, isso sim.

— Como bons irmãos mais velhos costumam ser.

Os rapazes retornaram com as camisas cheias de goiabas. Mas, para a minha infelicidade, estavam todas recheadas de bichos. Não que eles se importassem. Franco e Leo comeram, garantindo que bicho de goiaba, goiaba é, e que era pura proteína.

"Eca!"

— Acho melhor partirmos, há um bom caminho pela frente. — Franco se levantou e estendeu a mão para mim, me ajudando a levantar.

— Espera! Bom caminho? A gente vai andar muito ainda?

— Passamos um pouco mais da metade — falou com naturalidade.

— Metade? — Me afastei e arregalei os olhos. — Como assim, um pouco mais da metade? Quanto é? Qual a distância?

— São doze quilômetros de casa até o ponto final. De lá, pegaremos um ônibus para voltar.

Minha boca se abriu. Eu ia falar de imediato, mas precisei de um tempo para processar a informação.

— Doze quilômetros! Doze quilômetros? — Coloquei as duas mãos na cabeça. — Você está louco? Como me chama para uma caminhada de doze quilômetros sem me avisar antes? É preciso preparo físico para fazer uma atividade assim! No mínimo, um preparo emocional. Não sei se reparou, mas eu não sou uma atleta!

Franco me encarou sem saber o que responder. Leo já estava rindo e Ana um pouco assustada.

— Não é tão ruim assim. Você tem se saído bem. Logo vamos chegar e...

— Melhor voltarmos!

— Não sei se você entendeu, mas passamos da metade. — Leo achou graça do meu drama. — Voltar se torna um caminho mais longo do que se continuarmos.

— Ai, estou perdida! Meus pés doem, estou cansada e com fome. Ovos cozidos, maçã e goiabas bichadas não são o tipo de alimento que uma sedentária como eu precisa diante de tanto esforço! E estamos aqui neste caminho ao qual nenhum carro chega! Quem vai me resgatar se eu não conseguir mais andar?

Franco deu um passo à frente, me deu as costas e ergueu as mãos por cima dos ombros.

— Vem, eu te carrego!

Olhei para ele parado naquela posição pronto para me pegar nas costas. Depois, para Ana, que continuava assustada, e para Leo, um pouco curioso em como a trama ia se desenrolar.

— Você está me zoando — falei.

— Claro que não! — ele garantiu. — Já fiz esforço pior do que levar uma dama cansada nas costas.

Vendo a seriedade com que ofereceu a ajuda — ainda que a proposta fosse ridícula —, me acalmei, catei alguns dos nossos pertences e comecei a caminhar em direção à estrada. Logo os três me seguiram, mas Franco passou a andar ao meu lado, enquanto Leo e Ana iam à frente, conversando sobre a série preferida deles. Aos poucos, a tensão passou e comecei a pensar positivo. Se conseguisse chegar ao destino, teria uma história e tanto para contar. Não é qualquer um que faz uma caminhada de doze quilômetros em uma espécie de estrada estreita e malconservada.

— Desculpa, não pensei em explicar nosso trajeto.

— Ah, tudo bem. Agora já estamos aqui, melhor aproveitar o passeio. Bom que me ajuda a perder uns quilos, estou muito fora de forma.

— Você parece ótima para mim — ele falou com sinceridade.

Sem saber como responder ao elogio, apenas sorri.

Talvez a consciência de Franco tenha ficado pesada, pois, a partir de então, ele não saiu do meu lado. Puxava conversa, falava sobre o ambiente e até me contou sobre o sonho antigo de fazer parte do Batalhão de Infantaria de Selva.

— Eu aprendi muito sobre sobrevivência, principalmente no mato. Por isso gosto tanto de caminhar ao ar livre, rodeado da natureza. Sempre amei acampar, viver com pouco. Se eu pudesse, teria minha vida toda dentro de uma mochila.

— Eu nunca acampei, acredita? É meu sonho! Mas não precisa ser tão radical, aceito alguns confortos da vida moderna.

— Sério? Precisamos resolver isso. Se me der uma chance, posso tentar organizar algo do tipo. Eu ia gostar de te fazer companhia. Podemos juntar uma turma, tem um lugar muito bacana aqui perto, ótimo para quem nunca acampou.

Ele estava interessado em acampar comigo? Mesmo depois da minha demonstração de garota mimada incapaz de encarar uma caminhada longa no meio do mato? Eu deveria ficar impressionada?

— Se é um convite, eu aceito. Já estou empolgada!

— Prometo não colocar nenhuma caminhada longa na agenda — brincou.

— Agradeço!

Após um momento de silêncio, ele me olhou com um sorrisinho brincalhão. Depois, focou um ponto à frente.

— Você gosta de ler, então? Falou várias vezes sobre algum livro ou personagem superprecioso aos seus olhos.

— Sim, eu gosto muito de ler. E, sim, tenho vários personagens que me inspiram. Você deveria experimentar ler antes de zombar deles. — Aproveitei a nossa proximidade para esbarrar meu ombro no dele. — Talvez se surpreenda.

— Então me conte algo sobre eles.

— Sobre os livros? Ou sobre os personagens?

— Sobre o que você quiser. Sou todo ouvidos. — Ao perceber meu olhar, ergueu as duas mãos. — O quê? É um interesse sincero. Quero conhecer você melhor.

Me conhecer melhor? O que ele queria dizer com isso?

Pare, Napáuria! Não deixe sua mente vagar para lugares perigosos! Não seja uma jovem emocionada que vê romance em tudo. Ele só quer ser seu amigo, como você quer ser amiga dele. Nem tudo é sobre questões do coração. Isso! Somos irmãos em Cristo e nada mais.

— Bem, prepare-se! Você entrou em terreno perigoso, agora precisará me ouvir falar sem parar.

— Não será um esforço — respondeu e alguma coisa no olhar dele parecia dizer mais do que as palavras.

Irmãos em Cristo, Napáuria! Irmãos em Cristo!

Capítulo 6

Fazia meia hora que eu estava deitada na cama mirando o teto. As mãos cruzadas em cima da barriga, os pés já calçados quase tocando o chão. Malas fechadas, cobertas dobradas. Tudo pronto para partir. A ansiedade me fez despertar bem antes da hora e fiquei refletindo sobre os últimos dias.

Quanta coisa poderia acontecer em um espaço de tempo de uma semana! Quantas respostas podemos encontrar quando Deus dirige nossa vida! Havia chegado na casa da tia Lídia cheia de dúvidas e anseios, e estava prestes a ir embora convicta e decidida sobre os próximos passos. Seguiria o plano e faria minha matrícula na escola de Missões. A cada minuto de conversa com Franco sobre o assunto, mais eu ansiava por viver experiências parecidas com as dele. Eu pretendia gastar meu tempo de solteira para conhecer mais o Senhor e me dedicar à obra Dele.

Virei meu corpo de lado e apoiei a cabeça em cima do meu braço. Meus olhos foram atraídos pelo pequeno porta-retratos com a foto da família e meu coração transbordou. Como se tornaram especiais para mim! Como os dias hospedada naquela casa me fizeram bem! Eu não esperava ser recebida com tanto amor e criar vínculos familiares com os parentes do meu primo. Mas ali estava eu, triste porque a distância entre nossas casas nos separava por algumas horas de viagem, até mesmo de Franco, que morava um pouco mais perto.

Conferi o horário no celular e constatei que já estava na hora. Juntei todos os meus pertences em um canto antes de sair do quarto. Desci as escadas e o cheiro do café me convidou a ir até a cozinha. Ao entrar lá, encontrei apenas tia Lídia coando o café e Franco sentado à mesa com uma Bíblia aberta nas mãos. Foi ele quem notou minha presença primeiro. Ergueu a cabeça e sorriu. Por um instante, enxerguei um traço de afeição atravessar seu olhar e isso me desestabilizou, mas por pouco tempo, pois logo voltei à razão.

— Bom dia — anunciei minha chegada para tia Lídia.

— Bom dia, minha querida. Sente-se, já vou servir a mesa.

Obedeci à ordem e puxei a cadeira que estava em frente ao Franco. Ele voltou a sua atenção para um trecho das Escrituras e de repente passou a ler um versículo em voz alta.

— "Enganoso é o coração, mais do que todas as coisas, e desesperadamente corrupto; quem o conhecerá?" — Ele fez uma pausa e me encarou com o semblante divertido. — Acredita nisso? Que o coração é enganoso?

— Claro, ué. Está na Bíblia, como poderia negar?

Satisfeito com minha resposta, voltou a ler. Fiquei pensativa, tentando entender de onde havia saído aquela conversa estranha, que terminou como começou, sem nenhuma explicação.

Tia Lídia colocava a mesa quando o marido entrou. Com gentileza, deixou um beijo no rosto da esposa, sentou-se à mesa e puxou conversa comigo sobre a minha família. Pouco depois, Leo apareceu com a cara amassada de quem acordou há poucos minutos e mal tinha penteado os cabelos. Franco, por fim, fechou a Bíblia e a deixou de lado, servindo-se de café.

— Vou levar vocês para a rodoviária — informou. — E de lá já vou pegar meu caminho também.

— A casa vai ficar tão vazia e silenciosa — tia Lídia murmurou lamentosa. — Além disso, Ana vai sentir falta de vocês.

— Aquela irmã desnaturada! Preferiu ficar dormindo a vir se despedir! — Franco fez uma careta e misturou o açúcar no café.

— Ela é só uma adolescente, Tito. Deixe de implicância. Ainda é cedo, ela vai descer antes de vocês partirem. Me fez prometer que eu a acordaria, mas não é para abraçar você não — a mulher disse e terminou me encarando.

— Para você ver, mãe. Napáuria mal chegou e já está conquistando corações. — Franco cruzou os braços em frente ao corpo e me desafiou com o olhar.

Sem saber como reagir e sentindo ter liberdade entre a família, dei de ombros.

— É meu charme natural. O que eu posso fazer?

— Convencida — Leo declarou e soltou uma risada.

Mais tarde, como dito, Ana apareceu bocejando. Ainda vestia o pijama rosa. A despedida foi regada de palavras carinhosas e votos de felicidade. Recebi mais de uma vez o convite para retornar em qualquer momento e um pedido para estarmos presentes no próximo Projeto.

Sentei-me no banco do passageiro na parte de trás do automóvel e Leo foi ao lado do primo motorista, tagarelando sem parar sobre pesca, algo de que os dois gostavam muito. Chegamos na rodoviária e ainda faltavam alguns minutos para o embarque. Leo quis ir ao banheiro, deixando-me a sós com Franco.

— Sabe, tenho uma pergunta a fazer — falei e, curioso, ele me encarou. — Por que algumas pessoas te chamam de Tito e outras de Franco? Quero dizer, sei que são seu nome e sobrenome, mas deve ter uma explicação para sua dupla nomeação.

— Tem, sim. — Ele sorriu e colocou uma das mãos no bolso da calça jeans. — Franco acabou virando uma espécie de apelido porque era o nome que eu usava quando servi. Todos me conheciam por Franco no quartel e depois disso o nome pegou. Mas minha família ainda me chama de Tito, como sempre foi.

— E como você prefere que eu te chame?

Os lábios dele se curvaram ligeiramente. Ele ergueu as sobrancelhas e fixou o olhar dentro do meu, mudou o peso do corpo de uma perna para a outra e alargou o sorriso.

— Como você preferir. Tito costuma ser um nome mais usado pelos íntimos, mas não me sentirei ofendido se você passar a me chamar assim.

— Tito, então.

Leo retornou e chegou a hora da despedida. Ele abraçou o primo primeiro e deu espaço para eu fazer o mesmo. De uma forma amigável, eu e Tito nos abraçamos pela primeira vez.

— Gostei muito de conhecer você — ele falou baixinho enquanto ainda estávamos próximos. — Espero poder manter contato.

— Você tem meu número de celular — respondi e me despedi pela última vez.

Entrei no ônibus e me sentei no lugar indicado na passagem. A sensação do quanto eu gostava de Tito me invadiu e o sorriso involuntário brincou no meu rosto.

Ele era um bom amigo. Um homem diferente de todos que eu havia conhecido. Era como os mocinhos cristãos literários que eu pensava serem apenas frutos da imaginação das autoras. Um exemplo e um sinal de que eu não deveria perder as esperanças.

Bem que eu gostaria de encontrar um rapaz como ele quando chegar minha hora!

Capítulo 7

Meu celular apitou pela manhã. Era uma mensagem de Tito. Imaginei que ele estivesse dando um "bom dia", como vinha fazendo nos últimos dias. Abri o aplicativo de mensagens já com um sorriso estampado nos lábios.

Tito 07h30

> Viu o vídeo que te mandei?

> Não, onde você mandou?

> Não?

> Brincadeira, vi sim!

> Aff, não suporto essa joça. Vou te ligar.

Meu sorriso se alargou e aguardei o celular dar um toque para atender. Minha mãe, lendo do outro lado da varanda, ergueu o olhar quando ouviu minha voz dizer "Alô".

— Tenho cinco minutos para falar. Viu como está puxado o trabalho hoje? Passei a manhã toda em cima de um telhado com o sol assando minha pele — Tito disse do outro lado da linha.

— Coitadinho — brinquei.

— E tem gente achando que ser um missionário local é fácil. — Ele riu. — Mas não foi para isso que te liguei. Tenho algo importante para falar.

Fiz silêncio ao perceber como ele estava sério ao dizer a última frase.

— Está me ouvindo, Napáuria?

— Claro!

Ele esperou alguns segundos só para me deixar ansiosa.

— Um avião cai entre a fronteira do México e dos Estados Unidos. Onde se enterra os sobreviventes? — perguntou com tom preocupante.

— Quê? — indaguei confusa.

— Diga logo! Meu tempo está acabando!

— Eu não sei!

— E desde quando a gente enterra sobreviventes? — Ele soltou uma gargalhada. — Ligo para você mais tarde. Tenha um bom dia!

— Tito! Você tem sorte de eu ser uma boa amiga, porque, se não, sequer o atenderia...

— Até mais!

E desligou a chamada. Comecei a rir da situação. Era sério que ele tinha me ligado só para me contar uma piada? Mandei uma figurinha por mensagem e balancei a cabeça achando graça do que tinha acontecido.

Quando levantei o olhar, mamãe me analisava com aquela expressão de repressão materna, mas cheia de compaixão.

— Era o Tito — falei sem saber como reagir à forma como ela me estudava.

— Deu para perceber — respondeu e abaixou a cabeça, focando o livro que tinha nas mãos.

A pausa seguida do levantar de uma sobrancelha significava que um sermão estava sendo elaborado, com todo toque de uma bela lição de moral, coisa própria das mães.

— Minha filha — começou com calma e me encarou —, será que você não está fazendo o Tito pensar que quer ser apenas amiga dele?

Arregalei os olhos e entrei na defensiva.

— Mas é o que nós somos! — declarei com ênfase. — Apenas amigos.

— Sei. — Pela expressão, ela deixou claro que não acreditava na minha sentença. — Um amigo que liga, rigorosamente, todos os dias? E manda muitas mensagens e passa horas conversando?

— E o que tem de mais? — Cruzei os braços e respirei fundo.

— Na minha época, chamávamos isso de um rapaz cortejando uma garota.

— Mãe!

— Minha querida, desejo sua felicidade. Ele é um bom rapaz e, pelo que ouvi sobre ele nos últimos dias, ficaria muito contente em tê-lo como genro.

— Mãe! — protestei e levantei as duas mãos. — Você está imaginando coisas.

Ela moveu a cabeça em negativa.

— Filha, ouça sua mãe. Ele está muito interessado em você, ou não inventaria desculpas para te ligar sempre. Acredite em mim, sou uma mulher vivida, sei quando as coisas estão adiantadas entre dois supostos "amigos".

Ela voltou a encarar o livro e eu passei a refletir sobre o que ela dizia. Será que existia a possibilidade de Tito me ver com outros olhos?

— Só cuide para não dar a entender que você não tem interesse, caso esteja interessada. — Ela se voltou para mim outra vez. — Você está

Considerei a pergunta e fiz uma breve inspeção de meus sentimentos. Não, eu não estava apaixonada. O que sentia por Tito era bem diferente do que um dia havia sentido por Sérgio, por exemplo. Interagir com Franco me fazia bem, era verdade. Eu amava conversar com ele e meu coração se enchia de alegria ao ouvir a voz dele. Mas não, não era aquela obsessão, aquela emoção dependente, a paixão. Eu só gostava dele e não tinha considerado a ideia de que pudesse haver algo além de amizade entre nós.

— Não sei... quero dizer, seria louca se dissesse que não pensei no quanto será sortuda a mulher que ele escolher para se casar. Acho que isso é interesse, não é?

— E por que essa mulher não pode ser você?

— Porque eu sou muito nova, sei lá. — Ergui meu ombro esquerdo analisando boas desculpas para dar. — Você sabe do meu propósito de me casar em no máximo um ano. Estou me formando no ensino médio!

— E daí? Conheço várias mulheres que se casaram quando tinham a sua idade e que têm casamentos sólidos há anos. Pode ser difícil por causa de sua mocidade? Talvez. Mas você sabe tanto quanto eu que sua idade atual não seria um impedimento. Tito também é um rapaz maduro, um homem. Ele saberia lidar com você. Além do mais, ainda teria um ano para se preparar melhor.

Desarmada com a postura cheia de incentivo de minha mãe, procurei uma razão mais precisa, entretanto, nada vinha à minha mente, exceto o quão Tito era um homem maduro e incrível demais para eu ousar conceber ser escolhida por ele.

— Ele é muita areia para meu caminhãozinho — declarei, por fim, sem pensar em uma maneira melhor para expressar meus sentimentos.

Mamãe gargalhou ao me ouvir usar a gíria que aprendi com ela.

— Napáuria! Olhe para você! É jovem, sim, mas é uma mulher, não mais uma menina. Uma linda mulher, cheia de atributos. E o principal, tem buscado ser uma mulher piedosa. Tito seria bobo se não observasse isso em você.

Suspirei. Ergui meus joelhos e repousei a cabeça ali, começando a pensar na possibilidade de ela estar certa.

— Mãe, você está colocando minhocas na minha cabeça. Não quero me envolver emocionalmente com um rapaz outra vez, a não ser que seja algo concreto.

— Talvez seja esse o motivo de ele ainda não dizer nada. Está esperando ter a certeza do que quer para te oferecer a segurança de um compromisso.

Meus pensamentos começaram a viajar para lugares que eu não gostaria que visitassem. Mas lá estava eu, tentando imaginar qual seria minha resposta se ele me dissesse algo. Então, nossas conversas foram clareando minha mente. Tínhamos tanto em comum, e me refiro às coisas mais importantes, como a cosmovisão em relação a relacionamento, casamento, filhos, família, teologia, missões... Quanto mais analisava, mais desesperada ficava, com medo de agir de maneira imprudente de novo.

— O que eu faço agora, mãe? — perguntei e joguei meu corpo para trás.

— Primeiramente, ore a respeito disso. Deus pode direcionar você e suas emoções. Depois, pare de usar a palavra "amiga" com ele e responda ao interesse. Quando encontrar uma brecha, deixe-o entender que você está aberta a algo. Por favor, não o mantenha naquele negócio... — Ela estalou um dos dedos e franziu a testa. — Como é mesmo o nome? Que você me disse outro dia? Zone... Zione...

— *Friendzone*, mãe.

— Isso! Não o coloque de molho nesse lugar aí.

Friendzone. Será que eu estava mesmo mantendo ele lá com medo de me apaixonar e sofrer de novo? De repente, uma vontade absurda de orar me fez levantar.

— Acho que vou para o meu quarto. Preciso pensar nisso, orar e me acalmar. Segunda começam as últimas provas, minha formatura está chegando. Não é hora de me perder em um romance.

Minha mãe assentiu e voltou a ler, deixando-me livre para partir. Subi as escadas com o coração um pouco acelerado. Quando fechei a porta do quarto e me deitei na cama pronta para orar, pensei que talvez fosse tarde demais para não pensar em romance.

♥

Quando vi o nome "Tito Fox" no visor do telefone, segurei o ar por um minuto. A tarde tinha sido longa. Tentava me concentrar nos estudos, já que queria terminar o ensino médio com boas notas e as provas finais valiam bastante; porém, minha cabeça só queria refletir sobre a conversa com minha mãe mais cedo.

Tive medo de não conseguir ser a mesma com ele ou de afastá-lo sem querer, mas me apavorava ainda mais a possibilidade de mantê-lo na zona morna da amizade.

Puxei o ar e atendi, forçando a voz para soar natural, e não nervosa.

— Alô?

— Então, está animada para sua formatura? Está chegando, não está?

Ouvir a voz dele trouxe paz ao meu coração. Eu não precisava me preocupar, tudo se resolveria.

— E você? Vai vir?

— Talvez — ele respondeu. — Só se você prometer dançar comigo.

— Dançar o quê? — perguntei, já suspeitando da proposta.

— Será que tocam forró em festas assim?

— Nem nos seus sonhos! Esquece, melhor você ficar aí.

Lembrei da *friendzone* e me desesperei. Como demonstrar? Minha mãe deveria ter me dado umas dicas mais práticas.

"Pensa rápido, Napáuria!"

— A verdade é que vou ficar muito feliz com sua presença — arrisquei, sendo sincera.

Consegui ouvir a respiração dele do outro lado da linha.

— Bom saber disso. Tenho orado sobre minha ida, espero que dê tudo certo.

— Eu também.

E então nossa conversa mudou de rumo. Contei a ele sobre os papéis da inscrição da escola de Missões que já estavam comigo, mas que eu só prencheria após a formatura. Também o atualizei a respeito da minha decisão de tirar férias do trabalho no abrigo, para poder me dedicar aos estudos. Ele me contou dos trabalhos recentes na igreja e assim passamos mais de uma hora conversando sem ver o tempo passar.

Capítulo 8

— Não acredito que terminei o ensino médio! — desabafei para Leo ao meu lado.

Descer a rampa de acesso às salas superiores do prédio da escola pela última vez me trouxe uma mistura de alívio e apreensão. Eu fechava um ciclo para começar outro. O ambiente escolar vinha exercendo um papel importante no meu cotidiano há anos e eu sempre soube que ele estaria ali, até o dia em que deixaria de ser parte da minha obrigação diária para dar espaço a um novo tempo. Faculdade? Missões? Casamento?

Sim, casamento passou a ser uma ideia a me atormentar, mesmo que eu tivesse tentado evitá-la. Desde quando mamãe supôs sobre o interesse de Franco, eu passei a sondar meu próprio coração e me dei conta de que não teria dificuldade em aceitar uma proposta matrimonial se ela viesse, ainda que me considerasse jovem demais — e a possibilidade um tanto absurda.

Leo fez algum comentário engraçado sobre nossa recém-adquirida liberdade antes de mencionar que a festa de formatura seria no dia seguinte. E, por algum motivo, pensar em Tito presente fez minha mente se desviar para lembranças de nossas recentes conversas. Então, quando atravessamos o portão da escola de acesso à rua, ponderei se meus pensamentos estavam me enlouquecendo ou se era o próprio Franco quem estava com os braços cruzados, apoiado em um carro sorrindo para nós.

— Olha quem deu as caras! — Leo adiantou os passos para cumprimentar o primo com um toque de mãos e soquinhos. — Pensei que chegaria só amanhã.

— Consegui me adiantar — Tito falou e se virou para mim, que já estava na frente dele. — Como vai, Napáuria?

Ele se aproximou e me abraçou. Era nosso segundo abraço e dessa vez eu me perguntava internamente se o gesto significava algo a mais. Pensei que ficaria muito constrangida, mas minha felicidade por estar com ele sobrepôs qualquer outra emoção.

— Por que não contou que viria hoje? — perguntei e levei a mão até a alça da mochila.

— Quis fazer uma surpresa. Aliás — ele deu um passo para o lado e apontou para o carro —, vim te dar uma carona. Se importa se eu te levar para casa?

— E deixar de fazer o trajeto a pé em pleno sol do meio-dia? Claro que não me importo!

Leo assumiu o lugar do passageiro e eu me sentei no banco de trás do automóvel. Minha casa não era longe. Durante o curto trajeto, ele conseguiu contar apenas que havia chegado à cidade e ido direto para a porta da escola, aguardando por cerca de meia hora até a gente aparecer. Ao estacionar em frente ao meu destino, comecei a ficar nervosa. Porém, sabia que não deveria perder a oportunidade, por isso me enchi de coragem quando Tito se virou para me encarar.

— Você quer entrar? Minha mãe gostaria muito de encontrar você — falei evitando olhar para Leo, que parecia alheio ao quanto a amizade entre os primos dele havia evoluído.

— Se o Leo não se importar.

Meu primo abriu a porta, deixando claro que não se importava. Atravessamos o portão e fomos recebidos pelos latidos e pulos dos meus dois cachorros. Franco parou para afagar a cabeça deles e eu entrei para avisar mamãe sobre as visitas imprevistas.

— Mãe! — gritei. — Cheguei e trouxe o Leo e o Tito comigo.

Minha mãe reteve logo a expressão de surpresa por ver Tito entrar pela nossa porta. Após receber Leo, ela estendeu a mão em direção ao rapaz.

— Como é bom vê-lo — ela disse com um sorriso sincero. — A última vez que nos encontramos você era um menino baixinho ainda.

Franco riu e depois respondeu às perguntas de minha mãe sobre a família dele. Aproveitei a deixa para guardar minha mochila e tirar o uniforme escolar. Àquela altura, eu não queria parecer uma garotinha do ensino médio. Coloquei um vestido, arrumei meus cachos e retornei para a sala a tempo de ouvir mamãe fazer um convite.

— Acho que acertei no menu hoje. Estou fazendo lasanha, minha especialidade. Vocês ficam para o almoço?

— Eu não posso, tia — Leo respondeu. — Combinei com meus colegas de jogar bola hoje. Nosso jeito de comemorar o fim da prisão escolar.

Reparei o olhar de Franco se voltar até mim, mas não ficou ali tempo o suficiente para notar minha ansiedade para ouvir a resposta dele.

— Se Leo não achar ruim, eu aceito o convite. Eu não comuniquei à minha tia que viria para o almoço, então acredito que ela não ficará chateada.

Ficou resolvido que Franco daria uma carona para Leo e retornaria. Quando eles partiram, mamãe passou a falar sem parar das primeiras impressões dela enquanto preparávamos a comida.

— Ele é muito bonito, sim. Não sei de onde tirou que não é.

— Eu nunca disse que ele é feio, mãe. Só que não é aquele rapaz galã. Ele é comum. Uma beleza simples e comum. — Dei de ombros, embora tivesse achado ele muito bonito naquela manhã.

— E é educado. Atencioso também. Se ofereceu para levar o Leo. — Ela mexeu o molho bolonhesa na panela. — Teremos tempo de conversar. Duvido que ele parta logo após o almoço.

— Mãe! — repreendi, mas com um belo sorriso no rosto.

Ela experimentou um pouco do molho e aprovou o gosto. Abaixou o fogo e se virou para mim.

— Tenho orado a Deus desde que vocês nasceram, pedindo ao Senhor para preparar homens abençoados para vocês. Sua irmã foi agraciada com um ótimo marido. E agora eu confio que Deus intervirá. Se for Tito o escolhido, Ele fará acontecer de maneira natural.

— Eu sei — respondi, sentindo-me abraçada pelo discurso dela. — Também tenho orado, mãe. Aliás, você sabe que eu oro pelo meu futuro marido há muito tempo, mesmo não sabendo o nome ou conhecendo o rosto dele. E peço a Deus que me dê sabedoria e trabalhe em meu coração para tomar a decisão correta. Não quero cair em outra enrascada.

— Então vamos esperar para ver como o Senhor agirá em resposta às nossas orações.

Não demorou para Tito voltar. Ele ficou na cozinha conversando com a minha mãe enquanto ela terminava de preparar o almoço. Quando a lasanha foi para o forno, ela sugeriu mostrar a ele o álbum de fotografias da minha infância com a desculpa de que havia ali uma foto na qual, possivelmente, ele estava presente. Mas a real intenção era me expor e apresentar um pouco mais da minha história.

Por que será que as mães gostam tanto de fazer isso?

— Ah, aqui está! Foi o aniversário do Leo de 2 anos. Me lembro que todos da família vieram. — Mamãe apontou para uma foto onde várias crianças posavam ao redor de uma mesa. — Napáuria era uma bebê ainda, tinha recém-completado o segundo ano de vida. — Indicou com o dedo ela me segurando no colo.

— Este é você, Tito? — perguntei, analisando o rosto de um garotinho com seus 8 anos de idade. O olhar estava nos docinhos dispostos na mesa. — O que havia de tão interessante nesses brigadeiros?

— Ora, são brigadeiros, por si só já são interessantes. — Ele riu. — Mas acho que era algo relacionado a formigas. Se me lembro bem, havia algumas delas passeando pela mesa.

— Foi a última vez que vocês dois se encontraram antes da viagem da Napáuria — mamãe disse com um tom de insinuação que me fez querer dar um beliscão nela.

Encontrei o olhar de Tito. Tentada a me desviar movida pelo efeito do constrangimento, me mantive firme e fiz uma leitura da expressão dele. Ele não parecia incomodado, tampouco envergonhado. Estava gostando daquela interação.

— Ah! Seu pai e sua irmã devem estar chegando. Vou terminar de preparar o arroz. — Minha mãe se levantou e me entregou o álbum de fotos. — Vocês dois fiquem aí conversando.

Sem o mínimo de discrição, ela saiu para a cozinha. Passei mais uma página.

— Essa é você? — perguntou, referindo-se a uma garotinha vestida de Branca de Neve. Eu confirmei. — Tão lindinha! Você não tinha cachos?

— Não, na infância era isso daí, meio liso, meio ondulado, sem definição. Mas acho que mamãe não sabia cuidar como pede um cabelo como o meu. Eu já era adolescente quando eles tomaram forma.

— Tem alguma foto para eu ver?

— Tem, sim — afirmei e fui atrás de outra pasta com fotografias mais recentes. Voltei a me sentar e a abri. — Só não vale rir da minha terrível aparência. Eu não sabia me vestir e era ainda mais gorda.

— O quê? — Tito me encarou com um pouco de surpresa. — Concordo que você não tem o corpo padrão dessas mulheres magrelas, mas também está longe de ser gorda como diz. Sério, você é linda, Napáuria.

Prendi a respiração sem saber como responder ao elogio tão direto. Eu me achava gordinha, sim. Talvez por ter partes do corpo mais grossas, como as pernas, minha visão de mim mesma não era de uma garota atraente.

— E, mesmo se fosse, se preocupar em excesso só com a beleza externa é tolice, na minha opinião. A aparência física sofre mudanças com o decorrer da vida. Vale se atentar principalmente ao caráter e piedade. Já diz o provérbio: "Enganosa é a beleza e vã a formosura, mas a mulher que teme ao Senhor, essa sim será louvada.[10]"

Aqui eu já estava desfalecida dentro, mas me mantive firme por fora.

— Sobre isso, concordo com você. Vejo tantas meninas se importando só com coisas secundárias quando pensam na imagem de

---
10 Provérbios 31:30 (N. A.).

um rapaz para casar. Estão convictas ao desejar um homem de cabelo comprido, ou loiro, ou forte, ou rico, americano, coreano, soldado, príncipe, ou que seja assim e assado. Esquecem que esse homem deve ser um cristão de verdade, cumprir seu papel como servo de Deus e mostrar os frutos dessa vida de piedade. Isso é inegociável, o restante é questão de sorte e das lutas que estamos dispostas a enfrentar. Eu não trocaria um homem cristão sincero por um soldado americano lindo, mas bem longe do cristianismo verdadeiro.

Quando me dei conta do rumo da conversa já era tarde, mas Tito não se incomodou. Nem um pouco.

— Mais uma vez, pensamos da mesma maneira. Impressionante como nossas convicções estão em sintonia em tantos assuntos. — Ele voltou a atenção para as fotografias. Depois de um tempo olhando as fotos, soltou uma frase sem contexto. — Não sei, mas não acho que estou enganado.

— O quê?

Ele apenas sorriu em resposta.

♥

Meu pai chegou no horário habitual acompanhado da minha irmã mais nova, cujo colégio ficava ao lado do trabalho dele. Cumprimentou Tito sem demonstrar nenhum interesse em particular, o que me fez questionar se mamãe havia mesmo falado sobre nossa amizade, ou ele não tinha se dado conta de quem era a visita. Acontece que papai sempre foi mais reservado, principalmente sobre assuntos sentimentais. Seu modo de demonstrar amor à família era trabalhando duro para prover nossas necessidades.

Minha irmã, por outro lado, estava muito interessada em ficar por dentro dos acontecimentos. Já à mesa, ela não parava de analisar Tito, alternando o olhar entre nós dois. Às vezes, sorria para mim. A atitude dela me deixou tensa e, mais uma vez, lá estava eu, analisando meus sentimentos. O interesse era óbvio, não tinha como negar. A expectativa de não saber se algo aconteceria me deixava ansiosa, até porque eu já considerava a ideia com bastante clareza. Tito era um rapaz com quem eu poderia me relacionar com facilidade, mas, ainda assim, não havia aquele sentimento de paixão sondando meu coração e minha mente. E isso, constatei, era muito bom.

— Então você é um missionário — papai introduziu a conversa. — Napáuria também pretende entrar para o seu time, mas acho que ela já te contou, não é?

— Contou, sim.

— E no momento você trabalha com o quê? — papai continuou.

— Estou servindo em uma igreja local. Sendo mais específico, trabalhando na reforma do prédio durante o dia e auxiliando nos trabalhos da igreja. Aos sábados, participo de um grupo de evangelismo.

— E recebe por isso? Como se sustenta?

Mamãe permaneceu atenta ao que Franco responderia.

— A igreja dos meus pais contribui com uma oferta mensal, e os membros de ambas as igrejas ajudam. Sempre estão me abençoando, cobrindo minhas necessidades.

Não sei por quê, mas aquela conversa soava como um verdadeiro interrogatório.

— Hum — papai murmurou e comeu mais um pedaço da lasanha. Depois, apoiou os cotovelos na mesa e cruzou as mãos na altura do rosto. — E você acha que com essa vida é possível se casar?

OK. Aquilo era um interrogatório. Então papai sabia mais do que eu imaginava. De repente, o queijo da lasanha me pareceu tão chamativo.

— Tenho duas opções, senhor, para quando chegar a hora. A primeira é uma oferta de emprego na empresa de construção civil do meu tio. É um bom salário, suficiente para sustentar um lar. A segunda é permanecer em missões, caso seja do interesse dela também, com o apoio das nossas igrejas. Eu tenho vivido a provisão de Deus e sei que, se Ele tem sido fiel comigo, será quando a situação mudar. Oro a Deus para me dar o entendimento correto sobre o melhor caminho.

Eu já estava petrificada. Havia mesmo algo no ar ou era fruto da minha imaginação?

— Tenho certeza de que Ele fará isso. — Mamãe interrompeu o diálogo dos dois homens. — Nós também conhecemos a realidade de quem depende do sustento de Deus. Embora muitas mães pudessem ficar preocupadas, não vejo nenhum problema se a Napáuria quiser se casar com um missionário nessas condições.

Levantei o olhar devagar, tentando deixar claro para ela que tinha passado dos limites, mas o sorriso materno me desarmou.

— Então — papai retomou a palavra —, me conte onde você mora. Como são as acomodações?

— Moro em uma casa pastoral, ao lado da igreja. O pastor não quis ocupá-la porque precisava de mais espaço. — Tito sorriu. — Ele tem seis crianças. Então me cedeu o lugar. É uma casinha simples, mas grande o suficiente para uma família pequena.

— Muito bom.

Aquele comentário me deu a impressão de que meu pai havia entregado os pontos. Estaria eu imaginando coisas, ou uma possibilidade para o meu futuro tinha sido discutido à mesa na hora do nosso almoço através de mensagens subliminares?

Olhei para Tito e vi outra vez uma nota de afeição suavizando sua expressão. No entanto, papai retornou com a conversa e dessa vez os tópicos não me pareceram interessantes o suficiente para serem lembrados.

Capítulo 9

Em frente ao espelho, refleti como a minha perspectiva em relação à formatura havia se transformado. Embora antes eu estivesse animada com o baile — talvez até influenciada pelo maravilhoso *buffet* que seria servido —, a presença de Tito transformou a animação em ansiedade. Ele havia deixado claro, embora não tão direto, que estava orando sobre o futuro do qual aparentemente eu fazia parte. Eu agia da mesma forma, clamando a Deus para não me deixar cometer alguma besteira se meu coração estivesse inclinado para a direção errada de novo.

Não, Tito não era como Sérgio. Ele estava preocupado em fazer as coisas certas e direito. Ele não se esquivava da responsabilidade. E meus pais estavam envolvidos dessa vez, sem apresentar qualquer oposição.

Será que...

Sacudi a cabeça para não fantasiar nada. Eu não queria e não podia alimentar uma paixão. Precisava ser racional e deixar meus sentimentos seguros dentro dos limites preestabelecidos da amizade.

Mirei minha imagem no espelho e fiquei feliz porque me sentia bonita. Eu sabia que não era nenhuma beldade, não era do tipo que chamava a atenção. Mas mamãe tinha me ensinado que isso não importava, eu só precisava da admiração de uma pessoa: daquele com quem eu construiria uma família. E, pensando bem, me conhecendo como me conheço, era melhor assim. Seria muito mais difícil lidar com as questões do coração se tivesse vários rapazes demonstrando interesse ao longo da minha adolescência. Sérgio tinha sido um trauma suficiente para eu ansiar nunca mais passar por aquilo.

E seria Tito o rapaz esperado?

Mais uma vez espantei o pensamento, entregando-o a Deus. Orei. Era o que deveria ser feito. Orar e esperar. Só isso.

Minha mãe entrou no quarto para me chamar. Os olhos brilharam de orgulho e a boca se encheu de elogios. Eu havia aceitado os conselhos dela e fui ao salão fazer um penteado em meus cabelos cacheados. Não quis me maquiar por lá, pois não gostava da ideia de rebocar minha cara e aumentar meus cílios de maneira artificial. Preferi a ajuda da minha irmã mais velha, que tinha uma mão boa para dar um retoque natural em meu rosto. O vestido preto e as sandálias de salto baixo foram comprados semanas antes, quando mamãe saiu comigo para encontrarmos nossas vestimentas.

— Ah, Napáuria, como você está maravilhosa!

— Gostou? Mesmo?

— Mesmo! Tenho certeza de que todo mundo concordará comigo quando vir você.

Entendi a indireta, mas não comentei. Ainda estava me agarrando à minha resolução de manter a sanidade.

— Vamos, está todo mundo pronto.

Na sala, a família aguardava. Minha irmã mais velha e o marido, minha irmã mais nova e meus pais. Todos vestidos como pedia o evento. Partimos em dois carros até o salão no qual ocorreria a festa.

Minha família se acomodou em uma das mesas e guardou lugares para a de Leo, que não tinha chegado ainda. Fui chamada por algumas colegas para tirar fotos e me desloquei até onde a turma estava se reunindo. Pouco a pouco, o local foi se enchendo, e os alunos se mantiveram juntos na lateral da pista de dança. A alegria transbordava. *Selfies* e vídeos registravam o momento, nosso último evento como turma, sabendo que cada um tomaria um rumo diferente dali em diante.

Leo apareceu ao meu lado e me elogiou. Agradeci e declarei o quanto ele estava elegante com o terno escolhido exclusivamente para a data.

— A gente demorou porque tia Lídia chegou atrasada. Teve um acidente e a estrada ficou parada por um tempão. Era para terem chegado hoje cedo.

— Eles vieram? Ana também?

— Vieram, sim! — respondeu apontando para a nossa mesa.

Todos estavam lá. Minha família, a do Leo e a de Tito. E foi Franco quem procurei primeiro, e foi ele quem sorriu para mim. De terno, parecia ainda mais bonito aos meus olhos aquela noite.

Eu tinha mesmo dito para mamãe que ele era comum?

Tia Lídia acenou e eu fiz igual. Queria ir até lá, porém, como a turma estava reunida, temi transparecer demais meu interesse.

Passou um bom tempo até os alunos se dispersarem, cada qual para sua família ou grupinhos. Aproveitei a companhia de Leo e fomos até nossa mesa. Ana foi a primeira a me abraçar sem esconder a felicidade por me ver. Tia Lídia foi a segunda e demorou um tempo me analisando com um sorriso maternal. Por último, só depois do pai me cumprimentar, é que Franco se levantou e estendeu a mão.

— Parabéns pela formatura! — ele disse.

— Obrigada.

Nós soltamos nossas mãos e ele aproveitou para parabenizar Leo também. Quando fomos nos sentar, percebi que havia uma cadeira vaga bem ao lado de Franco e suspeitei ter sido obra da minha mãe casamenteira.

— Os salgadinhos estão deliciosos. O *buffet* está maravilhoso. — Tito se inclinou um pouco para o meu lado. A música alta do ambiente atrapalhava nossa conversa. — Você está tomando algo? Quer que eu busque um refrigerante para você?

— Ah, obrigada.

Ele se levantou e foi atrás de um garçom. Retornou com um copo de refri e me deu. Apreciamos as delícias servidas e buscamos sobressair nossas vozes diante do barulho para poder conversar. Vez ou outra havia olhares em nossa direção, mas ninguém quis interromper nossa interação inicial. Tito, porém, logo tratou de desfazer nosso diálogo, inserindo nossa família nas conversas.

Foi um momento maravilhoso, bem melhor do que eu havia esperado. Nos divertimos noite adentro, nossa família unida, sem se preocupar com o que acontecia ao nosso redor. Eu e as demais mulheres até nos arriscamos na pista de dança quando o repertório era de músicas dos anos 1980. E, na hora em que os casais assumiram seus postos para dançarem a dois, senti uma pontinha de frustração por não ter tido nenhum avanço em relação a Tito que me proporcionasse um momento romântico como aquele.

Por fim, já cansada, havia desistido de esperar algum sinal de que Franco diria algo. Mas isso só até a hora em que eu estava voltando do banheiro e o encontrei no meio do caminho.

— Ei, Napáuria — ele me chamou acenando com as mãos.

Meu coração acelerava à medida que me aproximava dele. De repente, me senti como a Jenny[11] no próprio baile, quando tudo começou no romance dela. Quer dizer, não exatamente como ela. No meu caso, esperava um desfecho diferente para a noite da minha formatura.

— Oi. — Parei e os olhos sorridentes dele queriam revelar algo.

— Eu preciso falar com você, mas aqui dentro está muito barulho — ele quase gritou para que eu pudesse ouvi-lo. — Tem uma varanda ali em cima, topa ir lá rapidinho? Eu avisei seus pais!

— Tá — respondi no instinto. Precisava controlar minhas emoções!

Nós dois subimos um lance de escadas lado a lado e em silêncio. Ou melhor, ao som da música ambiente, que naquele momento tocava algo de muito mau gosto, na minha opinião. Depois, atravessamos uma porta e saímos para uma varanda que circundava a parte superior do salão, com vista para a rua. Havia alguns casais ali, uns dois homens conversando e uma mulher mais velha fumando. Franco me levou para uma das extremidades onde não havia ninguém.

— Está uma bela noite hoje. — Ele ergueu a cabeça e visualizou o céu aberto salpicado de estrelas. — Deus é tão criativo. Observar a

....
11 Protagonista do livro *Orei por você*, de Kell Carvalho (N. A.).

imensidão da criação só me deixa mais perplexo do quanto o Senhor é grandioso. Ele faz tudo tão perfeito, orquestra o mundo com tanta sabedoria. Ai de nós se não fosse a graça Dele!

Fui atraída por aquelas palavras e analisei os pontinhos brilhantes no céu negro. Não era à toa que a Bíblia diz que "Os céus declaram a Glória de Deus e o firmamento anuncia a obra de Suas mãos"[12]. Os atributos de Deus podem ser reconhecidos através da criação.

Ali fora, o tempo estava mais fresco. Um vento soprou balançando meus cabelos e tocando minha pele. Esfreguei as mãos nos meus braços para me aquecer.

— Você está com frio? — Tito perguntou.

— Um pouco.

— Quer que eu busque sua blusa?

— Eu não trouxe. Não tinha nenhuma que combinava com o vestido. Mas não se preocupe, estou bem. Lá dentro está muito quente, senti a diferença da temperatura, mas logo me acostumo.

Não convencido, ele tirou o paletó do terno e colocou em cima dos meus ombros. De repente, me dei conta da situação. Eu estava mesmo com o casaco de Tito me aquecendo? Como nas cenas românticas dos livros, havia chegado a minha hora? Isso realmente acontecia na realidade?

— Acho que fica melhor assim.

— Obrigada.

Ainda sentindo a emoção do momento, enfiei os braços na manga do paletó que, claro, ficou grande. Contudo, pareceu mais do que perfeito para mim.

— Acho que posso começar a falar.

Concordei com a cabeça e fui tomada por aquela prazerosa e angustiante espera.

— Eu estou preocupado sobre como devo abordar o assunto. Você me revelou que estava diante de uma encruzilhada sem saber qual

....
12 *Salmos* 19:1 (N. A.).

caminho tomar, para depois me dizer que havia escolhido a direção das missões. Acontece que existe a possibilidade de eu apresentar outra via nessa estrada, mas não sei se você está disposta a trilhá-la.

Eu ri.

— Tito, eu não estou entendendo nada. Por favor, sem rodeios. Diz o que você quer.

— Eu quero que você se case comigo.

Eu estava esperando algo do tipo, mas não estava preparada para ouvir aquilo. Tão direto. Arregalei os olhos e prendi o ar.

— É um pedido de casamento informal, na verdade. Eu deveria pedir em namoro primeiro, só que eu te disse que faria isso quando encontrasse a mulher certa. Eu não sei se fui claro o suficiente sobre minhas intenções com você, tive medo de lhe dar esperanças antes de ter convicção, por isso não disse nada, preferi manter nossa amizade. Só que... Eu tenho orado, Napáuria, e essa é a verdade. Eu quero algo sério. Eu gosto mesmo de você.

Eu abri o meu maior sorriso.

— Eu também gosto *mesmo* de você.

Ele sorriu comigo.

— Eu sei que você pode precisar de um tempo para pensar e orar, não é uma decisão simples a ser tomada, mas eu estou pronto para assumir os riscos agora e aguardar.

— E você realmente acha que eu não tenho orado e pensado nisso? Eu não preciso de tempo para saber qual resposta te dar. — Meu coração disparou. — Mas eu também tenho minhas convicções e já fiz besteira por não as ter seguido no passado. Não posso te responder sem antes falar com os meus pais. Eu não vou dar um passo sem o consentimento deles.

Tito olhou para o céu. Tive medo de ele não ter entendido minha resposta e ter parecido um fora, mas logo o temor se dissipou.

— Você já tinha deixado essa sua posição clara o suficiente. Foi, inclusive, uma das coisas que me chamou tanta atenção em você. — Ele voltou a me olhar e, mesmo na escuridão da noite, eu podia ver os olhos dele brilhando. — Eu já falei com eles e ambos me deram permissão para seguir em frente.

— Sério? — Meu coração exultou de alegria.

Tito se virou e ficou de frente para mim. Arriscou pegar minha mão direita e a segurou com firmeza.

— É isso, Napáuria. Estou pedindo você em namoro, mas também em casamento.

Fiz a coisa que na hora me pareceu o mais sensato. Me rendi aos braços dele. Me joguei na direção certa. Peguei o novo caminho que se abriu diante da estrada da minha vida.

— Acho que isso é um "sim" — falou ainda abraçado comigo.

— É claro que é.

Não ficamos muito tempo abraçados. Ele se afastou e segurou minha mão. Nos perdemos no olhar um do outro. Sorrisos bobos no rosto. As mãos unidas e o coração saltitando.

— Espero que voltem a tocar alguma música legal. Preciso seguir o conselho da minha avó e te convidar para dançar.

— É verdade. Fiquei a noite toda esperando por isso.

— Ficou?

— Claro!

— Vamos resolver isso, então.

Decidimos voltar para o salão. Eu bem queria descer de mãos dadas, mas seria muito estranho sem antes anunciarmos para a nossa família — e um pouco constrangedor também.

Para a alegria de Tito e meu desespero, um forró começou a tocar bem na hora que retornamos. Sorrindo, ele me guiou até a pista de dança.

— Eu não sei dançar forró — declarei, me divertindo com a sugestão dele.

— Nem eu.

Desajeitados, nós tivemos nossa primeira dança como um — quase oficial — casal. A gente riu mais do que dançou e constatei como aquela seria uma lembrança muito mais gostosa do que se tivesse sido uma valsa romântica. Quando a música acabou, sugeri abandonar nossa carreira de dançarinos e ele concordou. Demos a volta por trás da pista, pegando o caminho longe das caixas de som. Em vez de voltar para a mesa da nossa família, nos sentamos em duas cadeiras perto próximas ao balcão dos doces. Só queríamos aproveitar aquele momento a dois. Namorar era novo para mim.

— Você se lembra de quando eu falei sobre as coisas secundárias não serem tão importantes? — perguntei e ele assentiu. — E que eu tenho um livro de romance que eu amo? Bem, eu sempre gostei muito do fato de Dylan ter sido um soldado. Era uma coisa secundária, mas parece que Deus gosta de nos surpreender com isso também.

— Hum... Então quer dizer que sou seu Dylan? — brincou.

— É provável. Eu orei muito tempo por alguém, Tito, sem sequer saber o nome. E parece que esse alguém é você. Eu orei por você. Minha oração mudará de agora em diante. Tenho um nome e um rosto a quem me referir.

Ele segurou minha mão e entrelaçou nossos dedos. Virei-me de modo a encará-lo. Meu coração exultou de felicidade. Aquele frio na barriga gostoso se manifestou. O toque da mão dele na minha era tão distinto que eu não queria desfazer o contato. Era assim quando Deus escrevia uma história romântica? Seria aquele momento nosso prólogo? Eu viveria um romance como os dos livros, meu próprio enredo de amor?

Sentindo-me como as protagonistas das minhas preciosas histórias, não escondi o sorriso. Tito me perguntou o que estava se passando na minha cabeça.

— Estava pensando sobre todos os *crushes* literários que já tive. Me apaixonei por tantos! Eles elevaram o meu padrão do que esperar de um homem, me fizeram aguardar por alguém como eles e sonhar com momentos românticos e poéticos.

Ele crispou os olhos sem entender onde eu queria chegar.

— Mas preciso confessar que assim é bem melhor. Superou minhas expectativas. Você é um homem real e piedoso. Pode não ser um príncipe encantado nem um soldado americano popular, mas é o homem mais incrível que conheço. Estou feliz, Tito. Muito feliz.

Eu mal podia esperar para ver como seriam os próximos capítulos do nosso romance!

FIM

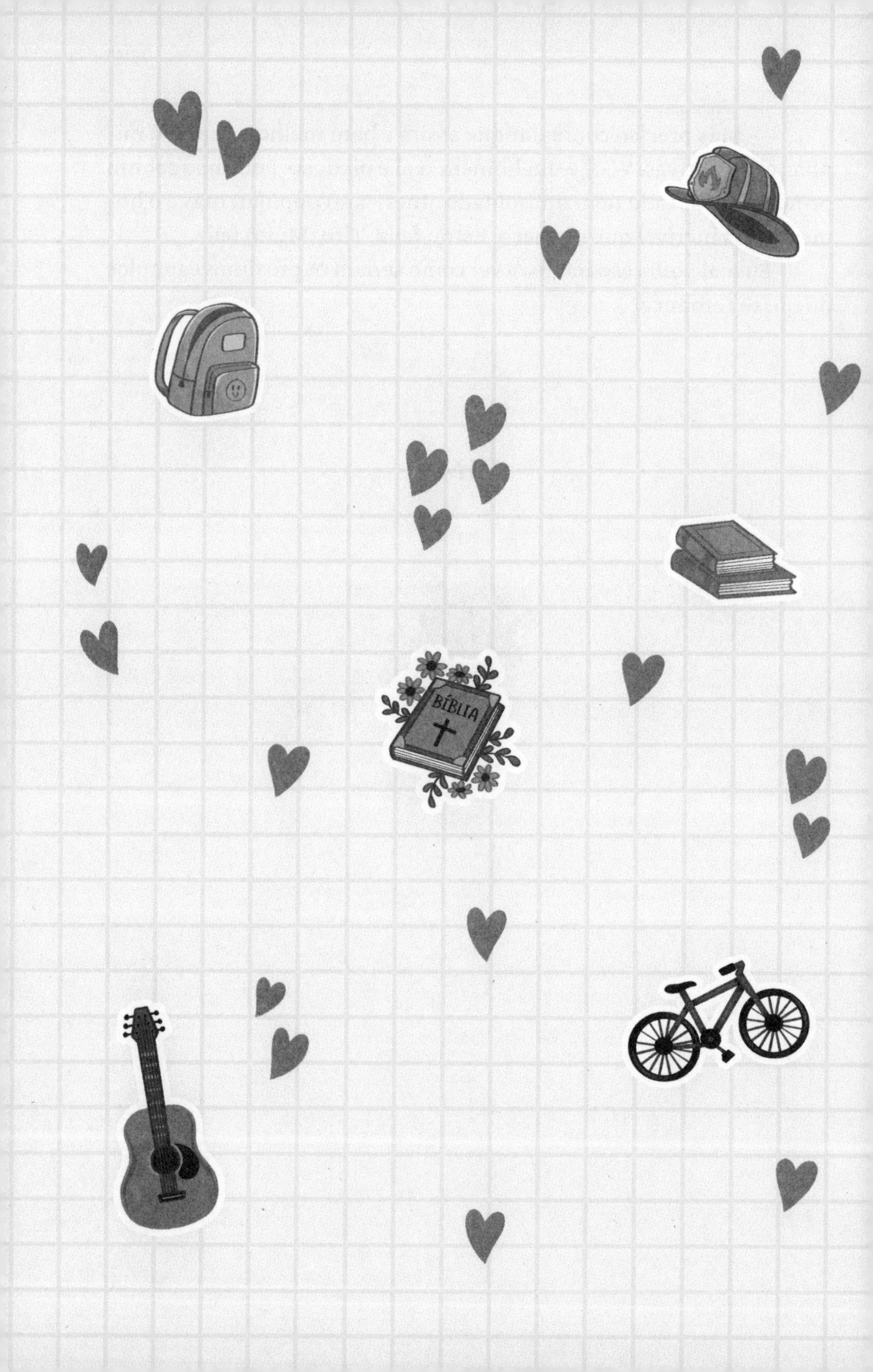
BÍBLIA

Meu amor real

Aline Moretho

BÍBLIA

Capítulo 1

Certa vez, ouvi de uma tia que não havia nada mais incrível no mundo do que estar apaixonada e viver o primeiro amor. Mas ela nunca mencionou o quão desagradável, terrível e constrangedor era ver sua paixão se transformar em desilusão.

Quando experimentei ter minhas expectativas quebradas pela primeira vez, tomei a decisão de guardar meu coração para o homem cristão certo.

O único problema era que os homens certos só pareciam existir em livros de romance. Isso significava que minha vida amorosa estava fadada ao fracasso, pois eu jamais encontraria alguém com os princípios semelhantes aos meus. E, se encontrasse, ele não teria olhos para mim.

— Tem alguém aí? Júlia? — Ouvi aquela voz familiar soando longe e me assustei.

Meu plano era ficar sozinha e estudar para uma prova na faculdade, mas não tinha cabeça para nada além das páginas do meu romance favorito. Por isso, ao ouvir o som de um visitante inesperado se aproximar, resolvi me esconder. Pulei para trás do sofá vermelho onde eu estava e me arrastei até um espaço apertado ao lado de uma estante alta cheia de livros velhos descartados no "muquifo", o nome dado ao esquecido quarto da bagunça em minha casa, e encolhi meus joelhos contra o peito, fechando os olhos.

Não queria revelar meu estado vergonhoso para ninguém, especialmente para Ian.

"Por favor, vá embora", implorei mentalmente. Eu só queria ficar sozinha e lamentar minhas mágoas até estar bem outra vez, mas o barulho de passos no piso de madeira denunciava que isso não aconteceria tão cedo.

— Céus! Alguém deveria limpar isso aqui. Nunca encontro nada — reclamou meu hóspede indesejado. — Júlia, se está aí, me diga onde estão as baterias de carro novas. Seu pai jurou ter guardado aqui nesta bagunça, mas, sem uma boa limpeza, não vai dar para achar nada.

Espiei a tempo de vê-lo pegar o livro rosa que esqueci sobre o sofá e balançar a cabeça. Ah, não!

— Quantas vezes ela deve ter lido isto aqui? — Abriu na página marcada e repetiu um dos meus trechos favoritos de um jeito pomposo: "— *Era meu nome, junto com o dele, numa silenciosa expressão de amor.*"[13] Por que fui dar um livro de realeza e príncipes de presente para uma garota tão iludida? Farei bem para a humanidade se doar isso.

— Você não ousaria! — exclamei e, saltando do meu esconderijo, corri para tentar pegar meu precioso livro de volta das mãos daquele garoto. Ian amava me azucrinar assim.

— Então se escondeu da visita das suas tias para ficar aqui lendo? — ele sondou e, se beneficiando de sua velocidade e altura, escondeu o livro nas costas e resistiu em me entregá-lo. Fui obrigada a rodear ele, feito um cachorrinho, até convencê-lo a ceder.

— Espero que não tenha sujado de graxa ou eu te mato — ameacei enquanto virava o livro de ponta a ponta procurando por marcas de dedos. Graças a Deus, nada encontrei. — E não, não me escondi. Pedi licença para sair. Estou precisando pensar sozinha.

Ele deu de ombros, se jogou no sofá e arrancou os tênis dos pés, jogando-os para longe, como se estivesse em casa. Notei que, em vez

---

13 Trecho retirado de *Amor Real 2 — Reluzir*, de Maina Mattos (N. A.).

de usar aquelas roupas surradas para trabalhar com o meu pai na mecânica, ele trajava um conjunto limpo de moletom preto. Talvez estivesse saindo do trabalho para ir a um dos seus cursos técnicos ou para o instituto bíblico, no qual se dedicava a aprender teologia com o nosso pastor. Apesar de o seu tempo ser escasso, Ian era um bom amigo e estava sempre por perto.

— Eu ia embora depois de pegar as baterias, mas a verdade é que encontrei sua mãe, preocupada porque você fugiu para cá — começou, sério, e eu mordi o lábio. — Ela me pediu para checar se estava tudo bem.

Por que mamãe queria envolver meu amigo em todos os dramas da minha vida? Que vergonha.

— Até perguntei o que aconteceu, mas ela achou melhor deixá-la explicar tudo — continuou e fez um sinal com a cabeça, apontando para o espaço vago no sofá. — Por favor, meu consultório está aberto.

— Baterias, sei — murmurei e ele riu.

Expirei, hesitei um pouco, mas ocupei o lugar. A verdade é que, mesmo sendo muito amiga de Ian, nós tínhamos o cuidado de evitar certos assuntos. Entretanto, imaginei que expor a situação e ouvir uma opinião masculina poderia ser útil.

Levei alguns instantes para formular bem como contaria, pois não queria soar como uma adolescente boba, sofrendo os mesmos dilemas do passado. Talvez eu fosse de fato uma garota imatura, afinal tinha apenas 21 anos, mas vinha lutando para amadurecer e não me orgulhava quando agia de forma tão tola.

— Lembra do Gustavo? — comecei, e no momento que pronunciei aquele nome, Ian franziu os olhos. Depois disfarçou, tirando um daqueles cubos mágicos do bolso de sua blusa. Era seu *hobby* favorito.

— Gustavo? Aquele missionário que ficava cheio de gracinhas para o seu lado? — pontuou sem tirar os olhos do brinquedo, e eu assenti. — Eu não ia com a cara dele.

Ajustei meus óculos e cocei o nariz. Trazer aquele assunto à tona era tão constrangedor, ainda mais com um garoto.

— Bem, ele vai se casar — completei em tom baixo. — Isso depois de ter me dado um fora afirmando que Deus o chamou para ser celibatário.

Ian ergueu as sobrancelhas escuras e colocou o cubo já organizado sobre a mesa. Nunca contei como meu "romance" havia terminado, até porque ser rejeitada não era algo para se vangloriar.

— Sinto muito, Jubs — falou com pesar e agradeci pela compaixão dele. — Pense pelo lado bom. Você não se casou com o homem errado e agora ele não vai mais te perturbar ou tentar voltar para sua vida, como alguns "bocós" fazem.

Expirei e joguei minha cabeça para trás.

— Ele vai voltar para minha vida, pois, de todas as mulheres existentes neste universo criado por Deus, Gustavo escolheu se casar com a minha prima, Jéssica! — exclamei e, sem que eu pudesse controlar, desatei a chorar como uma criança. — Por que isso tinha de acontecer comigo?

— Jéssica? Aquela que se gabava de como nunca se casaria porque via o casamento como uma instituição patriarcal falida?

— A própria. — Funguei. — Mamãe contou que Jéssica mudou muito após conhecer o Gustavo. Ele foi trabalhar com o pastor da igreja dela ano passado, se tornaram amigos e agora vão se casar. Ah, Deus! Que tragédia!

Tirei meus óculos e escondi o rosto, sentindo as lágrimas descendo sem parar.

Ian não disse nada por algum tempo. Eu o senti se mexendo no sofá e também percebi o calor, denunciando sua proximidade. Ele alcançou uma de minhas mãos e colocou um lenço azul ali. Encarei o pano para não precisar contemplar meu amigo.

— Está limpo, pode usar — garantiu, mas, vendo minha demora para reagir, pegou o lenço novamente e começou a secar minhas lágrimas por conta própria. No final, esfregou o pano no meu rosto, só para me provocar. — Qual o motivo de tanta tristeza? Você tem sentimentos pelo Gustavo?

Eu sabia que ele pensaria isso, mas neguei, é claro.

— Não, Ian. Eu mal lembro da cara dele — expliquei inquieta e, dessa vez, fui eu que peguei o cubo mágico da mesa e comecei a bagunçá-lo. — Mas é que... — mordi o lábio — você sabe como fui tonta naquela época e entreguei meu coração a ele como se fosse um príncipe Edwin[14], quando, na verdade, não passava de um Devon[15].

Ele riu diante da menção ao meu estimado exemplo de homem cristão, mesmo que eu não estivesse brincando naquele momento.

— Sim. Eu me lembro bem. — Franziu o cenho. — Te vi preparando docinhos para ele e se oferecendo para imprimir os estudos que ele dava na igreja. Era bem prestativa.

— Ei! — Dei uma cotovelada nele. — Desde quando sua memória é boa assim?

— Como se eu pudesse me esquecer do dia que ouvi suas amigas na igreja cogitando se eu aceitaria ou não ser o seu padrinho. — Ele segurou o riso quando o olhei feio. — Desculpe.

Deixei meus ombros caírem. Ele tinha razão, eu fui estúpida.

— Tudo bem, sou culpada. Não me orgulho de ter agido assim. Para piorar, compartilhamos muitas coisas íntimas juntos. Coisas que uma moça não deve compartilhar com um rapaz solteiro. — Peguei meu amado livro e bati com ele na minha cabeça. — Pensei mesmo que a gente se casaria e viveria feliz para sempre. Até escolhemos o os nomes dos filhos!

Ian era meio insensível com meus dilemas, mas resolveu deixar sua pose de durão de lado e tocou meu ombro.

— Tudo bem, o erro já aconteceu, você se arrependeu e Deus te perdoou. Além disso, se na época ele tivesse agido como um homem cristão, não teria te defraudado. — Ele arfou. — Você deveria parar de trazer o passado à tona e focar o futuro sem Gustavos na sua vida, que tal?

....
14 Personagem de *Amor Real*, de Maina Mattos (N. A.).
15 *Idem*.

— O futuro? Que parte você ouviu do "ele se casará com a minha prima Jéssica"? — Bufei. — Você não está entendendo a gravidade, Ian. Fui chamada pelo casal para ser madrinha. Madrinha do meu primeiro amor e desilusão! Eles se casam em duas semanas e tanto eu quanto meus pais vamos nos hospedar por três longos dias na chácara da família onde ocorrerá o casamento. Haverá "Gustavos" para todos os lados, e eu não sei como vou encará-lo depois desse tempo!

Ian inclinou o tronco para a frente e mexeu em seu cabelo preto com as mãos até que tudo estivesse em uma completa bagunça.

— Quanto drama. — Ele endireitou a postura e me olhou. — Você não é obrigada a ir e, se for, Gustavo verá o quanto você mudou e amadureceu no Senhor. É quase outra Júlia.

Aquilo, sim, foi um consolo para mim e encheu meu coração de alívio, embora não resolvesse o problema.

— Valeu pelas palavras, mas sou obrigada, sim. Jéssica não me perdoaria se eu não fosse. Nós crescemos juntas antes de ela se mudar para a Serra do Encanto, e eu não posso desprezar o convite assim, ficaria mal. — Deitei minha cabeça no ombro dele. — Seria estranho se eu quisesse ter você ao meu lado lá? Sabe, para me defender, caso algo constrangedor aconteça.

Ian se espantou um pouco e isso me deixou um pouco constrangida. Será que passei dos limites?

— Quer mesmo que eu vá ao casamento com você? — perguntou com cautela.

— Seria bom ter um amigo por perto. Mas não se sinta obrigado, você tem suas tarefas, trabalho, estudos, igreja. Não posso te raptar por três dias por puro capricho da minha parte. — Dei algumas batidinhas na mão dele. — Vou dar um jeito de lidar com isso. Deus pode me auxiliar, então não se preocupe.

— Quer ou não quer? — insistiu na pergunta anterior.

Eu me afastei de novo para encará-lo e vi aquele olhar. O olhar de alguém que já tinha um plano traçado em sua mente.

— Seria incrível. — Sorri.

Ele se levantou, determinado.

— Então, se me der licença, vou falar com seus pais e ver se arrumo um terno.

Capítulo 2

Duas semanas passaram voando.

Acordei naquela sexta-feira bem cedinho e sem acreditar que deixaria o conforto do meu lar, além de perder três dias que eu poderia me dedicar aos meus projetos da faculdade de design ou trabalhar em minhas encomendas como ilustradora, mas tinha uma festa de casamento me esperando.

Em condições normais, eu estaria mais animada, pois amava ver amigos se casando, mas não conseguia ficar calma, imaginando tudo o que poderia dar errado em meu reencontro com Gustavo.

E se ele me falasse algo? E se trouxesse à tona as bobagens que lhe disse quando estava apaixonada, exaltando-o como homem de Deus e o futuro pai dos meus filhos?

Ah! Se eu pudesse voltar no tempo! Quantas coisas eu teria feito diferente?

Meu consolo era saber que, se algo desse errado, Ian estaria ao meu lado para me lembrar o quanto, graças a Jesus, eu mudei, e também ajudar, caso eu pagasse algum mico e precisasse fugir.

"Tudo vai dar certo, se Deus permitir", disse para mim mesma antes de sair de casa com minha família, porém os problemas me encontraram cedo.

— Não é possível que Ian vai furar comigo logo hoje. Como ele pôde não ver minhas mensagens? Eu avisei que estaríamos cedo

aqui — questionei, impaciente, depois que a quinta das minhas ligações caiu na caixa postal. Já o esperávamos há quarenta minutos.
— Buzina de uma vez, papai.
— Docinho, são 5h30 da manhã, não vou buzinar e correr o risco de ter meu precioso carro atingido por uma pedra — contestou papai e cruzou os braços, deitando a cabeça no encosto do banco. — Vamos esperar mais um pouco.
— Esperar? — Mamãe, no banco do passageiro, bufou. Ela não era tão paciente. — Precisamos ir logo. Prometi à vovó que chegaríamos antes do café para ajudar com o preparo da comida.
Olhei para a fachada verde da casa do Ian, mas não vi nenhuma luz acesa indicando haver alguém de pé àquela hora.
— Aquele bocó deve estar dormindo — murmurei e olhei inconformada para os meus pais. — A gente precisava sair assim, tão cedo? É o casamento da Jéssica, não da Anne e do príncipe Edwin.
— Quem? — meus pais perguntaram ao mesmo tempo e eu arfei.
— Deixa para lá. Eu vou dar um jeito.
Dito isso, empurrei a cabeça do meu irmão adormecido para longe do meu ombro e abri a porta do carro.
Meu plano era encontrar alguma pedra para jogar contra a janela do quarto de Ian, como ele fazia comigo na infância quando me chamava para a escola dominical e eu demorava para sair. Parecia uma boa ideia, exceto pelo fato de que eu era míope e tinha péssima mira, mas tudo bem, eu não me deixaria abater por detalhes.
Em questão de um minuto, localizei uma boa pedra. Era pequena e não faria nenhum estrago no vidro, caso eu não dominasse minha força. Ergui o braço e já estava pronta para arremessar quando o portão automático abriu e Ian passou andando carregando sua bagagens, como se nada tivesse acontecido.
— Desculpa o atraso. Cheguei morto do trabalho ontem e esqueci de checar o celular, por isso não vi o aviso da mudança no horário da nossa saída — comentou em meio a um longo bocejo e se aproximou tranquilo. Notei de cara seu cabelo molhado, penteado para o lado, e a fragrância

do perfume misturada com a menta do seu chiclete favorito. — Te fiz esperar muito? Precisei me aprontar às pressas.

Então o bonito se atrasou porque se preocupou demais com a aparência? Ele planejava ser o noivo, por acaso?

— Pensei que tivesse desistido de ir. — Coloquei as mãos na cintura. — Poxa vida, Ian! Custava algo atender à minha chamada? Estou tão ansiosa agora. Meu estômago até começou a doer.

— Tem razão. Desculpa, Jubs. — Ele fez aquela cara de cão arrependido só para fazer eu me sentir como uma carrasca. — Quer um chazinho? Posso subir e pedir à rainha dos chás para preparar algo com o poder de amansar uma onça como você.

A sugestão dele me fez rir um pouco, mas disfarcei, sustentando meu drama por mais algum tempo.

— Sua mãe faz chás maravilhosos, de fato, mas a única forma de o meu estresse passar é encarar essa festa e voltar para casa rápido. — Expirei, tentando trazer à tona a mulher cristã mansa que eu gostaria de ser. — Estou uma pilha de nervos e precisava descontar em alguém. Desculpa por escolher você.

— Tranquilo, já me acostumei com a sua chatice. — Ele usou o braço livre para bagunçar meu penteado. Meu cabelo preto chanel, tão temperamental quanto eu, não estava em seus melhores dias. Ian, bagunçando-o, não ajudava. — É sério. Você está bem? Eu não quis te estressar e agora estou preocupado. Vai conseguir viajar se tiver uma daquelas crises de piriri[16]?

Arregalei os olhos e concluí que ter um amigo ciente dos seus desajustes intestinais era pior do que ter um inimigo.

— Primeiro de tudo, eu não tenho piriri, sou uma dama. Segundo, você precisa fingir não escutar minha mãe contando sobre minha saúde intestinal — disfarcei, arrumando minha franja. — E não se preocupe comigo, estou bem.

— Tem certeza? Não quer ir ao banheiro antes de...

....
16 Dor de barriga (N. A.).

— Ian — interrompi e apontei o indicador para o rosto dele —, se você não for guardar suas tralhas no porta-malas logo, vai conhecer uma onça de verdade. Rawr! — Fingi rosnar e ele deu risada, ainda mais quando resolvi arrastá-lo puxando seu braço. — Anda, menino!

Ele ergueu uma das sobrancelhas.

— Você é uma garota bem estranha, sabia?

Dei de ombros.

— É de família. Você vai descobrir ao conhecer o restante dos Bragança.

— Misericórdia. — Estremeceu e tentou se soltar. — Eu acho que não vou mais. Aprecio minha sanidade.

Eu me virei para ele e estreitei os olhos.

— Ah, é? Se não for como convidado, vai ser sequestrado. Você não tem livre-arbítrio aqui — provoquei e aproveitei a proximidade para cutucá-lo várias vezes na altura das costelas, seu ponto fraco para cócegas. O efeito foi imediato e ele, sempre ostentando sua pose de sério, logo estava rendido às gargalhadas forçadas. — Ainda quer fugir?

Ian tentou se afastar de mim duas vezes, mas não conseguiu. Eu era bem ágil se queria implicar com alguém.

— Para com isso, doida — suplicou ele rindo, se esforçando para me impedir de alcançá-lo e só conseguiu porque deu sorte de agarrar minhas duas mãos. — Chega, eu não vou fugir, tá bom? Nem se me oferecessem toda a riqueza do mundo eu fugiria de você.

A forma séria como ele disse aquilo me assustou um pouco.

— Ótimo, pois, se você fugisse, eu iria atrás como uma assombração — gracejei, usando uma voz sombria, e ele riu. — Sou assim com meus amigos. Quero eles perto de mim até o fim.

— Esse é o meu plano. Estar do seu lado até o fim. — Ele tocou meu queixo e eu me encolhi ao sentir cócegas. Ian era um fofo.

O clima era descontraído, mas isso acabou da forma mais constrangedora possível.

— Vocês parecem namorados. Eca! — provocou Juninho, meu irmão caçula, ao projetar seu corpo por uma das janelas abertas. No mesmo instante, eu pulei para longe do meu amigo, sentindo minhas bochechas arderem como nunca.

Para completar, papai resolveu se esquecer de toda a diplomacia com o sono dos vizinhos, pois buzinou e ainda gritou:

— Hora de ir, casal!

Que mico!

Ian sorriu discretamente em resposta ao meu pedido de desculpas e foi guardar suas coisas, já eu corri até o carro e entrei.

— Papai, eu já não disse para não insinuar essas coisas? — briguei e olhei para o meu irmão, erguendo o punho fechado de forma ameaçadora. — E você, Antônio Júnior? Não estava dormindo, garoto?

— Acordei quando seu namoradinho chegou. — Ele me provocou jogando beijos no ar e eu, como boa irmã mais velha, fiz questão de ensiná-lo a me respeitar, apertando as bochechas dele até que pedisse clemência. — Mãe! Olha a Júlia me batendo só porque falei do namorado dela!

— Ora, seu... Quantas vezes vou precisar dizer que Ian é só meu amigo e nada mais? — Fiz careta para ele.

— E você pretende se casar com algum inimigo, por acaso? — Mamãe resolveu intervir, virando-se para me encarar. — Ian é um bom partido. É cristão, trabalhador e se tornou um rapaz bonito, comparado ao garotinho esquisito de olhos pequenos que você conheceu e achava horrível. Todas as mulheres da igreja falam que ele se tornou um bom moço, principalmente as solteiras. Deveria considerar ele antes que outra acabe vendo o que você não quer ver.

Arfei. Quanta pressão!

— Bem, eu também sei que Ian é um ótimo partido, mas não adianta forçar a situação, como se estivessem nos colocando em um casamento arranjado — contestei e mamãe apenas deu de ombros, encerrando a discussão. — Hoje vocês começaram cedo, hein?

Não era a primeira vez que eu ouvia alguma insinuação sobre Ian e eu sermos mais do que amigos e, no geral, eu não me importava. Já cheguei a considerá-lo como pretendente, mas foi estranho. Ele fugia um pouco do padrão de homem que eu imaginava para mim. Embora fosse cristão, não tinha grandes atributos aos meus olhos. Eu não gostava do seu jeito fechado e esquecido nem via toda a beleza exaltada pela minha mãe e as moças da igreja. Ele não era tão alto quanto eu gostaria, tinha um nariz esquisito e orelhas avantajadas. Aliás, a única coisa que me agradava era o seu sorriso; ele tinha dentes lindos, mas não os mostrava toda hora.

Para piorar, aquele bom partido também era baterista em nossa igreja e, por mais que ele não carregasse a fama de "pegador" que precedia alguns dos membros do grupo de música, eu ficava receosa em me interessar por alguém tão disputado entre as moças.

Mesmo com esses pontos contra Ian, sua companhia me cativava bastante. Ele era o único amigo homem com quem eu me sentia totalmente à vontade.

Virei por alguns instantes a fim de observá-lo e, seguindo o conselho de mamãe, procurei enxergar algo naquele rapaz além de um amigo. Senti um frio na barriga e isso me assustou.

Não. Eu não podia me iludir de novo.

Quando ele entrou no carro e tomou um lugar ao meu lado, foi esquisito. Ele me encarou, fez uma careta, mas eu desviei o rosto. Quantas ideias absurdas estavam se passando pelo meu cérebro naquele momento?

Ian era meu amigo. Amigo. Apenas amigo. Nós crescemos juntos e tínhamos grande carinho um pelo outro, e isso bastava para mim.

Começamos nossa viagem, saindo da capital paulista e seguindo para o interior, com destino à Serra do Encanto.

Viajar com a minha família era uma experiência gostosa. Nós costumávamos cantar, ouvir músicas antigas, fazer brincadeiras esquisitas e comer os deliciosos lanchinhos feitos por minha mãe, que sempre foi uma cozinheira de mão cheia.

Pensei que Ian se sentiria como um intruso em nosso meio e isso deixaria a situação meio tensa, mas logo ele e meu pai desataram a conversar sobre carros, depois foram para tecnologia e, por fim, migraram para teologia, assunto de muito interesse para ambos. Enquanto isso, mamãe combinava o *buffet* com minha avó por ligação e Juninho resolveu ler um livro de aventura, comentando tudo a cada trecho. Quanto a mim, ora trabalhava em algumas encomendas no meu *tablet*, ora prestava atenção nas respostas bíblicas de Ian, o que me levou a reparar em duas coisas: ele amava mesmo ao Senhor e, olhando de perto, até que seu nariz não era tão feio assim.

Balancei a cabeça várias vezes.

Aquilo não estava certo. O que havia de errado comigo?

Para o meu próprio bem, resolvi ignorar aqueles dois até chegarmos na chácara da minha avó, cerca de oito horas da manhã.

O lugar era muito lindo, arborizado e bem cuidado. Por gerações, nossa família manteve a tradição de realizar muitas festas ali, fosse Natal, Ano-novo, aniversários, chás de bebê e, claro, casamentos.

Casamento.

Essa palavra me fez recordar do meu grande problema naquele fim de semana.

Passamos pelos portões de madeira, entrando na chácara. Mantive meus olhos atentos à estrada de terra até ver de longe o casarão cuja estrutura foi pensada para receber muitas pessoas.

Pude ver algumas de minhas tias zanzando na varanda, arrumando uma grande mesa para o café da manhã, e vovó Fátima dando ordens a um dos meus tios, deitado em uma rede. Sem dúvidas, deveria haver mais gente dentro da casa, eu descobriria em breve.

Assim que o carro foi estacionado, mamãe já foi saindo, correndo para ajudar as mulheres. Papai foi em seguida, ansioso em busca de um banheiro, e Juninho zarpou assim que avistou um dos nossos primos de sua idade. Já eu enrolei algum tempinho por ali, dando a desculpa de estar procurando um carregador na minha mochila. Enquanto isso, vez ou outra, espiava pela janela, procurando por dois rostos específicos.

Céus!

De onde vinha aquele nervosismo repentino?

— Podemos sair? Está calor aqui — sugeriu Ian, que preferiu me esperar enquanto se abanava usando um panfleto.

Acenei com a cabeça.

— Certo, vamos.

Mas não consegui mover um músculo. Senti aquela dor de barriga chata de quando se está nervoso e respirei fundo.

— Vai ficar tudo bem, Jubs — garantiu Ian e, talvez notando minha hesitação, tocou minha mão. — Vou estar do seu lado, como prometi.

Toda aquela pressão dos meus pais mais cedo mexeu com a minha cabeça. Se antes aquele gesto teria me reconfortado, agora me deixou um pouco incomodada. Será que Ian se sentia assim? Pressionado? Com medo de me dar falsas esperanças?

De repente, ergui meus olhos em direção aos dele e vi algo diferente ali. Era um olhar terno. Como nunca percebi isso antes?

— Ian, eu...

— Eu sabia que vocês dois acabariam namorando! E aí? Quando é o casamento? — Ouvi da janela ao meu lado e isso me levou a soltar a mão de Ian com força.

— Não estamos namorando. Parem de nos pressionar! — exclamei e pulei no banco ao virar e descobrir quem havia sido o engraçadinho da vez. — Gustavo!

Capítulo 3

— Como vai, Júlia? — Gustavo me cumprimentou com um sorriso aberto.

Abri a boca algumas vezes, mas as palavras não saíram. Eu não esperava encontrá-lo tão cedo, ainda mais gritando daquele jeito. Tudo o que eu precisava naquele instante era de um grande buraco, onde eu pudesse me esconder do mundo e, com "mundo", eu queria dizer Gustavo e sua simpatia.

Certo, Júlia. Agora não há mais volta, pensei comigo mesma. *Você deve encará-lo e acabar com qualquer clima ruim de uma vez por todas.*

Tomei uma grande rajada de ar e me forcei a sorrir.

— Vou muito bem, Gustavo — respondi gaguejando enquanto me empenhava em disfarçar o suor se acumulando nas minhas mãos, enxugando-as em meu vestido xadrez. Que patético! — Quanto tempo!

— Sim, muito tempo. — Ele colocou as mãos na cintura e inclinou o tronco para olhar o meu rosto mais de perto. — Você não mudou nada. Cortou o cabelo, mas parece a mesma de cinco anos atrás.

Balancei a cabeça e desviei o olhar. Não queria que ele me comparasse com a garota apaixonada de antes. Eu havia mudado muito, principalmente depois de acatar conselhos de irmãs em Cristo mais velhas e ser instruída a me debruçar no estudo das Escrituras. Só assim entendi meus erros ao me envolver com Gustavo e o que o Senhor esperava de mim na área sentimental. Por graça, tive a literatura ao meu lado e pude ver bons exemplos na vida de personagens que eu admirava. Vivenciar essa dolorosa experiência me ajudou a crescer na fé e assumir o compromisso de não mais me deixar levar pelas paixões do meu coração.

— E você mudou muito — comentei sincera.

Não sei o que havia acontecido com Gustavo, mas ele estava bem diferente. Não que tivesse ficado feio, embora já não ostentasse mais seu longo cabelo loiro de surfista. Ele apenas não era mais grande coisa aos meus olhos e o encanto que me fazia mal conseguir respirar perto dele havia se dissipado de vez. Ainda bem!

— Pensei que a gente nunca fosse se ver novamente, mas olhe só onde estamos — Gustavo prosseguiu a conversa. — Foi uma época conturbada para nós, não?

A tortura começou, lamentei.

— Eu costumo não pensar muito naquela época. — Ri, sem graça. — Apenas agradeço ao Senhor porque já não sou quem eu era.

— Sinto o mesmo. — Ele maneou a cabeça. — Eu não entendia na época, mas, graças a nossa história, pude conhecer Jéssica, meu grande amor. E, claro, também ganhei uma prima! Deus transformou o mal em bem.

Eu não sabia o que era pior: o palerma trazer o passado à tona com tanta naturalidade ou fazer tudo parecer como um infortúnio sem relevância, tal qual um resfriado.

Será que ele se lembrava da mensagem que me mandou antes de partir sem dar adeus? Pois eu lembrava muito bem e era assim:

> Júlia, você é uma moça bacana e merece alguém melhor. Não podemos continuar, pois, nesse tempo ao seu lado, o Senhor me mostrou que devo seguir como celibatário.

O jeito espiritual dele de me dar um fora me marcou para sempre. Respira, Júlia!

Eu precisava manter a calma e lembrar que eu já havia o perdoado antes e não podia me abalar.

— Espero que faça Jéssica feliz — desejei, sincera, na esperança de encerrar nosso papo ali mesmo.

— Eu farei, prima. — Ele piscou. — E também espero vê-la feliz no seu casamento em breve. Não é, Ian?

De onde ele havia tirado que eu me casaria eu não sabia, mas lembrar que Ian ouviu a conversa me deu um pouco de vergonha. Será que me saí bem ou pareci amargurada e aborrecida demais? Eu devia perguntar.

Olhei para o meu amigo e ele estava com um semblante estranho, parecia um pouco tenso, talvez incomodado.

Será que havia se arrependido de aceitar o convite para estar ali?

— O que planeja fazer com esse violão nas suas costas, Gustavo? — Ian mudou o assunto, o que foi ótimo para dissipar a tensão; e só aí notei o instrumento carregado pelo outro.

O noivo então desatou a falar da música que estava compondo para homenagear a sua amada no dia do casamento. Entretanto, estava desesperado, pois ficou sem criatividade para escrever as últimas estrofes.

— Vamos, eu te ajudo a terminar. Em nome dos velhos tempos. — Ian deixou o carro e eu temi que estivesse ansioso para sair do meu lado. Aquilo foi estranho. O que havia de errado com ele?

— Enquanto roubo seu amiguinho por algumas horas, por que você não vai até o casarão cumprimentar a Jess? — sugeriu Gustavo e eu assenti, vendo-os sair andando em seguida.

Vencer aquele primeiro encontro nada confortável me deixou mais calma. Agora, sim, eu poderia relaxar, ignorar Gustavo e aproveitar os dias até a festa. Antes disso, eu precisava confirmar se Jéssica também não se sentia esquisita com minha presença ali.

Caminhando até a varanda, avistei Ian mais à frente, sendo apresentado por Gustavo para minha família. Isso me fez orar ao Senhor e pedir que ninguém implicasse com ele, incomodando-o para ter um relacionamento amoroso comigo. Até mandei uma mensagem para o coitado, pedindo desculpas adiantadas, caso alguém o pressionasse com alguma brincadeirinha, e ele respondeu o seguinte:

Ian

> Tudo bem, Jubs. Se eu decidisse me casar com você, hipoteticamente, com certeza não seria porque estou sendo pressionado por brincadeirinhas, e sim por ter visto minhas orações sendo respondidas e o Senhor aprovando nosso relacionamento hipotético. Ainda assim, se te incomoda brincarem com isso, vou pedir que não façam mais.

Meu coração disparou e engoli em seco. Li aquelas linhas várias vezes, tentando entender bem a mensagem.
O que aquilo significava? Casar comigo hipoteticamente?
Céus! Ian sabia mesmo como deixar uma amiga desconcertada.

Jubs

> Se suas admiradoras da igreja lerem sua mensagem, vão ficar com raiva de mim.

Depois, pensei bem e temi ter parecido uma amiga ciumenta. Cogitei apagar a mensagem, mas já havia sido visualizada, embora não respondida.
"Eita."
Engoli em seco. Será que falei bobagem?
Que bagunça! Eu deveria falar com a minha mãe sobre isso, afinal, se ela não tivesse começado com aquele papo de "Ian bom partido", eu não estaria pisando em ovos com ele agora.

Respirei fundo e decidi deixar o celular de lado, retomando meu objetivo inicial de ir em busca de Jéssica.

Encontrá-la não foi difícil, pois, assim que cheguei à varanda, sem que tivesse chance de acenar para meus outros parentes, a linda garota ruiva veio ao meu encontro e me apertou em seus braços.

— Você veio para o meu casamento! — Ela sorriu para mim com animação, o que novamente me deixou aliviada. — Nossa! Que estranho dizer isso. Nem acredito que vou mesmo me casar!

— É um momento histórico na vida da senhorita Odeio-Casamentos — brinquei e apertei a bochecha dela. — Espero que Gustavo seja bom para você ou eu quebro o nariz dele.

Jéssica agradeceu e olhou triste em direção ao noivo, na outra extremidade da varanda.

— Você não está ressentida comigo por causa daquela história entre vocês dois? — perguntou, preocupada.

Balancei a cabeça.

— É claro que não, Jess. — Toquei a mão dela. — A notícia me pegou de surpresa, é verdade. Mas o passado já não tem mais importância. Eu desejo felicidade no Senhor para vocês.

Jéssica deixou os ombros caírem como se tivesse tirado um peso dali e me abraçou outra vez.

— Ufa! Agora, sim, posso aproveitar, sabendo que não magoei minha prima favorita. — Ela deu tapinhas nas minhas costas e recuou, segurando minha mão. — Venha! Temos muito o que fazer.

Eu a acompanhei para dentro do casarão e aproveitei para saudar o restante da família antes que mamãe me repreendesse por agir como uma antissocial.

Em seguida, Jéssica trouxe uma caixa enorme e me atribuiu a tarefa de embalar as lembrancinhas. Também me pediu ajuda para revisar seus votos e auxiliar sua mãe, tia Beth, a preparar os quartos para receber os hóspedes.

Perto da hora do almoço, minha avó Fátima me mandou arrumar a grande mesa da varanda, dispondo os pratos, talheres e copos nos lugares adequados.

Chegando na área externa, procurei por Ian e o encontrei conversando com os noivos e mais uma moça jovem, a quem eu não conhecia. Ele parecia bem confortável e até sorridente, dando mais atenção à garota do que ao restante do grupo.

Será que gostou dela, por isso estava sendo tão simpático?

Que sensação estranha.

— Está vendo só? — disse mamãe, chegando por trás de mim, me dando um susto. — Eu não lhe disse que Ian logo encontraria uma boa moça?

Ergui as sobrancelhas e voltei minha atenção para a organização dos pratos.

— A senhora acha mesmo que Ian se casaria com alguém que mal conhece?

— Claro que sim. Eu conheci seu pai no casamento da sua tia Beth — avisou. — E olha, ele também tinha uma amiga que o desprezava.

— Eu não desprezo o Ian.

— Acorde antes que seja tarde, Júlia!

Capítulo 4

Meu primeiro dia na chácara foi intenso.

A correria com os preparativos do casamento me deixou ocupada o bastante para nem me dar conta da existência de Gustavo. Ainda era um pouco incômodo recordar meu passado com ele, mas decidi imitá-lo e me esquecer de vez todos os infortúnios entre nós. Sei que por ter resolvido essa pendência eu deveria estar em paz para curtir aquelas curtas férias, mas outro problema surgiu.

Trazer Ian aqui foi um erro, foi o meu primeiro pensamento quando fui chamada pelos noivos e alguns dos nossos primos jovens para relaxarmos juntos no salão de jogos.

Graças à correria daquele dia, eu estava doida para cair na cama. Porém, como dormiria em paz sabendo que aquela Suelen, amiga da minha prima com quem vi Ian conversando mais cedo, também estava no grupo?

Fiquei incomodada. E esse incômodo era um sentimento estranho para mim, pois nunca me importei com Ian fazendo novas amizades, aliás, até incentivava porque ele era um bicho do mato e precisava ser mais sociável. Eu só não gostei de ver aquela moça agindo como se o conhecesse há muito tempo. Por isso, assisti-los jogando xadrez não foi uma experiência agradável para mim.

— Xeque-mate! — exclamou Ian, derrubando o rei de Suelen no tabuleiro. Ela riu da empolgação dele e pediu uma revanche.

Mais ao lado, Jéssica e eu jogávamos pebolim, relembrando nossa infância. Eu era ótima nesse jogo, mas estava perdendo de lavada, já que minha atenção havia se dissipado completamente.

— Eu sabia que esses dois nerds se dariam bem — Jéssica comentou, orgulhosa, ao notar a fonte da minha distração. — Viu no almoço como eles conversaram sobre *Star Wars*?

Expirei.

Mamãe implicaria comigo se soubesse como a aproximação entre os dois se deu justamente por conta do presente de aniversário que dei a Ian, no caso, uma camiseta cuja estampa era uma *fanart*[17] de *Star Wars* desenhada por mim.

— Eles se deram bem, é verdade — respondi neutra e desviei o olhar da mesa de xadrez. — Ian deve estar feliz por encontrar alguém tão parecido.

Jéssica sorriu muito animada quando eu disse aquilo, deu a volta na mesa e parou bem ao meu lado.

— Você podia dar uma força e falar bem da Suelen para ele. Acredite, ela é uma boa moça — sussurrou enquanto empurrava seu cotovelo em direção ao meu. — Eu convenci ela a vir passar esses três dias aqui justamente para ajudá-la a conhecer novos rapazes. Na nossa igreja, não há ninguém e... bem, o Ian está solteiro, e ela também. Eles podiam unir as forças.

Mordi o lábio com força.

Imaginar Ian casado me causava desconforto. Afinal, se ele fosse abençoado com uma esposa, nossa amizade não seria mais a mesma. O seu companheirismo seria destinado a outra pessoa e acabaríamos nos afastando.

Nessa hora, percebi que mamãe estava certa. Mais cedo ou mais tarde, Ian, sendo o bom rapaz que era, encontraria alguém e o que seria de mim sem ele ao meu lado?

---

17 Arte criada por um fã, baseada em algum personagem de obra de ficção (N. A.).

Ah, Senhor, deixe meu amigo solteiro por mais alguns anos, pedi angustiada, mas, logo em seguida, vendo-o rir de alguma coisa que aquela bela moça nerd contou, me arrependi do meu egoísmo.

Onde eu estava com a cabeça?

— Pode deixar, vou sondar Ian e descobrir se ele gostou dela — declarei com prontidão e Jéssica comemorou. Ela queria combinar alguma estratégia comigo, mas minha cabeça estava cheia, então preferi encerrar a conversa ali. — Depois resolvemos isso. Acho melhor eu ir dormir. Estou cansada.

Ela assentiu e, após pedir licença, saí do salão, dando um breve "boa-noite" a todos.

Não levava muito tempo para chegar ao casarão, mas resolvi andar devagar, aproveitando a solidão para pensar um pouco. Meus pensamentos, no entanto, giravam em torno do possível futuro casal e isso me encheu de agonia.

— O que há com você, garota? — murmurei, bagunçando meu próprio cabelo. — Por que estou pensando em tantas bobagens? — Chutei algumas pedras em meu caminho e olhei para cima. — Por favor, Senhor, coloque algum juízo nessa minha cabeça oca!

— O que houve? — A voz inconfundível de Ian soou atrás de mim, me assustando. Ao me virar para encará-lo, ele fez uma careta para a bagunça de fios em minha cabeça e esticou o braço, me ajudando a domar aquela juba. — O que é isso, garota? Está parecendo uma doida. Gustavo te falou algo?

Afastei a mão dele do meu rosto e voltei a caminhar.

— Eu só posso ser uma doida, mesmo — murmurei. — Se veio por estar preocupado comigo em relação ao meu novo primo, saiba que tudo foi resolvido. — Cruzei meus braços quando bateu um vento mais forte. — Devia voltar para sua amiga do xadrez, amante do Baby Yoda[18].

....
18 Personagem icônico do seriado *The Mandalorian*. Seu nome, na verdade, é Grogu, mas sua aparência, semelhante à do Mestre Yoda, de *Star Wars*, lhe rendeu o apelido Baby Yoda (N. A.).

Ouvi a risadinha dele e me surpreendi no momento em que se colocou ao meu lado, passando o braço por cima dos meus ombros. Meu coração começou a batucar com a nossa proximidade e me senti um pouco constrangida por reparar em como o perfume de Ian me agradou. Achei melhor me afastar.

— Isso é sua forma de dizer que sentiu minha falta, Jubs? — ele sondou e dei de ombros.

— E você nem sentiu a minha, certo? — Me virei na direção dele e o espertinho apenas sorriu de maneira debochada. — Aliás, volta lá para o xadrez. Sua nova amiga solteira não gostaria nada se te visse pendurado em mim, como um carrapato. Sem dúvidas, julgaria todos os bateristas crentes do mundo por sua causa.

— Não tenho nenhuma outra amiga solteira me julgando por ser baterista nesta chácara — ele contou, colocando suas mãos nos bolsos da calça —, além de você, é claro.

Ergui as sobrancelhas.

— Como não há, Ian? E quanto a Suelen? Jéssica afirmou que a trouxe para cá a fim de ajudá-la a conhecer novos rapazes.

— Sério? Até onde sei, Suelen era namorada de um colega meu. — Coçou o queixo. — Nos conhecemos em uma conferência há cerca de um ano e pouco.

— Ora! Você sabe muito bem como alguns jovens cristãos não pensam como nós, sobre encarar um relacionamento como algo sério, que leve ao casamento. Se foi há tanto tempo, isso significa que ela poderia sim estar solteira agora, não acha?

— Sei lá. — Deu de ombros — Não tive o menor interesse em saber da vida amorosa dela. O fato é que eu a conhecia, por isso nos demos bem. Quis te contar, mas você pareceu me ignorar durante a tarde toda porque estava com ciúmes.

Soltei o ar todo de uma vez, como se tivesse me livrado de um fardo. Que bom que ele não tinha interesse nela e a tratou como a namorada de um amigo.

— Ciúmes? Eu? — Empinei o nariz. — Era mais uma preocupação como amiga. Aliás, não te ignorei, apenas fiquei muito ocupada.

— Sei. — Ele me encarou e, em um movimento rápido, tirou seu moletom e o enrolou ao redor dos meus ombros. — Ah, e sim, senti sua falta e gostaria de aproveitar algum tempo ao seu lado antes de irmos dormir, o que acha?

Minhas bochechas queimaram e disfarcei a vergonha, me ocupando em vestir aquela blusa cheirosa.

— Você está diferente, Ian — comentei e ele desviou o olhar. — O que está havendo?

— Nada demais, bobinha. — Uniu os lábios, constrangido, e brincou comigo, puxando o capuz sobre minha cabeça. — Te contei que ajudei seu tio a consertar a caminhonete do caseiro? — desviou o assunto. — Durante o trabalho, ambos me falaram de um gazebo próximo à horta, de onde podemos ver as estrelas. Fiquei curioso. Quer ir comigo?

— Certo, mas vamos avisar papai antes.

— Já avisei — disse. — Seu irmão e primos mais novos estão brincando no parquinho ali perto e seu pai está por lá para ficar de olho neles e em nós dois.

Assenti, tentando não transparecer o quanto meu coração se agitou com o cuidado dele em cada um de seus passos em relação a mim.

Nós andamos lado a lado em direção ao gazebo e aproveitamos para conversar sobre o nosso dia. Foi bom ouvi-lo relatar sobre o carinho com o qual foi recebido por meus parentes, de quem, aliás, ouvi muitos elogios acerca da simpatia e a disposição dele em servir a todos.

Nós passamos pelo parquinho, trocamos algumas palavras com meu pai, que tentou nos assombrar com seu famoso jargão "O que eu não ver, Deus verá", e subimos as escadas até encontrarmos aquela linda estrutura de madeira cuja vista das estrelas e dos montes ao redor sempre me tirava o fôlego. E não por menos; na capital de São Paulo, onde morávamos, só havia fumaça e poluição.

— Leu a Bíblia hoje? — Ian rompeu meus pensamentos e acendeu as luzes enquanto eu admirava a vista.

— Meu plano era ler antes de dormir — informei enquanto dava uma volta e ouvia meus passos rangendo na madeira.

— Te conheço, Júlia. Sei que você dormiria no primeiro versículo. — Ele riu, me acompanhando com os olhos e tomou um lugar no banco-balança que ali havia, tirando uma Bíblia, daquelas pequenininhas, do bolso de sua calça. — Vem, vamos ler juntos.

Fiquei nervosa.

Aquele não era um cenário romântico, eu disse a mim mesma. Todavia, não havia nada mais tocante do que ser convidada por alguém para buscar ao Senhor juntos. Até me lembrei dos momentos fofos entre Anne e Edwin quando eles se uniam com aquele mesmo propósito.

— Claro. — Juntei minhas mãos suadas e me sentei perto dele, deixando um espaço pequeno entre nós. — Qual é sua leitura atual?

— *Eclesiastes* 3 — informou e deslizou até mim.

Fiquei impressionada mais uma vez e, enquanto o ouvia ler e explicar sobre o tempo certo das coisas, foi impossível não pensar em *Amor Real*.

— Sempre que leio este texto, fico emocionada me lembrando de como Deus usou Sua Palavra para mostrar a vontade dEle em relação ao futuro de Anne e Edwin — comentei ao final de sua explicação e cocei a nuca com o olhar que recebi. — Desculpa, não pude evitar.

— Está tudo bem. Também gosto dessa parte no livro 1. A soberania de Deus é enfatizada em tudo. Seja no governo de um reino, como Cibele, ou na escolha de com quem vamos nos casar. Há muito a se aprender com a história do seu casal favorito. — Ele riu ao ver meu queixo caindo. — Sim, eu li os livros por sua causa. Senti falta de guerras ou invasões alienígenas, confesso, mas, no geral, a história é incrível e entendi os motivos pelos quais você se encantou tanto com aquele príncipe.

— Uau! — Pisquei algumas vezes, incrédula. — Há anos tento te fazer ler e você resiste, então por que decidiu fazer isso agora?

— Porque, em primeiro lugar, lembrei que fizemos uma aposta, e, segundo, porque um dia comecei a ler e não consegui parar — confessou, embaraçado. — E, agora que ganhei a aposta, você me deve um desejo.

— O que você deseja? — Esbocei um sorriso. Estava tão encantada que faria qualquer coisa para agradá-lo naquele instante. — Quer assistir toda a saga de *Star Wars* comigo ou ir à Paulista comer aquelas comidas apimentadas que você tanto ama?

— Nenhum dos dois. Você dorme no meio dos filmes que sugiro e tem dor de barriga com comida apimentada — ele falou preocupado, mas não pude evitar lançar um olhar feio em sua direção. — Eu vou te contar o meu desejo durante o casamento dos seus primos. Ainda vou pensar bem no momento ideal.

— Esse mistério todo é mesmo necessário? — sondei e ele afirmou que sim com a cabeça.

— Vai valer a pena, garanto. Estou me preparando para isso desde que você me convidou para a viagem — ele explicou, mas isso me deixou ansiosa.

Tive a impressão de que Ian estava demonstrando mais interesse em mim do que o normal, e cogitar isso me deixou muito temerosa.

Será que depois de Gustavo eu estava pronta para abrir meu coração outra vez? Eu achava que não e, antes de ver Ian criando falsas ilusões comigo, pensei em um modo de afastá-lo.

— Já sei! — Forcei uma risadinha. — Vai me usar como correio elegante, caso goste de alguma moça na festa, como fez naquele acampamento quando tínhamos uns 15 anos. Pode deixar, farei com todo o prazer. Mas peço que dê uma chance a Suelen. Tenho certeza de que ela está solteira também.

Os ombros dele caíram, ele ficou quieto por alguns segundos, o que me deixou preocupada e, enfim, se levantou.

— Aonde vai? — perguntei ansiosa. — Nós nem oramos ainda.

— Preciso orar sozinho — respondeu, impaciente, e seguiu para as escadas do gazebo.

Eu o segui e segurei o braço dele.

— Você está doido? Que reação é essa? — confrontei-o, sem entender nada. Ele se manteve quieto, com a mandíbula cerrada. — Responde, Ian.

O olhar frio que me lançou em seguida me quebrou.

— Eu sei o que você está fazendo, Júlia, e é uma estupidez — acusou ele e eu olhei para baixo, envergonhada. — A pior parte é que, enquanto admiro como o Senhor te transformou, você ainda pensa em mim como aquele garoto tolo de 15 anos. Pare de achar que sou como o Gustavo era! Pare de ver em mim só um baterista sem temor ao Senhor ou consideração pelas irmãs em Cristo! — aumentou o tom de voz e eu engoli em seco. Nunca o ouvi soar tão sério. — Gostaria que ao menos por um dia você me enxergasse como homem de verdade.

Abri a boca para responder, mas ele não me deu chance e saiu andando, deixando-me para trás, confusa e desolada.

Capítulo 5

O relógio marcava 3h30 da madrugada de sábado.

Todos dormiam na chácara, enquanto eu, vítima de um sério caso de insônia, estava de pé, diante do fogão, mexendo o brigadeiro na panela sem parar.

Foi impossível deitar na cama e dormir quando minha cabeça parecia que explodiria a qualquer instante. Não consegui nem me concentrar para orar, pois bastava começar que as palavras se perdiam no turbilhão de pensamentos e tentativas de chorar sem fazer barulhos para não acordar meus pais, dormindo no mesmo quarto.

Angustiada, decidi que só ficaria bem depois de me afogar em carboidrato. Eu correria atrás do prejuízo depois, literalmente. Por isso, desci para a cozinha, onde teria paz para pensar bem longe do ronco do papai.

Durante o preparo da receita, repassei mentalmente todos os meus passos do dia anterior e me senti péssima ao chegar na parte em que ouvi "Gostaria que você me enxergasse como homem de verdade".

Só de relembrar essas palavras, as lágrimas vieram.

Naquele momento, meu coração se dividiu entre achar que Ian exagerou em sua reação e sofrer por machucá-lo. Logo ele, que sempre esteve ao meu lado.

Mas o que eu poderia fazer?

Ian estava agindo tão estranho, sendo ambíguo o tempo todo. Se estava magoado ou incomodado, deveria ter falado antes, e não explodido daquela maneira.

Sequei minhas lágrimas com a gola do meu pijama e comecei a tossir quando uma fumaça subiu da panela.

Levei um susto ao notar que, durante meus devaneios, o brigadeiro tinha transbordado e feito a maior bagunça no fogão. Apaguei a chama, mas consegui a proeza de queimar minha mão.

— Ótimo! Era tudo o que eu precisava! — exclamei irritada e com dor.

— Desse jeito vai acabar incendiando a casa, minha filha — disse minha mãe, aproximando-se e me levando até a pia para lavar a queimadura com água corrente. Devo tê-la acordado sem querer. — Mamãe cuida de você.

Enquanto a água batia contra minha pele quente, me senti ainda pior. Aquilo só podia ser castigo.

— Eu só queria brigadeiro — expliquei com a voz embargada. — Mas não mereço. Sou uma pessoa horrível e ganhar uma queimadura é minha punição.

— Não seja tão dramática, menina. — Ela me lançou um daqueles olhares feios e me conduziu até a bancada, onde tomei um lugar nos bancos de madeira. Depois, foi à dispensa e retornou com um kit de primeiros-socorros. — Seu pai me disse que tentou conversar depois que deixou o gazebo mais cedo, mas você não quis. Fiquei preocupada. Quer me contar o que aconteceu?

Balancei a cabeça negativamente. Eu estava muito envergonhada para contar qualquer coisa, mas também queria muito os conselhos dela.

Pedi a Deus uma direção e, enquanto ela estava concentrada em fazer um curativo na minha mão, os versículos de Provérbios 1:8-9 me vieram à mente: *Ouça, meu filho, a instrução de seu pai e não despreze o ensino de sua mãe. Eles serão um enfeite para a sua cabeça, um adorno para o seu pescoço.*

Eu havia decorado esse texto depois de quebrar a cara e o coração com Gustavo por não buscar o conselho dos meus pais. Quis fazer tudo sozinha, decidir por conta própria e, no fim, foram eles que me ajudaram a ficar bem outra vez.

Desde então, prometi ao Senhor que buscaria a instrução daqueles a quem Ele deu autoridade em minha vida para me guiar, ainda que isso significasse ser repreendida ou machucada com a verdade.

Respirei fundo e optei por dar todos os detalhes daquela crise à mamãe, e ela me ouviu sem abrir a boca.

— Ian me deu a entender que eu o desprezo e não o vejo como homem de verdade. Mas ele está enganado, mamãe. — Fiz uma pausa, tomando ar em meio às minhas lágrimas. — Ian não é só meu amigo, também é um irmão para mim. Mesmo não expressando, sempre admirei sua fé, bondade e firmeza de caráter. Como ele pôde falar que não o vejo assim?

— Coitado desse rapaz. Deve estar sofrendo e frustrado por conta da sua lentidão em perceber as coisas. — Ela expirou, deixou a mesa por um instante e voltou com o brigadeiro e duas colheres. — Está na cara que Ian não quer mais ser seu amigo, e muito menos seu irmão.

— Não quer? Mas não machuquei ele de propósito, mamãe! Sempre fiz o meu melhor para ser uma boa amiga e agora ele simplesmente quer desistir de tudo — argumentei magoada e dei uma colherada no doce, agradecendo porque ainda estava uma delícia. — Ele se cansou de mim, é isso?

Mamãe bateu com a mão na testa.

— Puxou ao pai, com certeza — sussurrou, mas não baixo o bastante para proteger meus sentimentos de seu sarcasmo. — Você sabe bem do que eu estou falando, Júlia. Se esse menino for mais claro quanto aos sinais que dá sobre os sentimentos dele por você, vai precisar de um *outdoor*.

Sentimentos por mim. Era estranho ouvir aquilo. Eu não queria acreditar.

— Será mesmo que ele tem sentimentos por mim, mamãe? Digo, há um carinho mútuo entre nós, é verdade, mas sou tratada por ele como qualquer outra moça da igreja. Embora sejamos próximos, nunca ouvi ou presenciei nenhuma atitude dele que pudesse me iludir ou machucar.

— Ian não é um garoto qualquer, pois te respeita e não te iludiria, bobinha. — Ela umedeceu os lábios. — Posso estar enganada, mas notei como ele mudou depois de começar a trabalhar com o seu pai no início do ano retrasado. Para mim, ele pareceu mais preocupado com você.

Era verdade. Ian sempre foi muito desligado e precisava ser importunado para não se esquecer de coisas importantes, como datas especiais e horários, por exemplo. Nos últimos tempos, porém, ele estava mais atencioso. Além de se lembrar dos eventos sem que eu precisasse incomodá-lo, também fazia questão de me levar para casa após os ensaios ou reuniões da mocidade, me buscava no metrô quando eu tinha algum trabalho para fazer no centro da cidade e sempre trazia meu chocolate favorito. Eu não via aquilo como paixão, mas como um rapaz preocupado com a segurança da filha de seu patrão.

Céus! Será que ela estava certa?

— Ai, mamãe, me desculpa, mas a senhora não está imaginando coisas? — Cruzei os braços. — Nenhum garoto em plenas faculdades mentais se apaixonou por mim — declarei e senti minha garganta se fechando. — Gustavo apenas me iludiu e todos os meus outros *crushes* foram platônicos. Como isso pode ser possível?

— E se Ian realmente não tiver os parafusos no lugar e desejar se casar com você? Como se sentiria?

Balancei a cabeça.

Ian não era bem como eu idealizava um futuro marido. Mas ele era cristão e mostrava amor ao Senhor, me levando a crer que se esforçaria para cumprir seu papel quando se casasse.

Eu não conseguia pensar nele sem admirar suas qualidades e seu jeito fofo. Ao mesmo tempo, tinha algumas ressalvas, pois não me sentia segura para me deixar levar por sentimentos como aquele.

Será que Ian era o homem certo para mim?

— Não sei. É estranho pensar nisso. — Olhei para baixo. — Meu maior desejo é vê-lo feliz, sendo amado, inclusive com suas esquisitices. — Tentei me imaginar casada com o Ian e foi bem agradável, confesso. Eu só não podia admitir. — Como eu poderia fazê-lo feliz, se somos tão diferentes?

— E em que são tão diferentes?

— Tudo! — Movimentei as mãos. — Discutimos nos ensaios porque ele gosta das mesmas músicas velhas. Sempre quer comer comida asiática, e eu, pizza. Briga comigo por eu dormir durante os filmes de sci-fi[19] chatos que ele escolhe e ama. E, o pior de tudo, não suporta romances. — Cocei a cabeça. — A senhora e o papai são sempre tão sintonizados. Quero viver algo assim também, e não casar com alguém apenas para ficar brigando por picuinha.

— Ah, entendi. — Ela cruzou os braços. — Olha, Júlia, já tivemos essa conversa antes e não preciso dizer que seus pontos são superficiais, você sabe disso. Pense um pouco, se fossem tão incompatíveis como diz, vocês nem seriam amigos. O que te faz vê-lo como um irmão?

Nem precisei pensar muito para encontrar essa resposta.

— Ele ama a Cristo e é paciente para me explicar as doutrinas. Cuida de mim durante a visita às outras igrejas e faz com que eu me sinta segura quando tenho vergonha de conversar com quem não conheço. Além disso, tenho vontade de contar tudo do meu dia para ele; se algo bom acontece, ele comemora comigo, mas, se fico chateada, é o primeiro a me dar palavras de consolo e sabedoria.

— Não acha isso o suficiente para superar as diferenças e picuinhas? Se vocês dois amam a Cristo, como sei que amam, não fariam pequenos sacrifícios? — questionou ela e, em seguida, deu um sorrisinho. — Seu pai, quando casou comigo, era apaixonado por buchada de bode; era seu prato favorito. Mas apenas o cheiro me fazia passar muito mal e nós brigávamos quando ele inventava de fazer. No fim

---

19 Ficção científica (N. A.).

das contas, ele ficou sem comer por muitos anos por minha causa. Um dia, no entanto, em nosso aniversário de casamento, eu quis agradá-lo e venci meu nojo, preparando uma panela farta só para ele. Nunca vi aquele homem sorrir tanto, nem no nosso casamento. Eu sabia que minha receita não era tão boa, mas, ainda assim, o gesto o deixou feliz. Percebe meu ponto?

Fiz que sim com a cabeça.

Como eu poderia me esquecer daqueles sacrifícios exigidos pelo casamento que, embora muitas vezes fossem pequenos, faziam grande diferença?

Ian deu um grande exemplo disso ao ler meus livros favoritos apenas para me agradar. Isso era um indício de que, se alguém deveria aprender a ceder e se sacrificar, era eu e não ele.

— Sei que você deseja encontrar um homem cristão, provedor, bonito, provavelmente de linhagem real, com um nome começando com a letra E. — Ela me olhou de canto, o que me fez rir. — Porém, até onde sei, o príncipe na sua história favorita já tem uma princesa. E Ian é um bom pretendente, ainda que não tenha sangue real.

Suspirei.

Meu coração inseguro ainda possuía algumas dúvidas, mas senti algo mudar dentro de mim.

— Ainda que a senhora estivesse certa e Ian tivesse sentimentos por mim — comecei, coçando a cabeça —, depois da nossa discussão de hoje, ele deve ter desistido.

— Se ele desistiu por causa de umas palavras impensadas suas, então não é o rapaz a quem seu pai e eu admiramos e desejamos ver entrar para nossa família — declarou mamãe, séria. Era engraçado saber que meus pais aprovaram um rapaz antes de mim. — Confie em mim, como Boaz[20], esse rapaz não vai descansar enquanto não resolver essa questão.

Como Boaz?

---

20 Rute 3:18 (N. A.).

A história desse casal na Bíblia me lembrava que Deus era soberano e se importava em guiar seus filhos e filhas uns aos outros, para a formação de novas famílias, quando esse era o desejo dEle.

Desde menina, eu orava para me casar com um homem como Boaz e aguardava uma resposta.

Seria Ian essa resposta?

Casar com ele ainda era uma ideia um pouco esquisita, mas de modo nenhum desagradável.

Meu coração disparou novamente e as entranhas se reviraram.

Não acredito que demorei tanto para perceber o óbvio.

— O que eu faço agora? — questionei e ela deu alguns tapinhas em meu ombro.

— Não se preocupe. Já lhe disse, mamãe vai te ajudar.

Capítulo 6

— Ian não vem para o café da tarde também? — Suelen perguntou para Jéssica enquanto nós três, após mais um dia corrido, arrumávamos a mesa na varanda.

Eu estava quieta, ainda refletindo sobre minha conversa com mamãe na madrugada e todas as instruções dadas por ela sobre como remediar minha situação com meu amigo, por isso não me importei com o claro interesse de Suelen, perguntando a cada minuto sobre onde os garotos estavam.

Na verdade, eu até partilhava um pouco da mesma aflição e cheguei a me perguntar se o fato de Ian ter passado a tarde toda com os homens da minha família, ajudando nisso ou naquilo, não era uma forma de ele evitar minha companhia. Bem, isso não faria a menor diferença, pois eu estava determinada a consertar meus erros.

— Os rapazes devem chegar antes dessa chuva que está vindo — informou mamãe, entrando toda sorridente e trazendo consigo um bolo de milho fresquinho. Em seguida, parou ao meu lado e cochichou: — Não perca tempo. Assim que seu príncipe chegar, chame ele para conversar.

Meu príncipe?

Mamãe às vezes ia longe demais.

— Mamãe, por favor — respondi entredentes e, quando notei o olhar curioso das duas moças, tratei de disfarçar, me ocupando de cortar as fatias do bolo.

Depois disso, ninguém falou mais nada e, aos poucos, as mulheres mais velhas, que antes se dedicavam a fazer ajustes em alguns vestidos no quarto de costura, foram tomando lugares à mesa.

Acomodamo-nos, oramos juntas e o falatório típico de muitas damas reunidas tomou conta do ambiente. Ora ou outra, eu até opinava sobre algum assunto, mas meus pensamentos estavam longe.

No momento em que meu irmão mais novo surgiu na estrada, correndo para nos avisar sobre a chegada dos outros rapazes, voltei a ficar alerta. Minhas mãos começaram a suar e achei aquele um bom momento para repassar mentalmente meu discurso de reconciliação com Ian.

Minutos depois, mesmo distante, eu o avistei na estrada, caminhando ao lado do meu pai. Isso foi o bastante para o meu coração disparar.

O que havia de errado comigo? A presença do meu amigo nunca me deixou nervosa antes e agora eu parecia prestes a infartar.

Por alguns segundos me distraí, vendo os homens se acomodarem nos espaços vagos, e senti um frio na barriga ao notar que os dois últimos lugares disponíveis eram um ao lado de Jéssica, o qual Gustavo ocupou, e o outro de Suelen.

Ian subiu as escadas da varanda e olhou ao redor, como se estivesse em busca de algo.

Quando nossos olhos se encontraram, minha primeira reação foi desviar para baixo, observando meu prato.

— Posso me sentar ao seu lado? — perguntou Ian instantes depois, parando perto de mim. Antes que eu pudesse dizer sim ou não, meus pais foram rápidos em mobilizar a família para se mover para o lado nos bancos.

— Tem certeza? — Cocei a cabeça, pois o rosto neutro dele não me dizia se ainda estava com raiva de mim ou não.

Ele assentiu e se acomodou ao meu lado.

Novamente, meu corpo reagiu à presença dele de forma estranha e não havia nada de romântico naquelas borboletas em meu estômago, o que me causou um sério enjoo.

Certo! Eu precisava resolver aquela situação antes que a ansiedade me matasse de uma vez.

— Ian — chamei enquanto ele se servia de café. O rosto dele se virou em direção ao meu e o simples fato de poder contemplar os olhos dele de perto me deixou desnorteada.

— Sim? — Ele ergueu as sobrancelhas quando demorei para responder.

— É... Minha tia fez aqueles bolinhos de abobrinha que você gostou ontem. Quase não sobraram, mas guardei alguns para te dar. — Usei meu garfo e coloquei todos os meus bolinhos no prato dele. — Coma tudo.

Ian piscou algumas vezes, olhou para a sua comida, depois para mim e então esboçou um sorrisinho.

— Minha mãe costuma colocar comida no meu prato assim, mesmo se não quero comer — ele contou com bom humor. — Ela afirma que me engordar é sua forma de demonstrar amor.

— Eu sei. Já a vi fazendo isso — comentei, tamborilando os dedos na mesa. — Por isso, quis fazer igual.

— Oh. — Me olhou confuso. — Obrigado por pensar em mim. — Ele colocou a mão no bolso do moletom, tirou de lá meu chocolate favorito e, com discrição, colocou em minha mão. — Também pensei em você na ida ao mercadão mais cedo.

Aquele gesto, embora fosse corriqueiro da parte dele, me deixou muito feliz.

— Obrigada. Isso significa que não está mais chateado comigo, por ontem? — sondei, com cautela. Eu não queria ter trazido o assunto à tona de forma tão repentina, mas não me contive. Precisava saber o que ele estava pensando.

— Se tem alguém que deveria estar chateado aqui, é você, Jubs. — Expirou. — Passei dos limites ontem e peço perdão por isso.

— Não, Ian. Eu sei que te magoei e me arrependo muito disso.

— Fica tranquila. — Ele deu alguns toquinhos na minha cabeça. — Eu pensei muito e entendi que não devo te pressionar daquela maneira. Isso não vai mudar a forma como você me vê e está tudo bem. Prometo não te incomodar mais com esse assunto.

Engoli em seco e senti o ar faltando em meus pulmões.

Aquelas palavras significavam que minha atitude o fez recuar em suas intenções comigo?

Por um momento, fiquei sem saber como reagir ou o quê responder.

Eu deveria pedir que ele tocasse, sim, no assunto? Que continuasse a insistir?

— Com licença, eu vou lavar a louça. — Foi tudo o que consegui expressar.

Eu me ergui para sair da mesa e, quando me virei, dei de cara com minha mãe, com aquela cara de "o que você está fazendo?".

Meu desejo era abraçá-la e contar que os temores dela se tornaram reais. Minhas atitudes tão ariscas me fizeram perder a chance de ter um homem incrível como marido e, talvez, até como amigo.

Mamãe segurou minha mão, como se pudesse ler meus pensamentos, e sorriu.

— Ian, querido, pode me fazer um favor?

— Claro, dona Ana — respondeu ele, já se levantando.

— Minha mãe me deu alguns tecidos que estão guardados em uma caixa lá no barracão perto do lago. Você pode ir buscar para mim? Vou ensinar a Júlia a fazer seus próprios vestidos — pediu ela, toda sorridente. — Não é muito pesada, mas você pode usar a bicicleta do tio Jairo para trazer.

— Certo, vou lá agora. Onde fica o barracão?

— É um pouco longe, então Júlia vai com você. Ela amava se esconder lá quando era pequena. — Mamãe me olhou de soslaio. — Se apressem para ir antes da chuva. Os tecidos não podem molhar.

Ian assentiu e saiu andando em direção ao meu tio Jairo, conforme a instrução recebida.

Em sua ausência, mamãe me puxou de canto e eu achei por bem deixar tudo claro.

— Não adianta mais, mamãe — sussurrei. — Ele desistiu de mim.

— Pare de besteira. — Ela tocou meu rosto. — Preste atenção, converse com ele e abra seu coração. Não estou dizendo para se confessar ou tomar iniciativa de declarar seu amor por ele, mas, com a amizade de vocês, tenho certeza de que pode ser sincera. Lembra do que eu lhe disse ontem sobre a maioria dos homens?

— Se não tiverem certeza de que são correspondidos, provavelmente vão recuar — repeti algo que ouvi mamãe dizer certa vez. — Vou seguir o seu conselho.

— Ótimo, ele vem aí. Deus te guie, minha filha — desejou e eu sussurrei um "amém".

Recebi Ian de volta com um sorriso e nós, após nos despedirmos de mamãe, deixamos a varanda. Fomos juntos até os fundos do casarão e esperei meu amigo trazer as bicicletas guardadas no armazém.

— Seu tio me disse que as outras bicicletas estão quebradas, então você vai comigo na garupa — instruiu ele sorridente, subindo na bike. — Como nos velhos tempos.

Ian tinha razão. Nos velhos tempos, quando eu era uma menina pentelha, ele sempre me dava uma carona em sua bike porque eu tinha medo de descer a ladeira de nossas casas com a minha. Naquela época, eu confiava nele e sabia que poderia me guiar, independentemente de quão perigoso fosse o caminho. Eu deveria ter me lembrado disso antes.

Meu amigo fez um sinal e, um pouco constrangida, me acomodei na garupa, sentando com as pernas para um lado só, já que estava de vestido.

Ele começou a pedalar, guiado por minhas direções. Tudo foi muito tranquilo nos primeiros metros. O clima de fim de tarde parecia fechado, e o vento, ao mesmo tempo que desgrenhava meus cabelos e balançava as copas das árvores ao nosso redor, também trazia aquele aroma de terra fresco e a sensação de paz.

Quando o terreno ficou mais íngreme e um declive surgiu, fiquei com medo de estar me segurando nas barras de metal na garupa. Tentei ficar imóvel, mas Ian fez uma curva mais acentuada, quase me derrubando, então abracei seu abdômen com bastante força, fazendo-o rir.

— Desculpa! — exclamei e ameacei soltá-lo, mas ele não deixou.

— Está tudo bem. Se está com medo, pode se segurar em mim, não vou te deixar cair. Você estará segura ao meu lado — garantiu ele e, por alguma razão, senti que suas palavras não tinham apenas relação com nosso passeio de bicicleta. — Sempre.

— Eu confio em você — pronunciei devagar, pedindo ao Senhor que dirigisse minhas palavras. — Andar de bicicleta era uma das minhas coisas favoritas no mundo, mas, certa vez, quando Gustavo me levou para andar naquele parque perto de casa, eu caí e me machuquei muito, lembra?

— Sim. — Ele balançou a cabeça. — Você ralou toda a sua perna. Eu até fui à sua casa, com aquele estoque infinito de ervas medicinais preparados pela minha mãe.

— Pois é. Depois daquilo, acreditei que nunca mais seria capaz de andar de bicicleta novamente. — Sorri, na esperança de que ele entendesse meu recado. — Eu me achei muito burra por ter caído daquela maneira. Quebrei minha bike e meus pais não me deixarem comprar outra até que eu estivesse bem novamente. — Parei de falar por alguns segundos para indicar a ele que já nos aproximávamos do barracão. — Mas você sempre esteve lá por mim. Até me ajudou a andar de novo quando levamos sua mãe àquela exposição no Ibirapuera. Eu apenas nunca notei. — Suspirei e segurei o moletom dele, sentindo as primeiras gotas de chuva caírem, embaçando meus óculos. — Só agora vejo como fui abençoada por ter você como meu melhor amigo, embora tenha percebido tarde demais.

— Tarde demais? — Eu o ouvi rir após frear a bicicleta e descer, me ajudando a fazer o mesmo depois. — Você, por acaso, vai se mudar para outro país e eu não estou sabendo?

— Não, mas sei que, depois de tanto tempo tentando provar seu valor como meu amigo, já deve estar cansado de esperar que eu te entenda. Deve ter se cansado de mim, aliás — falei e protegi meu rosto dos pingos grossos de chuva. — Qualquer um cansaria.

Ele segurou minha mão e não se importou com a chuva, começando a nos ensopar.

— Acho que temos proximidade o bastante para eu dizer que não sou qualquer um na sua vida, Júlia — declarou sério, fazendo meu coração errar algumas batidas. — Por que eu me cansaria da minha amiga favorita? Independentemente do que aconteça, sua amizade é preciosa para mim. Seremos amigos para sempre.

Amigos para sempre?

Sério?

Estávamos de mãos dadas, debaixo da chuva, em um clima perfeito para uma declaração de amor e tudo o que ele queria era manter a amizade?

Não acredito que estava de fato começando a me iludir por ele!

Bufei.

O amor é terrível!

— Argh! Você é tão frustrante — declarei irritada e saí correndo para me abrigar no barracão.

Capítulo 7

Ian e eu ficamos ilhados no barracão graças à chuva caindo há pelo menos meia hora, sem parar.

O momento que deveria ter sido dedicado a uma conversa franca entre nós se tornou algo tenso, incômodo e chato, pelo menos para mim e meu orgulho ferido.

Eu não podia acreditar que depois de chorar a madrugada toda e passar o dia ansiosa para ouvir, receber e retribuir os sentimentos daquele garoto, tudo o que, ele queria de mim era amizade eterna.

Ah! Como fui tonta!

Tudo bem que eu não era ingrata a ponto de desprezar seu amor fraterno. Ainda era amor. Mas será que me iludi sozinha e vi sinais de interesse onde não havia?

Bem, minha mãe também viu esses sinais, não é? Então a culpa não era toda minha.

Espera.

E se Ian estivesse me defraudando?

Se esse fosse o caso, diferentemente de como agi com Gustavo, em vez de me acabar em lágrimas, eu lhe daria uma surra e ainda o entregaria para sua mãe. Dona Graça era um amor comigo, mas podia ser bem assustadora se o assunto fosse o caráter de seus três filhos.

Estava decidido. Se eu visse mais uma atitude ambígua ou ouvisse palavras românticas de Ian, eu soltaria os cachorros para cima dele.

— Até quando vai ficar toda emburrada comigo aí no frio? Você está molhada, entra logo — gritou Ian de dentro do barracão enquanto eu estava parada na porta, me tremendo e contando os segundos para sair daquele lugar.

— Eu não estou emburrada com você — expliquei impaciente. A verdade é que, além daquela sensação de ter sido tapeada, eu também estava morrendo de vergonha de encarar aquele garoto depois de criar mil cenas fantasiosas em minha cabeça sobre como ele se declararia para mim. — Só quero voltar logo para casa.

— Sei — murmurou e o ouvi se movimentando pelo piso de madeira até parar ao meu lado. — E esse bico? — Ele apertou meu queixo, me fazendo repreendê-lo, afastando sua mão. — Nem parece a garotinha simpática dessa foto aqui. A legenda aqui atrás diz: "Júlia, 5 anos, feliz por encontrar um príncipe encantado no ribeirão".

Virei para o lado e arregalei meus olhos ao me deparar com uma fotografia antiga minha, fantasiada com um longo vestido e uma coroa no topo do meu coque apertado, tal qual uma princesa. Meu sorriso ia de orelha a orelha e meus braços estavam estendidos, mostrando ao meu pai o seu futuro genro, um sapo-cururu gigante com quem decidi me casar depois de usar o meu poder para transformá-lo em príncipe.

— Que vergonha! Devolve isso aqui — implorei e corri atrás de Ian, me esforçando para tentar pegar meu bem de volta, sem sucesso. — Quem mandou você ficar bisbilhotando as caixas, hein?

— Fiquei entediado com o seu tratamento de silêncio e, mexendo nas relíquias guardadas aqui, encontrei um jeito de te fazer falar — respondeu ele, rindo ao desviar de mim, ziguezagueando pelos espaços livres do barracão. — Júlia, por favor, me diga, você deu seu primeiro beijo em um sapo?

Ele gargalhava enquanto fazia mil piadas sobre meu "noivo".

— Ian, eu não beijei sapo algum! Eu vou te matar! Me dê isso aqui!

— Eu devolvo. — Esticou o braço o mais alto que pôde enquanto eu pulava feito uma cabrita. Quanta humilhação! — Mas só se você me contar o que fiz para te deixar tão irritada.

— Como você é chato! — Bufei e, desistindo daquele garoto, parei de pular, dei as costas para ele e fui até o sofá velho, me jogando ali. Fazer uma jovem pouco ativa como eu se exercitar tanto era mesmo uma tortura. — Estou brava porque poderia estar me dedicando a cuidar do meu cabelo e pele para ficar bonita, e não parecer uma ogra no casamento amanhã, mas estou aqui, ensopada, cansada e sendo provocada por um bocó inconsistente!

Ian deu risada e veio se aconchegar perto de mim, colocando a foto em cima da minha testa.

— Em primeiro lugar, você não vai parecer uma ogra. É a única menina que eu conheço capaz de ficar linda de todo jeito. Ainda mais com essas sardas fofas no seu rosto — elogiou, apertando minhas bochechas, o que fez meu coração disparar. Precisei até desviar o rosto para não dar na cara o meu rubor. — E depois, por que eu sou inconsistente?

Dei uma risada debochada.

— Você ainda pergunta? Por causa disso! — Apontei para nós dois. — Um rapaz decidido a ser amigo para sempre de uma moça, não deveria enchê-la de elogios assim, não acha?

— Sim, a não ser que esse rapaz tenha decidido acabar com essa amizade.

— O quê? — Olhei indignada. — Está vendo? Como pode ir de "Somos BFFs, oba!" para "Estou decidido a acabar com essa amizade"? Isso é ser inconsistente e ouso te acusar de estar brincando comigo e com os meus sentimentos.

Ele arregalou os olhos.

— Brincando? — Cruzou os braços, indignado. — Se me deixasse acabar minhas frases, não me interrompesse ou saísse andando antes do meu discurso triunfal, talvez você não tivesse uma impressão tão absurda do meu caráter.

— Não é absurda. Pode negar que esteve estranho comigo durante esses dias? Uma hora me tratava com carinho, depois se irritava comigo e me evitava. Você é doido? — questionei, com raiva. — Pelo bem da minha sanidade mental, seja claro comigo!

— Eu estou tentando, mas você é difícil! — rebateu e abri a boca para respondê-lo, sem sucesso. — Poxa vida! Li aqueles livros românticos para inspirar meu lado poeta adormecido e dizer o quanto eu te amo e que não quero mais ser só seu amigo e que não posso conceber uma vida sem ter você ao meu lado como minha esposa. Mas não consigo porque a minha princesa, ao contrário do seu livro favorito, só sabe reclamar e me ofender o tempo todo! Saiba, dona Júlia, que quem está perdendo a sanidade sou eu, e a culpa é sua!

Quando ele se calou, estava ofegante, e eu, chocada.

Era assim que um pedido de casamento deveria soar? Como uma briga de galos?

— O quê?

— Ainda não entendeu? Amo você, de todo o meu coração! Quero caminhar com Deus ao seu lado e estou te pedindo em casamento. É isso mesmo — ele me interrompeu dessa vez. — Agora, ouse me chamar de inconsistente!

Não consegui dizer nada por cerca de um minuto.

Não era que eu não correspondesse aos sentimentos dele, mas é que nunca fui pedida em casamento antes e, bem, não esperava que isso acontecesse durante um embate verbal em um barracão empoeirado e cheio de quinquilharias, com o mundo desabando em chuva lá fora.

Meus preciosos sonhos românticos, adquiridos após anos de leituras de romances incríveis, tomaram uma surra da tirana realidade, e isso me assustou.

— Mas... — cocei a cabeça, ainda em estado de torpor — cadê as flores? A música brega? O clima romântico?

Ian riu da minha cena dramática.

— Preciso providenciar uma farda vermelha e uma coroa também? Só assim serei aceito?

— Quem você pensa que eu sou, seu bobo? Não me iludo mais sonhando em encontrar um príncipe Edwin. Na verdade, minhas expectativas nunca foram tão altas, prova disso é esse sapo que tentei beijar — expliquei e Ian continuava a rir. — Não que você seja um sapo. Está mais para um príncipe de baixa renda e eu amo isso, até porque também não sou nenhuma princesa. — Uni os lábios. — Eu aceito seu pedido de casamento, ainda que estivesse esperando algo diferente disso.

— Misericórdia! Você deve ser a primeira pessoa do mundo a ofender um homem enquanto aceita se casar com ele — comentou Ian, reflexivo, e, alguns segundos depois, se levantou, sem me dar a chance de me desculpar por ter atrapalhado os planos dele. — Isso não pode ficar assim!

— Isso o quê?

— Como vou encarar nossos filhos, suas amigas ou seus pais depois de você contar quão antirromântico fui em declarar meu amor a você? — Ele fez uma pose, como se fosse um super-herói prestes a sair em uma missão arriscada. — Espere aqui, minha nobre princesa!

Em seguida, ele partiu correndo em direção à porta e saiu na chuva, me deixando confusa.

Ian era mesmo doido e me fez ficar sem conseguir parar de sorrir. Senti a emoção tomar conta de mim quando a ficha caiu e me dei conta de que eu estava errada sobre as atitudes de Ian. Ele não estava me defraudando, isso era um alívio. Sua clareza, ainda que floreada com certa impaciência, em colocar todas as cartas na mesa, me deixaram encantada.

Olhei aquela foto boba em minhas mãos e me lembrei de como aquela garotinha orava sempre com seus pais, antes de dormir, para encontrar um verdadeiro príncipe. Um homem cuja nobreza estivesse em seu coração e fosse um verdadeiro filho do Rei dos Reis.

Ian, ainda que tivesse feito um pedido meio capenga, era esse homem e estava disposto a me oferecer muito mais do que palavras e gestos românticos; ele queria caminhar com Deus, sendo auxiliado por mim.

Isso era muito mais do que eu poderia pedir ou merecer. Muito melhor do que o enredo de qualquer livro em minha estante. Era minha história de amor e estava longe de acabar.

— Jubs, fecha os olhos! — Ian gritou lá de fora.
— O que você está aprontando? — investiguei.
— Apenas feche os olhos de uma vez e só abra quando eu mandar!
Dei uma risadinha e resolvi obedecê-lo.
— Pronto, mandão!
Sem ver mais nada, eu fui sendo consumida pela curiosidade enquanto ouvia a intensa movimentação e o mexer de objetos de um canto para o outro.
Os barulhos ficaram mais altos e próximos a mim. De repente, uma música antiga e romântica, daqueles *flashbacks* dos anos 1980, começou a tocar e eu sorri.
O que ele estava aprontando?
— Minha querida, olhe nos olhos do seu amado — pediu Ian, forçando uma voz bem grave e eloquente, como um daqueles locutores de rádio.
A cena com a qual me deparei foi um homem ajoelhado. Seus cabelos estavam ensopados, assim como o tecido de algodão vermelho no qual estava enrolado. Ele usava uma coroa improvisada com aquelas correntes douradas, utilizadas para enrolar nas árvores de Natal, e em suas mãos havia um buquê não muito organizado com diversas flores coloridas.
— O que é tudo isso? — questionei, sem conseguir me conter de rir. Ian era muito bobo.
— Júlia Maria Bragança — ele tomou minha mão e suspirou —, você é uma amiga maravilhosa, companheira e aquela por quem orei durante vários anos. Como descreveria todo o amor que tenho guardado por você? Como expressaria a admiração por ver quão boa filha e serva de Deus você é? Além disso, é linda, meiga e cheia de histórias hilárias, que sempre alegram meu dia.
— Não precisa exagerar — sussurrei e ele fez cara de bravo, me mandando ficar quieta, com um "shii". — Desculpe.
— Eu me lembro do exato momento em que você ganhou meu coração. Foi há dois anos, quando comecei a trabalhar com seu

pai. — Ele acariciou minha mão com o polegar. — Minha mãe ficou muito doente por um tempo, e estávamos apertados financeiramente, por isso meus irmãos e eu não tínhamos tempo para mais nada, além de trabalhar. Você também tinha uma rotina apertada, mas, ainda assim, sempre dava um jeito de acompanhar a mamãe em suas consultas e exames.

— Sua mãe sempre foi um doce comigo, Ian. Eu não fazia mais do que minha obrigação ao cuidar dela e dar uma força para o meu amigo — comentei, admirada com a boa memória dele. — Além disso, fiz o mínimo perto de tudo o que você já fez por mim.

— Não se subestime, boba. — Ele suspirou. — Foi depois disso que comecei a reparar em você e todas as suas qualidades, seus defeitos e sonhos. Tudo. Queria saber tudo a seu respeito.

Senti as bochechas esquentando.

— Quanto mais o tempo passava, mais certa minha decisão de formar uma família com você ficava, embora eu não passe de um bocó aos seus olhos. — Ele riu e eu também. — Orei, busquei direção com nossos pais e líderes, e esperei até ter certeza de que você sentia o mesmo por mim. Até pedi ao Senhor que te livrasse dos seus medos e suas inseguranças, que visse meu desejo sincero de cuidar do seu coração, e Ele me atendeu. Hoje, com a bênção do Senhor, quero pedir sua mão em casamento. Você aceita?

Dei um sorriso genuíno e minha reação imediata foi abraçá-lo.

— Agora, sim, você se superou! — Dei batidas nas costas dele e me afastei rápido. — Sim, eu aceito você, meu príncipe-sapo!

Capítulo 8

— Eu estava aqui pensando... — Ian começou durante a nossa caminhada de volta ao casarão. Já estava escuro quando parou de chover e o céu se transformou, deixando aquele aspecto cinza e revelando suas milhares de estrelas. Contamos com a Lua e a lanterna do meu celular para iluminar nosso caminho — agora que temos um relacionamento, podemos andar de mãos dadas, não é?

Olhei para ele, admirada. Como alguém podia ser tão fofo?

— Claro que não — respondi de supetão, recebendo um olhar inquisitivo dele. — Como vamos dar as mãos se você está carregando essa caixa?

— É verdade. Poxa! Sabia que não devíamos ter deixado a bicicleta para trás. — Uniu os lábios, refletiu um pouco, mas logo seu sorriso se abriu. — Já sei. Você pode segurar no meu braço, como as damas daqueles filmes antigos faziam com seus pares.

Dei uma risadinha e deslizei para o lado dele, encaixando meu braço ao seu. Tocá-lo agora era diferente. Eu me via ansiosa apenas pelo fato de perceber o quanto ele apreciava minha presença, demonstrando felicidade genuína com um gesto simples como aquele.

— Senhor, como é bom se apaixonar pela garota certa! — exclamou ele, exagerado, olhando para o céu. — Valeu, meu Pai!

Ah! Ele tinha razão! Como era bom, fácil e rápido se apaixonar, mas melhor ainda quando isso acontecia no momento certo, com a pessoa certa!

Talvez pelo fato de a paixão ser algo tão repentino, meus pais sempre me alertaram a firmar bem minhas convicções sobre teologia, relacionamentos em santidade e expectativas para a vida em um futuro lar antes de cair de amores por um rapaz. Isso porque, depois de se apaixonar, era muito difícil tomar decisões cem por cento racionais. Agora, se o fundamento da fé possuía raízes profundas no coração, as emoções momentâneas não nos levavam tão facilmente.

Por conhecer Ian muito bem e saber de todas as nossas crenças em comum, me dei a liberdade de deixar a paixão florescer, sem parar de vigiar e orar, é claro, afinal, nossa jornada até o matrimônio deveria ser pura não por mera barganha com Deus, ou em busca de sermos abençoados, mas porque obedecer ao nosso Senhor era igual a amá-lo. Isso significava negar nossa carne e honrá-lo, sabendo que Ele, em Sua onisciência, estava sempre ao nosso lado.

— O que foi? Por que está me olhando assim? — Ian questionou, erguendo as sobrancelhas.

— Estou descobrindo agora que meu amor por você é como minha fome, não para de crescer — brinquei e ele piscou algumas vezes antes de cair na gargalhada. — Desculpa, isso soou romântico na minha cabeça.

Ele balançou a cabeça.

— Pelo amor de Deus, hein, Júlia? Pensei que, com tantos romances lidos, você seria mais hábil com as palavras. — Soltou um suspiro dramático. — Acabei de ter minhas expectativas frustradas.

Franzi os olhos para ele e aproveitei nossa proximidade para cutucar seu braço.

— Besteira! — Revirei os olhos. — Você assistiu à saga *Star Wars* milhares de vezes e, que eu saiba, não se tornou nenhum Jedi[21], não é?

---

21 Personagens fictícios de *Star Wars* que possuem habilidades especiais (N. A.).

— É justo, espertinha — admitiu impressionado e, enquanto ficamos em silêncio por alguns segundos, meu estômago roncou alto. O romantismo em mim era uma farsa, mas a fome era muito real. — Que tal se eu preparar aquele macarrão que você gosta ao chegarmos? Podemos dar a notícia para todos e logo em seguida derrotar esse dragão escandaloso vivendo aí dentro da sua pança.

Dei risada, mas, antes de aceitar a tentadora proposta dele, algo me veio à mente.

— Quero contar a todos logo, mas, pensando bem, não é melhor esperarmos até amanhã depois do casamento?

— E por que faríamos isso? — Ele me olhou desconfiado.

— Não sei se você percebeu, mas minha família é muito escandalosa. — Mordi o lábio. — Eles amam comemorar qualquer coisa. Sério! Eles deram uma festa quando perdi meu primeiro dente de leite. Agora, imagine só quando souberem do nosso namoro! Vamos virar o centro das atenções. Jéssica e Gustavo podem não gostar disso. É o momento deles.

Ian não respondeu de imediato; seu rosto denunciava hesitação com meu plano.

— Só até amanhã, não é? — sondou e eu confirmei. — Tudo bem, que assim seja, mas não aguento nem um dia a mais. Assim como não se pode esconder uma cidade edificada sobre o monte, eu também não posso mais esconder o quanto eu te amo. Preciso expressar para o mundo.

Fiz uma careta e nós dois caímos na risada com aquela frase.

— Que brega! Precisamos trabalhar nossas declarações de amor antes que alguém nos ouça — declarei e ele concordou comigo.

Alguns metros depois, chegamos ao casarão. Logo na entrada, ficou claro que tomamos uma boa decisão em adiar nosso anúncio especial, pois a família Bragança experimentava o verdadeiro caos.

Muitos parentes de Gustavo haviam chegado, lotando o ambiente. Entramos e, à primeira vista, ninguém nem se deu conta da nossa presença. Os novos convidados estavam concentrados em se instalar, e alguns dos meus parentes corriam de um lado para o outro feito baratas tontas.

— Céus! Que bagunça é essa? — Ian questionou tão confuso quanto eu.

— Não sei. Meu pai vem aí, vamos descobrir logo. — Apontei com o queixo para a escada, de onde papai descia às pressas, vindo ao nosso encontro. — Será que está bravo com a nossa demora?

— Não, acho que não. Ele sabia muito bem onde estávamos e por que demoramos.

— E aquela cara de quem chupou um limão azedo? — Ergui as sobrancelhas, mas Ian deu de ombros.

— Ainda bem que chegaram! — Ele expirou ao parar em nossa frente.

— Desculpa a demora, senhor Antônio. — Ian tomou a frente. — Choveu por tanto tempo que nós ficamos ilhados no barracão e só conseguimos sair agora.

— Eu sei, filho. Não estou chateado com isso — comentou e coçou sua barba. — É que uma coisa chata aconteceu na ausência de vocês dois.

Franzi o cenho e já me preocupei.

— Já sei! Alguém se feriu na cozinha outra vez? Falei para o tio Gaspar que a faca estava muito afiada, mas ele não me ouviu.

— Foi muito pior do que um ferimento com faca — comentou papai mantendo o suspense. — Venham comigo, eu conto no caminho. Precisamos ir rápido ou sua mãe vai arrumar uma confusão grande com sua tia Beth. — Ele me puxou. Durante o trajeto, voltou sua atenção para Ian. — Resolveu aquele problema no carro do caseiro?

Meu amigo, quero dizer, agora namorado, riu e eu fiquei boiando, como sempre ficava quando o assunto era sobre carros.

— Sim, usei a técnica que o senhor me ensinou e a lata-velha ficou zangada, mas logo abraçou minha disposição de ser seu mecânico exclusivo — falou com seriedade enquanto subíamos as escadas, porém a brincadeira entre os dois estava na cara. — Precisei ter paciência.

Lancei um olhar questionador para Ian. Por algum motivo, suspeitei que eu era a lata-velha em questão. Ainda bem que não tive tempo de confirmar.

— Vou adorar ouvir como resolveu seu problema — respondeu papai e parou no corredor antes de chegar ao primeiro quarto. — Daqui para a frente, os homens estão proibidos.

Franzi o cenho e, antes que eu pudesse perguntar, ouvi soando, um pouco distante, o lamento de alguém: *Por que comigo, Senhor? Isso não deveria ter acontecido.*

Senti um desespero ao constatar que a voz pertencia a Jéssica. Ela parecia muito abalada. Será que Gustavo havia feito algo para magoá-la às vésperas da cerimônia?

Pedi licença aos rapazes e apressei meus passos até chegar ao último quarto do andar. O burburinho era alto e se misturava ao choro de minha prima.

Quando girei a maçaneta e empurrei a porta, anunciando minha chegada, o silêncio imperou. Observei o quarto abarrotado de mulheres até descobrir qual era a causa daquela situação. E não foi nada difícil.

— Oh, não! — exclamei ao ver a pobre noiva ajoelhada diante de uma arara, segurando a barra de seu vestido branco de seda com uma marca gigantesca de ferro bem visível na altura do umbigo. — Que tragédia aconteceu aqui?

Ao ouvir minha voz, Jéssica saltou e correu para me abraçar.

— Graças a Deus! Você precisa me ajudar, Jubs! — implorou ela sem se importar com as broncas que eu levava das minhas tias da minha e avó por ter demorado tanto.

Eu não sabia qual era a minha culpa naquela situação ou por que estava sendo repreendida se nem toquei no vestido, mas me mantive calma.

— Fui inventar de ajudar e quis passar o vestido por conta própria, mas queimei tudo e agora eu, eu, eu... — Jess voltou ao seu choro copioso. — Por favor, me ajude!

Antes de eu ficar ainda mais confusa, mamãe surgiu em meu campo de visão e trazia em suas mãos uma caixa branca que eu bem conhecia.

— Filha — começou ela, mas nem precisou me explicar, eu já havia entendido tudo.

Jéssica e eu éramos as únicas mulheres entre o bando de primos homens de nossa família. Desde pequenas, havia uma disputa entre nós duas sobre quem ficaria com o vestido de noiva de nossa avó. Ele não era brega nem feio, como era comum entre essas relíquias de família. Pelo contrário, parecia um daqueles modelos chiques e retrôs de capa de revista. Ambas queríamos essa parte da herança, mas a vovó nunca o prometeu para nenhuma de nós. Isso apenas mudou em nossa adolescência, quando Jess se rebelou e botou na cabeça que não se casaria. Ela então abriu mão do vestido, e eu, que não era boba, a fiz prometer junto à nossa avó que somente eu poderia me casar com aquela peça.

— Podemos consertar o vestido da Jéssica usando este aqui ou reformá-lo para ficar do agrado dela — explicou mamãe com paciência enquanto eu só observava. — Não deixei tocarem nele até ter certeza de que você daria autorização, pois ele é seu. A vovó te deu.

Engoli em seco e pensei bastante antes de responder. Se fosse no dia anterior, eu teria cedido sem pensar duas vezes, mas tudo havia mudado naquela tarde. Com Ian ao meu lado, o casamento parecia uma realidade mais concreta para mim.

— Responda, menina — mandou tia Beth irritada, mas não me ofendi. Ela devia estar desesperada por sua filha. — Não é como se você fosse se casar em breve. Deixe logo sua prima usar.

— Não fale assim com ela, Beth — mamãe me defendeu. — Deus pode muito bem mandar um bom rapaz para ela se casar amanhã mesmo. Tome tempo para pensar, querida.

E segui o conselho, refletindo um pouco.

Aquele vestido foi só mais uma das minhas muitas ilusões. Para mim, o homem perfeito precisava ter todas as qualidades de um príncipe, mas Ian veio para provar o seu valor, ainda que não fosse um nobre. Antes de estudar a Bíblia, eu também acreditava no matrimônio como o meu "felizes para sempre", mas esse castelo de areia se desfez para dar lugar à minha casinha construída na rocha. Cristo foi quem me mostrou a verdadeira felicidade eterna. E, por fim, o mais importante na celebração de um casamento não era nada externo, como roupas, banquetes ou futilidades, mas sim o momento em que dois filhos de Deus iniciavam uma família da aliança, se tornando um perante o Dono da festa.

Lembrar disso me deixou mais tranquila para abrir mão das minhas bobagens de adolescente.

— Ora essa! — Coloquei as mãos na cintura. — Não deviam ter esperado por mim. Ainda que eu me case em breve, essa noiva não pode se casar amanhã sem um vestido de noiva. Vamos ao trabalho!

O alívio tomou conta das senhoras, que se prontificaram a agir. Até eu me dispus ajudar. Ao passar pela mamãe, recebi um olhar orgulhoso dela e soube que tomei a decisão certa não só de ceder o vestido, como também de aceitar seus conselhos sobre tudo.

Graças ao Senhor e à astúcia de minha mãe, eu seria a próxima noiva da família!

Capítulo 9

Sempre amei assistir àqueles filmes adolescentes, contando histórias de protagonistas desajustadas e sofredoras, com um lindo final de superação. Minha parte favorita, sem dúvidas, eram os famosos momentos de *makeover*, ou, para ser clara, a patinha feia usando todos os recursos cosméticos disponíveis e se transformando em um lindo cisne.

Era essa transformação que eu imaginava viver em todas as ocasiões especiais, quando podia confiar o florescer da minha beleza a mãos talentosas como as de minha tia Irene, a cabeleireira e maquiadora da família.

Naquele dia agitado, eu não era a única cliente dela e havia pelo menos uma dúzia de mulheres na minha frente, desejosas por receberem seus próprios *makeovers*.

Além do meu papel de madrinha, também ajudei minha mãe e as outras senhoras mais velhas com a organização até o último momento. Ou seja, se não tive tempo nem de respirar, quem dirá de me arrumar com calma.

Só consegui deixar meu posto e ir cuidar da minha aparência uma hora e meia antes do casamento. Após o banho, tomei a péssima decisão de assumir a responsabilidade pela minha transformação, afinal eu era uma ilustradora e podia lidar com meu rosto como se fosse uma tela em branco. Assim, me tornaria uma responsabilidade a menos para minha fada-madrinha.

Eu só me esqueci de um detalhe: automaquiagem não era o meu forte.

— Cruzes! Não foi esse resultado que eu imaginei — lamentei diante do espelho ao comparar meus resultados com o da blogueira famosa do tutorial.

Minhas sobrancelhas estavam marcadas demais, as bochechas pareciam dois tomates e o que dizer da sombra escura nos olhos, me deixando como um panda?

O pior de tudo era que eu havia levado pelo menos quarenta minutos naquela obra e não tinha muito tempo restante antes de Jéssica chegar do tal "Dia da noiva".

Frustrada, eu expirei, sentindo um pouco de inveja ao me lembrar do quão sortuda Anne Davies foi em *Amor Real* ao ganhar pessoas à sua disposição para deixá-la bela no momento em que quisesse.

Como eu encontraria meu príncipe daquela forma?

Depois de muito lamentar, acabei decidindo que pediria socorro à especialista. Talvez eu nem desse tanto trabalho à minha tia, pois ela só precisaria consertar meus erros, não é?

Determinada, devolvi todos os meus cosméticos à *nécessaire* e deixei o banheiro sem me esquecer de espiar o corredor e checar se havia alguém para testemunhar o desastre estampado em minha cara.

Não vi ninguém, mas, ainda assim, achei melhor caminhar olhando para o chão.

Meu quarto nunca pareceu tão distante, e o que estava ruim ficou pior quando topei com meu irmão e alguns dos meus primos mais novos. Crianças não perdoavam ninguém, por isso não fui poupada das gargalhadas nem das comparações com palhaços fugindo de circo. Tentei intimidá-los com uma pose de indiferença, mas não funcionou e até desrespeitada eu fui.

— Ei, seus pivetes. Deixem minha garota em paz. — Uma voz grave soou atrás de mim enquanto eu tentava dar alguns cascudos naqueles malcriados. Parei no mesmo instante ao ouvi-lo. — Andem, vão dar comida para os gansos no lago ou brincar de qualquer coisa que não seja perturbar uma moça linda.

— Linda? — Juninho se acabou de rir. — O tio Jairo estava certo, a paixão deixa qualquer um cego e burro.

Nessa hora eu cerrei o punho e o levantei, ameaçando meu irmão da forma menos feminina possível, mas assustadora o bastante para fazê-lo sair em disparada com o rabinho entre as pernas.

A raiva momentânea se dissipou, dando lugar à vergonha.

— O que aconteceu, princesa? — perguntou Ian, todo carinhoso, e eu teria me derretido ali mesmo, se não tivesse me dado conta de que arruinei minha grande cena de entrada, onde eu apareceria diante dele usando meu belo vestido roxo e o deixaria ainda mais encantado por mim, como em um filme de princesa.

Expirei. Minha vida estava mais para um filme de comédia e eu era a piada — ou o palhaço, no caso.

— Olhe só para mim. — Eu finalmente me virei, revelando meu rosto. Ele mordeu o lábio com muita força e puxou o ar, fazendo esforço para se conter. — Pareço uma princesa para você?

— Há uma infinidade de princesas por aí, com certeza uma te representa — ele comentou sério, mas deu para perceber a ironia em sua voz, o que me fez franzir os olhos. — Se quiser, posso deixar meu terno de lado e assim nós dois combinamos de fazer um *cosplay* de Shrek e Fiona.

— Muito engraçado! — Forcei o riso. — Estou tão feia assim? Eu tentei ficar bonita para você, mas falhei.

Ele abriu um sorriso e coçou a nuca, como fazia quando estava constrangido. Depois, deu alguns passos até estar diante de mim e colocou as mãos em meus ombros.

— Você é linda de todo jeito. — Tocou meu queixo. — Mas se, como seu namorado, posso opinar, sua beleza natural nem se compara a essas pinturas exageradas.

Meu namorado.

Eu ainda não havia me acostumado com aqueles termos, mas achava tudo muito encantador.

— Me acha linda mesmo? Sério? — sondei e meus olhinhos apaixonados brilharam com a sua confirmação. — Nunca nenhum rapaz me disse isso antes.

— Vou fazer questão de te lembrar isso todos os dias, dou minha palavra. — Ele primeiro segurou minha mão e depositou um beijo ali, seguido por outro na testa. — Não que a beleza seja o principal, mas, aos meus olhos, você será sempre bela.

Senti minhas bochechas esquentando e expirei. Ah! Como o amor era incrível!

— É melhor você parar de me paparicar e ir logo se arrumar. — Dei um sorrisinho tímido. — Vamos entrar juntos, de mãos dadas. Que tal?

Relatei a ele que eu já havia conversado com Jéssica e Gustavo, explicando a situação e pedindo que, se possível, mexessem um pouco na configuração dos casais para que Ian, e não meu primo, entrasse comigo. Eles concordaram de prontidão.

— Certo, então te encontro na entrada do casarão. Não demore, tenho algo para te dar — disse e saiu em seguida, me deixando cheia de expectativas.

Apesar de aquele encontro especial ter me animado, eu me assustei ao checar a hora. Estava mais do que atrasada e seria um milagre chegar a tempo, por isso precisava correr.

E lá fui eu.

Ao chegar no quarto, minha tia já estava guardando seus materiais e não havia mais nenhuma mulher na fila. Assim que me viu, ela fez uma cara de decepção engraçada e me mandou ir lavar o rosto, pois, ao contrário da minha previsão, nada naquela obra de arte se salvava. Eu, claro, atendi às instruções dela e, antes de deixá-la começar, informei que, dessa vez, eu queria parecer o mais natural possível, seguindo o conselho do meu amado.

Graças a Deus e ao talento de titia, o momento do meu *makeover* enfim chegou. Ela, como uma boa fada-madrinha, não só cuidou da maquiagem, como também fez meu penteado e me ajudou a entrar no lindo vestido roxo, feito sob medida para mim.

No final da produção, eu me olhei no espelho e admirei a imagem refletida ali. Era tão bom não estar mais semelhante a uma palhaça, e sim a uma princesa. Entretanto, eu não queria parecer como uma princesinha de conto de fadas bobo qualquer, por isso coloquei meus óculos.

— Agora, sim! — Suspirei satisfeita. — Vestida assim, até me pareço como uma amiga pessoal de Anne Davies.

Meus devaneios em voz alta acabaram quando mamãe entrou no quarto, toda produzida. Ela me elogiou, é claro, mas não deixou de me dar bronca pelo atraso, pois a noiva já estava chegando e só faltava eu no grupo das madrinhas.

— Ian já está te esperando lá embaixo — ela contou, toda empolgada, e não pude disfarçar meu semblante apaixonado. Ainda bem que meus pais já soubessem de tudo, pois estava cada minuto mais difícil esconder meus sentimentos.

Caminhamos juntas até as escadas. Ela me ajudou a descer, já que meu vestido era longo e eu não queria me envolver em nenhum acidente. Nos últimos degraus, tive uma agradável surpresa. Ian apareceu para me buscar ali mesmo, e não na varanda.

— Agora vou te deixar com o seu príncipe. Não demore — ela brincou, cumprimentou seu futuro genro e saiu.

Ele estava de fato muito bonito com seu cabelo bem penteado, trajado em um terno preto alinhado e uma gravata que, por coincidência ou não, era do tom do meu vestido.

Quando estávamos perto o bastante, Ian fez uma cena, colocando a mão sobre o coração, fazendo uma cara de dor.

— Nossa, que menina linda! Acho que me apaixonei mais um pouquinho — expressou alto, e ainda bem que não havia mais ninguém ali para nos ouvir ou eu morreria de vergonha.

— Você também está lindo — elogiei um pouco mais contida e, ao terminar de descer, segurei sua mão, entrelaçando meus dedos aos dele. — Precisamos correr, já estou muito atrasada.

Tentei sair andando, mas Ian fincou os pés no chão, me obrigando a voltar.

— Espera, me dê trinta segundos! — pediu antes de, sem mais nem menos, se colocar atrás de mim e afastar meus cabelos. Pouco depois, senti algo gelado tocar o meu pescoço e me dei conta do que era. — É um presente simples, mas é de coração.

Após prender o fecho, ele me conduziu ao espelho mais próximo, onde pude observar melhor o que eu havia ganhado. Tratava-se de um delicado colar dourado, cujo pingente era um coração com uma coroa em cima.

— Edwin também deu um colar para Anne, não foi? — ele comentou enquanto arrumava meu cabelo. — Sei que não posso competir com ele, mas posso tentar.

— Você é melhor do que qualquer personagem, Ian. É o meu príncipe. — Encarei a imagem dele refletida no espelho e toquei o colar. Que grande bênção eu havia recebido! — Acabo de perceber que a realidade às vezes pode ser tão doce quanto a ficção. Basta confiar que o Senhor se preocupa em escrever cada página da minha história.

— Será a nossa história, daqui para frente, meu amor — corrigiu ele e depositou um beijo em minha bochecha, me fazendo sorrir.

Após isso, nós finalmente seguimos para a cerimônia de casamento.

Graças a Deus tudo ocorreu da melhor forma possível. As damas de honra entraram, seguidas pelas floristas e, por fim, nós, os padrinhos e as madrinhas.

Como combinado, Ian esteve ao meu lado, segurando minha mão. Ao contrário do que imaginei, nenhum dos meus parentes se mostraram surpresos, mas vi alguns dos meus tios fazendo sinais para Ian, como se estivessem comemorando uma vitória. Isso me fez suspeitar de que talvez minha família já estivesse a par de tudo.

Tomamos assento e, em seguida, Jéssica entrou, deslumbrante. Comentei com Ian sobre como o vestido da vovó ficou muito melhor nela do que teria ficado em mim. Em resposta, ele falou que sua mãe ainda guardava o seu modelito de casamento, reservando-o para a noiva do filho que se casasse primeiro. A boa notícia era que ele era o mais velho de dois irmãos adolescentes e Ian tinha planos de se casar em, no máximo, um ano, tal como eu.

Ouvir aquilo me levou a louvar ao Senhor mais uma vez. Embora, no passado, Ele houvesse respondido às minhas orações referentes a Gustavo com um sonoro "não" e eu não tivesse entendido na época, agora tinha certeza de que meu Pai sabia das minhas necessidades e sempre fazia o bem para mim. E não digo isso simplesmente porque fui encontrada pelo homem certo, pois, mesmo se Deus frustrasse nossos planos, eu deveria sempre confiar na soberania dEle, independentemente das circunstâncias. Em tudo, eu devia dar graças e naquele momento estava realmente grata por ter Ian na minha vida.

A cerimônia foi realizada e, após a troca de votos, a música brega de Gustavo e o "aceito", a festa começou. Os convidados foram servidos e depois de muita comilança e conversa boa a pista de dança foi aberta. O novo casal teve sua primeira valsa e, em seguida, o cerimonialista sugeriu que mais convidados se juntassem a eles.

Eu, aproveitando a hora para matar minha fome com coxinhas, nem pensava em dançar, até que Ian surgiu com sua ideia genial.

— Se lembra daquela aposta que ganhei por ler os livros? — questionou, e eu afirmei. — Bem, como prêmio, eu desejo uma valsa com você. Aceita?

Meu coração disparou. Dançar uma valsa com um garoto — que não fosse o meu pai ou meu irmão — era o meu sonho de princesa. Por um momento, o constrangimento de pensar em todos nos olhando quase me fez desistir, mas ele insistiu e eu acabei aceitando.

— É claro — falei toda boba e fomos para a pista, onde dançamos, olhando nos olhos, como se não houvesse mais ninguém ali. Foi perfeito!

Talvez esse fosse o momento ideal para dizer o famoso "e viveram felizes para sempre", mas aquela era só a primeira linha de uma longa e linda história pela qual eu orava ao Senhor para passar ao lado do meu melhor amigo.

Meu amor real.

FIM

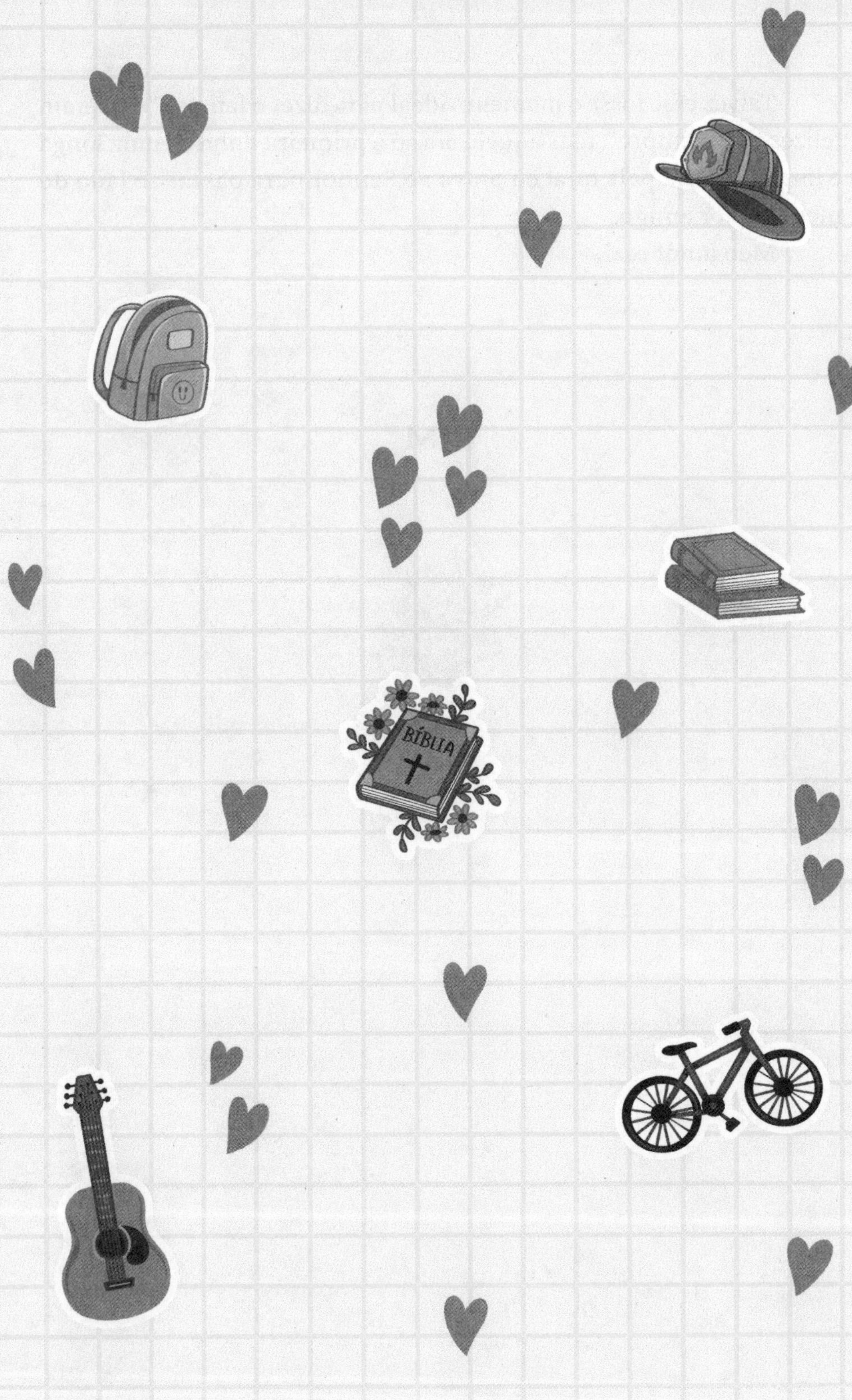
BÍBLIA

Acordes do coração

Dulci Veríssimo

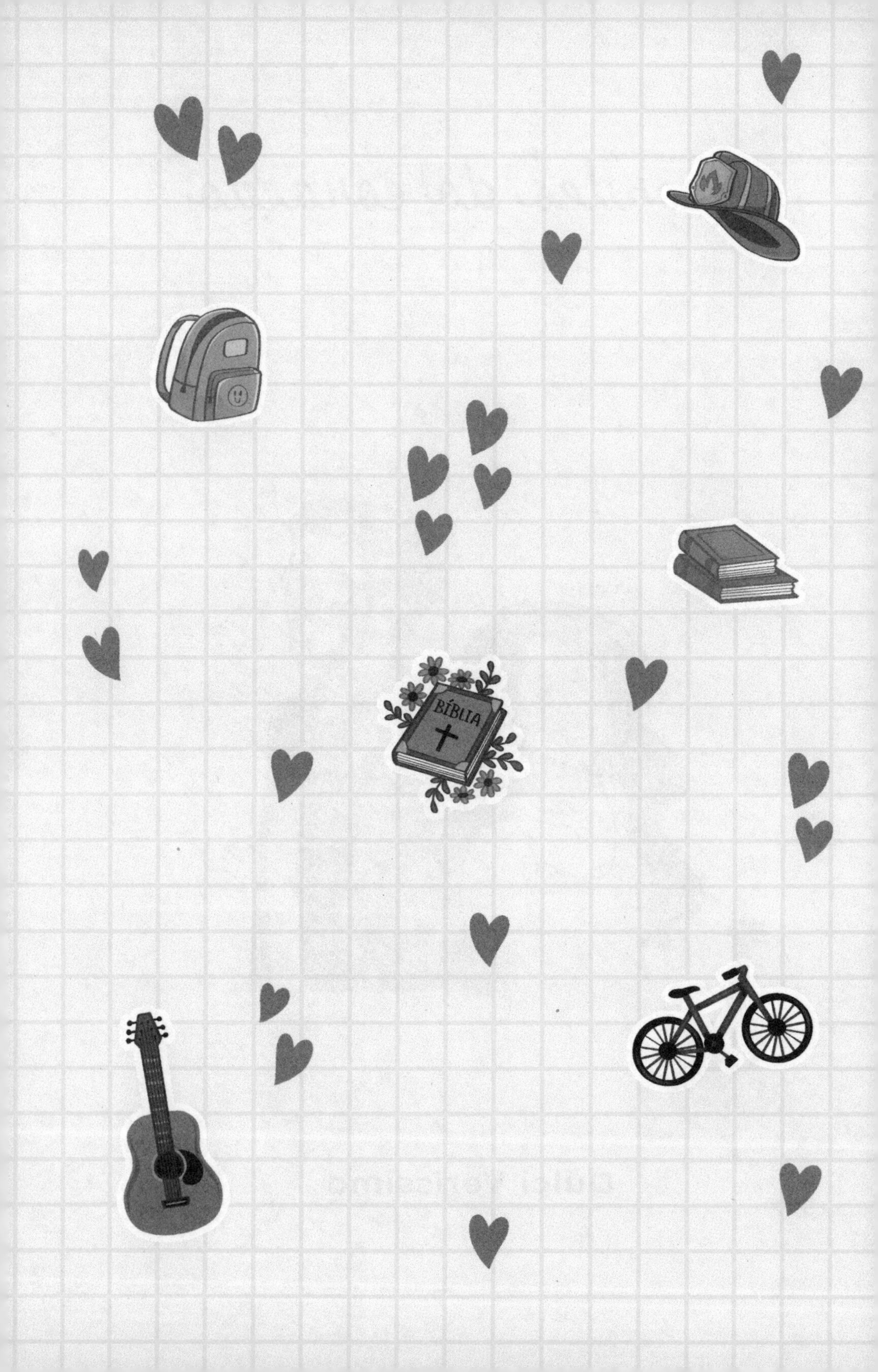
BÍBLIA

Capítulo 1

Meus dedos pareciam não querer formar aquele acorde. A ansiedade estava me deixando com ânsia de vômito, e tudo isso causado por aquelas palavras de André: "Precisamos conversar depois do ensaio".

O que ele queria me dizer? Será que fiz algo de errado no sábado, quando fomos para o aniversário do sobrinho dele? Meu Deus, me ajude a não pirar com milhares de suposições!

Mas era certo que André estava distante há alguns dias, e isso piorava minha situação.

Respira, Lyra. É só respirar.

— Por que vocês parecem estar no mundo da lua? Que grupo é esse, tão desajustado? — Ricardo bufou, trazendo-me de volta à realidade. — Às vezes, penso em fazer um repertório mais sofisticado, mas ver a condição de vocês dá um desgosto! — Nosso maestro estava tendo mais um de seus acessos de arrogância.

Quase sempre era assim: nunca éramos bons o suficiente, sempre tinha alguém melhor, fosse músico ou um grupo. Era triste. Ele se direcionou para o rapaz de cabelos cacheados à minha frente e disse:

— Pablo, repete essa frase, pois você ainda tá errando esse SI BEMOL! — Seu tom subiu algumas notas graves e a vermelhidão ficou evidente no rosto branco e apático dele. Sem dúvida, a qualquer momento ele teria um treco. Para que tanto estresse?

Mas, antes de as coisas ficarem difíceis para mim também, arrumei meus dedos utilizando o mindinho e deu tudo certo. Aquele movimento ficaria bem fácil e prático. Admito que ensaiei pouco aquela peça, por isso estava ajustando os acordes ali, mas isso não era costumeiro. Logo minha mente focou como sempre.

— Agora, vamos tocar a peça do início ao fim. — Ricardo pegou sua batuta, bateu na estante, empinou o queixo e posicionou os braços para começar a reger.

Era a nossa hora de fazer bonito.

Todos os quatro naipes se organizaram. Eu fazia parte do terceiro, o harmônico, e, antes de começar, fitei André, que dedicava sua atenção à partitura e em nenhum momento se voltou para mim. Isso partiu meu coração. Era um hábito nosso: assim que entramos na orquestra de violão, visualizamos um ao outro antes de tocar. Algo realmente sério aconteceu. Ao menos esperava ser um problema que pudéssemos resolver.

— Eu vou dar um compasso em branco e vocês entram — disse o regente e iniciou.

A sinfonia nº 5 de Beethoven começava com um movimento rápido, e eu descreveria até como "feroz" aquele drama. Refletia bem a minha alma agitada e eufórica. Fechei meus olhos, querendo sentir apenas a adrenalina extasiante daquela composição. Beethoven era meu compositor favorito justamente por saber exprimir na música as emoções inconstantes, angustiantes, aceleradas e furtivas, uma bela forma de descrever suas dores e dificuldades. A composição pedia força, velocidade e, no seu ápice, silenciava-se como um espírito fugitivo que parava abruptamente. Era eu: a ponto de romper pelos sentimentos desenfreados, mas extasiada pelo lamento frio do silêncio das circunstâncias. Sentia-me lida por aquela melodia. Ao dar um último acorde, eu estava tensa e com a respiração ofegante.

Levantei o olhar e percebi o semblante de satisfação dos outros violonistas. Ricardo não poderia reclamar depois da beleza daquela interpretação. Ele tinha um brilho de orgulho no rosto, mas não diria isso por nada. Tudo bem. Afinal, não foi pelos elogios que trilhei o caminho da música, mas, sim, por pura contemplação e regozijo. Era algo indescritível!

— Lembrem-se de que a nossa apresentação será na sexta-feira, às 20h, no Teatro Amazonas — declarou o estagiário de regência.

Guardei meu violão no *case* e o fechei; quando levantei, André estava parado na minha frente, extremamente sério.

— Vamos? — Ele apontou com a cabeça para a saída e assenti.

Nós andamos sob um silêncio incômodo. Eu precisava saber o motivo de toda aquela mudança de comportamento.

— Podemos nos sentar em uma das arquibancadas e conversar — disse ele, evasivo.

Fomos para o terceiro degrau da arquibancada. O calor do sol misturado à ansiedade fazia minha cabeça doer, e eu só desejava colocar aquilo em pratos limpos. Pusemos nossos violões ao lado e nos viramos um para o outro. Nada disse, apenas esperei as devidas explicações.

— Lyra, eu sei que estamos juntos há dois anos. — Ele mexia as mãos sem parar. — Você precisa saber que realmente me apaixonei pelo seu lado musical, humor e bom coração...

Eu estreitei o cenho querendo saber qual o intuito daquilo. Que raios de conversa era aquela?

— Vivemos coisas lindas juntos e planejamos um futuro muito promissor. — Ele cruzou os dedos e riu: — Se lembra quando dizíamos que seríamos músicos e viajaríamos pelo mundo? — Soltou uma lufada de ar e os ombros murcharam. — É engraçado como as coisas mudam e...

— Fala logo o que você tem para dizer. — Aquela ladainha começou a me irritar. — Para de dar voltas.

— Você é sempre tão direta, Lyra. — André balançou a cabeça e entortou os lábios. — Só não queria te magoar.

— Saiba que, ao me ignorar, responder ou agir como se nada estivesse incomodando, ou seja, não se comportando de modo normal, já me machucou bastante. Portanto, não preciso de palavras bonitas, mas que diga o que há, realmente. — De nervosa e ansiosa, comecei a ficar irritada com todo aquele papinho de "quando planejávamos o futuro".

— Tudo bem. — Ele tomou uma postura mais rígida. — Cheguei a uma decisão de que não podemos mais ficar juntos. Acredito que nossos caminhos não combinam mais, tampouco nossas emoções — pronunciou sem mais delongas.

Aquilo foi como uma adaga rasgando meu coração em milhares de pedaços. Eu era apaixonada pelo André de todo coração. Queria chorar, extravasar, gritar, mas as lágrimas não chegavam. Na verdade, algo prendia minha garganta e me queimava por dentro, como se meu espírito fosse lenha em meio ao fogo das minhas emoções dolorosas e angustiadas. Só fiquei parada o olhando, esperando por mais alguma coisa, mas sem saber exatamente pelo quê.

— Gosto de você, Lyra. Só não como antes — proferiu, com o olhar típico de quem pede desculpas. — Poderíamos ser amigos.

Aquilo me ferveu mais por dentro.

— Você poderia ser um pouco mais original, não acha? Amigos? Sei! — Suspirei. — É o que você deseja? Não vou impedi-lo de nada. — Me levantei e peguei meu violão. — Não seremos amigos. Não seremos nada. Espero que seja feliz. — Virei para sair dali.

— Lyra — ele segurou meu braço —, você não precisa ser tão radical.

— Não quero me prender a um passado que já ficou para trás. — Me soltei dele e desci as escadas da arquibancada às pressas. Meu coração estava tão acelerado que poderia ter um infarto a qualquer momento. Saí andando em direção à minha parada do ônibus. Aquele lugar estava lotado, e logo o transporte estaria até o tucupi[22] de gente.

Oh, meu Deus! Preciso comprar um carro!

Era nessas horas que me arrependia de querer seguir uma carreira artística. Tinha acertado. O ônibus estava superlotado. Fui me

---
[22] Expressão amazonense para indicar sobrecarga (N. A.).

espremendo entre as pessoas e o violão acabou batendo nas cabeças de alguns. Bufei. Mas respirei e segui tentando andar naquele corredor minúsculo. E, para o meu desgosto maior, o instrumento ficou preso em uma senhora e tive de fazer força para puxá-lo.

— Leva logo meu braço! — A voz aguda dela ressoou, mas eu não queria discutir com ninguém. Resolvi seguir, entretanto ela continuou: — Não sei por que ficam andando com esses troços dentro de um coletivo. Povo sem noção! — reclamou para uma pessoa ao lado dela, mas com o intuito de eu ouvir.

Mirei a enorme bolsa dela, que, sem dúvida, carregaria até uma casa, e franzi a sobrancelha.

— Acho é pequena essa sua maleta aí, não é? — E virei a cara antes de escutar a resposta, mas nada ouvi.

Apenas consegui um olhar mais feroz e, com certeza, pensamentos que me fariam queimar no inferno. Entretanto, me organizei em um pequeno espaço ao lado da porta do meio. Quando, enfim, me estabeleci, meus pensamentos se voltaram para André e toda a nossa história. Nos conhecemos nas apresentações musicais da faculdade. Ele estudava à noite e eu, de manhã, mas, quando nos encontramos, foi como amor à primeira vista. Há tempos esperava viver um romance tão profundo e, ao encontrar André, achei que minhas orações tinham sido respondidas. Foi perfeito por tanto tempo!

Olhei para o céu através da janela do ônibus e comecei a indagar: *Por que teve de acabar? Ele não foi uma resposta? Não era o melhor namorado? Tínhamos planejado nos casar e ter filhos! Como o sentimento acaba assim?*

Ansiava chorar e gritar, mas, ao mesmo tempo, me sentia traída, furiosa e com vontade de matá-lo. Esses homens eram mentirosos. Sem um pingo de responsabilidade emocional. Não tinham firmeza. Uns completos moleques!

Todos os outros dias foram vividos de modo comum. Lancei todas as nossas fotos em uma pasta na nuvem de um antigo e-mail e apaguei o número dele do meu telefone. Não queria nada mais que me ligasse ao André. Não quis contar para minha mãe do nosso término naquele momento. Ela gostava dele, porém eu desejava ficar distante do assunto e, para ocupar a mente, apenas ensaiava noite e dia. Nos ensaios da orquestra, interagia somente o necessário e fingia indiferença com André; se ele cogitou alguma aproximação, sem sombra de dúvida a minha frieza não o permitiu se aproximar.

A sexta-feira da apresentação chegou. Eu estava me vestindo para sair para o teatro quando mamãe entrou no quarto e se sentou na cama, dizendo:

— Você está bonita, minha filha. — Sorri com a gentileza dela. — Esse concerto vai ser lindo se for um terço do que você toca aqui todos os dias.

— Espero. — Suspirei num misto de alegria e tristeza.

— Sua tia Iracema ligou — comunicou e se levantou para arrumar a manga da minha roupa. — Disse que deseja falar contigo.

— Sobre o quê? — Arqueei a sobrancelha.

— Só falou que é importante. — Mamãe deu de ombros. — Pediu que, depois do concerto, você ligue para ela.

— Que estranho! Titia nunca foi muito de falar conosco. Depois de mudar para Itaituba, pareceu se esquecer da existência da família — declarei, com os pensamentos distantes. Não podia negar minha curiosidade.

— É para isso que família serve: ser lembrado no dia da dificuldade. — Mamãe riu. — Agora vai, senão você se atrasará.

Parti e chamei um carro de aplicativo para ir calmamente sem ninguém me empurrando. Sem mencionar que, com aquele calor, eu estaria pior que urubu morto quando chegasse na apresentação. Um dinheirinho a mais me pouparia de um constrangimento pelo mau cheiro.

Passamos as músicas e nos alinhamos. O pessoal da percussão estava posicionado e, antes de qualquer coisa, fiz minha breve oração pedindo graça para tudo aquilo. As cortinas se abriram e, o Teatro Amazonas estava lotado. O concerto era livre ao público e, com o investimento do Estado, o aspecto cultural de Manaus crescia e se desenvolvia bem.

Enfim o nosso maestro entrou e fez uma reverência ao público, expressou umas palavras, aparentando ser a pessoa mais amável que existia. Bem diz o ditado: só se conhece quando se convive.

O espetáculo musical começou e a cada peça os espectadores batiam palmas exultantes, empolgadas e eufóricas. Me concentrei em cada composição, mas na música mais lenta e melancólica espiei André. Ele estava lindo, não podia negar. Aqueles cabelos castanhos com umas mechas loiras naturais me encantavam, as veias de suas mãos eram salientes, e eu tinha um fascínio especial por aquilo. Que ódio! Por que tudo havia se esvaziado como uma água escorrendo pelos meus dedos? Não podia terminar assim! Decidi falar com ele, realmente dizer o que sentia. Precisava de alguma forma mudar aquilo. Talvez pudesse reconquistá-lo.

Sim! Por que não pensou nisso antes, Lyra? Dois anos não seriam esquecidos assim, não é?

O concerto foi esplêndido e terminou da maneira mais primorosa possível. O maestro agradeceu e nos levantamos para reverenciar o público. Concluímos tudo de modo perfeito, e quem dissesse ao contrário estava errado. Ao irmos para a coxia, nos parabenizamos, tiramos fotos e tudo mais que acontece ao final dessas apresentações. Mas eu tinha uma motivação: encontrar André sozinho para falar com ele. Essa oportunidade chegou quando todos foram encontrar suas famílias e seus amigos, e André ficou fechando seu *case*.

Era a minha chance. Engoli em seco, querendo naquele ato fazer descer meu orgulho que me dizia para não me submeter àquele ato humilhante. Andei alguns passos e estava próxima dele quando ouvi:

— Meu amor, você foi o mais perfeito de todos! — Uma menina loira e de olhos verdes pulou nos braços de André. Ele a recebeu com todo carinho e se beijaram.

— Toquei para você. — Segurou na cintura dela. — Meus pensamentos estavam contigo em todo momento. — Fez uma brega declaração de amor.

— Eu sei. Eu sei — falou, convencida. — Agora, vamos. O pessoal nos espera para comer. — Ela segurou a mão dele e o puxou.

Meu espírito murchou e o corpo quase desabou não só pela decepção, mas por toda a enganação sofrida. Como eu era idiota! Por quanto tempo fui traída? Meu Deus! Saí dali com passos duros pelo assoalho. Aqueles homens não prestavam. Eram todos um bando de inúteis!

Capítulo 2

4 meses depois...

— Você vai ficar bem, minha filha? — perguntou mamãe pela milésima vez antes de eu passar pelo embarque.

— Eu vou, mãe. Essa viagem veio em boa hora. Fiquei muito tempo estagnada e mudar de ares me fará bem.

— Lyra, você tomou uma decisão muito radical ao sair da orquestra e se mudar para o interior. Entendo suas motivações, mas acho que pode se arrepender. — Mamãe tinha um sulco no meio da testa que revelava sua preocupação.

— Tia Iracema está doente e precisou viajar. Não posso negar um favor para uma pessoa que está passando por uma situação tão difícil. Não tem ninguém que fique na loja dela, e ela precisará de dinheiro para o tratamento. Vai ser bom ajudar. E, claro, eu não precisarei mais ver a cara do André. — Passei a mão no rosto, já cansada de tudo aquilo. Nos dias anteriores, havíamos esgotado esse assunto, ao menos eu achava. — Bom, se eu quebrar a cara, pelo menos já vai ser mais um aprendizado.

— Ai, Lyra! — Mamãe deu um tapinha no meu ombro. — Você às vezes me ofende com essas suas falas. Só estou cuidando de você, sua ingrata!

— Desculpa, mãe. Mas é verdade. Confie em Deus que vai dar tudo certo. Isso foi até uma resposta de oração. — Ela me olhou com uma desconfiança e dei um sorriso sapeca. — Claro, não a doença da titia.

Ela me abraçou mais uma vez antes de eu partir.

— Sua ferinha, sentirei tanto sua falta. Até desse seu enjoo. — Ela beijou minha testa e me olhou com a face um pouco úmida. — Ah, já ia esquecendo! Sua prima, Vitória, mandou um presente e disse que por causa de uma prova não ia poder se despedir. — Tirou da bolsa um livro. — Ela falou que tem música na obra e talvez você gostasse de uma boa literatura para servir de companheira durante todo esse trajeto.

— A Vi é legal. É provável que eu leia. — Tomei o livro na mão e a abracei mais uma vez. — Amo a senhora! E se cuide. Logo estarei de volta.

— Vou me cuidar. — Ela me deu mais uns beijos.

Caminhei para meu portão de embarque e me sentei para esperar a chamada. Pensei nos meses que antecederam a viagem. Nos dois primeiros meses, a raiva, a irritação e o ódio eram para com todos os homens do mundo. Conversei com mamãe e não aguentei, chorei. Aquele foi meu período de luto. Fiz tantas indagações a Deus. Nos últimos dois meses, comecei a querer ocupar a cabeça. Fui convidada para tocar em casamentos, o que não ajudou muito a minha situação. Entretanto, participei de alguns passeios da igreja e, a cada mensagem, sentia-me fortalecida, especialmente ao refletir sobre como Deus, em Sua sabedoria, pode desfazer nossos planos quando eles se tornam um ídolo em nossas vidas. E era certo, Deus não permitiria que nada nem ninguém tomasse o lugar dEle no trono do nosso coração.

Admiti minhas muitas falhas. Meu relacionamento com André tomou proporções de importância que até me fizeram deixar Deus de lado. Nós frequentávamos a igreja, porém André não era tão comprometido quanto se esperava de um cristão, e passei por cima disso ao fingir não ver. Depois que tudo estava muito claro, pedi perdão a Deus pelos meus pecados.

A viagem veio em boa hora, apesar da triste situação. Estava cansada de Manaus e precisava de novos ares. Ri ao pensar nas vezes que cogitei não ir só para mostrar a André minha força inabalável diante de tudo aquilo. Em certo momento, viver aquela fortaleza me cansou e decidi não querer mais mostrar nada para ninguém; iria para Itaituba.

Meus pensamentos foram interrompidos com a chamada do embarque.

Quando já estava acomodada no assento, tomei o livro *Do silêncio à canção*, da autora Aline Moretho.

Um nome chique! Gostei.

A capa era bonitinha e parecia promover uma história fofa. Era ideal para ocupar meus pensamentos. Me surpreendi, pois após os três primeiros capítulos já estava envolvida. Julguei ser somente um romance água com açúcar, mas a situação da Ester começava a despertar algumas sensações em mim, sendo que uma delas era:

Menina, por que você se envolve com um músico? Você é musicista, deveria saber que esses são os da pior espécie!

André que o diga! Ele daria direitinho para ser esse Ítalo! Será que ele e o André eram parentes? Estava achando que sim! Cafajeste!

O flerte era típico dos músicos. O que um homem com instrumento na mão faz, não é? E as românticas acham isso a coisa mais linda. Afinal, a música é uma conquistadora de primeira, convenhamos! Nem consigo contar quantas vezes vi os meninos da orquestra dando em cima das meninas. E as "inocentes" se achando sortudas por terem um músico atrás delas. Quanta burrice! Mal sabiam o futuro que as esperava. Pior foi ter sido uma delas, para minha completa humilhação. Mas essa página já foi virada.

Fui lendo e me envolvendo cada vez mais e, sim, admito que meu coração ainda fragilizado foi fisgado pelo pastor Tiago.

Que homem lindo, meu Deus! Como a doida da Ester não olha para ele?

Ao mesmo tempo que me sentia anestesiada de amor pelo jovem pastor, uma tristeza me abatia na alma por saber que era quase impossível encontrar um homem daquele na vida real.

Meu melodrama foi interrompido pelo aviso do pouso.

Desci em Santarém e, sem demora, parti para o porto onde pegaria uma lancha para Itaituba. Continuei a leitura assim que a viagem pelo rio Tapajós começou. Quis chorar em certos momentos. Ester também sofreu. Enxuguei minhas lágrimas, que escorriam por debaixo dos óculos escuros, ainda bem que estava com ele.

Eu te entendo, amiga. Compartilho sua dor!

E, após devorar aquele livro, que não era somente um clichê, mas uma verdadeira aula de teologia sobre romance, senti minha alma farta. Fui exortada através do relacionamento dos protagonistas, pois percebi como havia regido a minha relação com André com muitas liberdades, e não deveria ter sido assim.

Fiz marcações no livro para que pudesse estudar mais sobre cortejo cristão e o que, de fato, a Bíblia falava sobre. Fiz da natureza minha testemunha de nunca mais dar meus beijos, toques e carinhos a não ser ao meu marido, se é que teria um. Guardaria meu corpo e coração. Seria um romance para a glória dEle.

♥

Depois de um tempo, desci no porto de Itaituba. A pequena cidade não parecia ser tão interiorana, e possuía até um certo charme. Quando me virei para o rio, caiu a ficha sobre o quão longe de casa eu estava; tive um misto de temor e empolgação, contudo, independentemente do que acontecera, seria um período de aprendizagem.

Um mototáxi me levou para a casa da tia Iracema. Era certo, ela não estava lá, mas em São Paulo, para se tratar. Por uns meses, sua casa e loja de música estariam sob minha responsabilidade. Orava para que as coisas ficassem bem para ela. A vizinha, dona Solange, me recebeu com toda hospitalidade, me abraçando e fazendo-me sentir muito querida.

— Ainda bem que chegou, minha filha. Como foi a viagem? — perguntou com a voz aguda e me ajudou com as malas.

— Foi bem, apesar de longa. — Sorri e entrei na casa, que era melhor do que pensava.

— Sua tia estava tão mal, mas tenho fé na recuperação dela — falou com certa emoção e respirou um pouco fundo, depois me guiou a um quarto branco cuja parede do centro estava pintada de amarelo-claro. O espaço era mobiliado com uma cama, um guarda-roupa e uma mesinha de estudos. — Ela deixou tudo pronto, querida. Foi meu marido que pintou.

— Amei! — E de verdade achei uma beleza aquele espaço.

Na realidade, toda a casa era bonita. Possuía uma sala com um balcão ao meio e, do outro lado, a cozinha, os quartos ao lado e o banheiro. Tudo bem pintado em tons claros e com móveis antigos, porém bem conservados.

— Você acha que vai ficar bem sozinha? Tenho uma filha quase da sua idade e acredito que podem ser boas amigas. Ela pode lhe apresentar a cidade, e assim podem conversar.

Toda aquela dedicação até me constrangeu, pois eu era tão chata muitas vezes. A receptividade dela era mais uma lição sobre o tipo de mulher que eu precisava me tornar.

— Agradeço demais. Vai ser bom ter alguém para conversar.

— Quando ela chegar da faculdade, vou pedir que venha chamá-la para o almoço. — Ela tocou no meu braço e sorriu. — A loja de música fica do outro lado da rua, aqui está a chave. — Balançou o pequeno chaveiro na minha frente e o fez cair na minha mão.

— Pretendo ir até lá agora e arrumar tudo para abrir.

— Tudo bem. Se estabeleça aqui que vou cuidar do almoço.

Assenti e nos despedimos. Deixei minhas coisas no quarto, larguei os tênis no canto e pus uma sandália e uma bermudinha para ir à loja. Não era longe de casa e, ao abri-la, senti aquele ar quente. Os instrumentos precisavam de uma limpeza e me deu dó vê-los "sofrendo" com aquele calor. Liguei o ar-condicionado e verifiquei o que havia atrás do balcão. Achei uma pasta de partituras e encontrei uma música antiga, dos tempos da faculdade. Que saudade! Sem hesitar, coloquei-a em uma estante e peguei um dos violões expostos, afinei as cordas, que precisavam ser trocadas, mas para tocar sozinha bastaria.

Montei os acordes e não demorou até que minha memória trouxesse a lembrança de como era tocá-la. Depois de meia hora, iniciei-a. A música não era erudita, mas havia uma emoção especial naquela composição cuja dinâmica era do fortíssimo para o piano em um conjunto de andamento *allegro*[23] e depois caía num *adagio*[24]; o plissado do tocar despertava a alma e a fazia experimentar a sensação de pertencimento, quer estivesse perto ou longe.

Fechei os olhos e toquei a última frase melódica. De repente, escutei palmas atrás de mim. Virei rápido e me deparei com um homem de barba, alto, camisa de flanela quadriculada e calça jeans meio surrada apoiado na estante ao lado, olhando-me com certa "admiração"; talvez não fosse a palavra ideal, mas não veio outra à mente.

— Posso ajudar? — perguntei com timidez.

— Há tempos não escutava uma música tocada com tanta verdade — declarou ele com voz grave e fiquei um pouco ruborizada. — E achei que a loja não fosse mais abrir. — Ele endireitou o corpo e deu um passo à frente.

— Minha tia precisou viajar, mas vou tomar conta por enquanto — respondi. — Você quer comprar algo? É um músico também? — perguntei, deixando o violão na cadeira e tomando uma postura de vendedora.

— Músico? Oh, não! — Negou com a cabeça e apontou para o violão. — Nem me atreveria a dizer isso depois de ver você tocando. — Riu com seus dentes bonitos à mostra, apesar de ter um levemente torto na parte inferior. Todavia, aquilo dava um certo charme. — Apenas arranho umas cordas.

— Ah, sim! — Balancei a cabeça e uni as mãos frente ao corpo. — Quer cordas, então?

----

23 Andamento musical leve e ligeiro (N. A.).
24 Andamento musical lento (N. A.).

— Na verdade, um capotraste, já que o meu quebrou. — Ele andou para o meio da loja e fui para o balcão buscar o dispositivo. — Acho que tenho as mãos muito pesadas.

— A sua mão parece ser leve — opinei.

— Você prestou atenção nela? — Ele levantou a mão no ar.

Comprimi os lábios, sabendo ter dado mancada. O homem achou que fiquei reparando nele. Que loucura!

— Estou brincando com você. — Sorriu de novo. — Mas levarei isso em conta, já que veio de uma violonista tão boa.

Dei um sorriso seco.

— Aqui está. — Estendi a sacolinha com o capotraste e informei o preço.

Ele tirou o cartão e perguntou:

— Qual o seu nome?

— Sou a Lyra. — Peguei a máquina e ele passou o cartão.

O pagamento foi feito e o vi colocar o cartão no bolso da camisa.

— Sou o Matias. Obrigado, Lyra, por tudo.

— Só vendi um capo. — Dei de ombros com um sorriso de canto, afinal, não havia nada demais naquilo.

— Falo da música. — Ele olhou para o violão que eu havia tocado. — Acho que precisava daquilo — Balançou a cabeça como se estivesse afirmando algo. — Até mais.

Capítulo 3

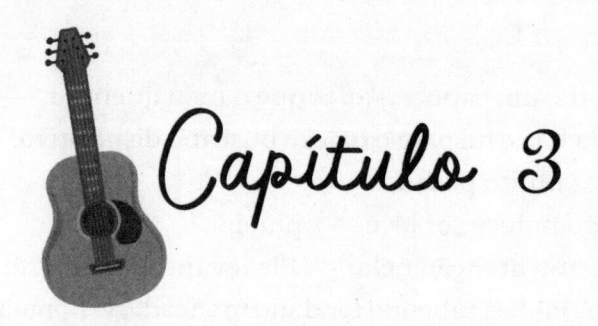

Havia encerrado a ligação com a minha mãe quando vi uma jovem de cabelos crespos, com uma blusa rosa e um sorriso autêntico entrar na loja. Antes que eu pudesse perguntar algo, ela declarou:

— Olá, sou a Abby. Minha mãe mandou chamá-la para almoçar. — Apontou para a porta, como se mostrasse a família dela nos esperando.

— Ah, você é a filha da Solange.

— É isso. — Ela bateu as mãos nas coxas, olhou em volta e soltou um suspiro de encanto.

— Parece que gosta de música, hein. — Sorri e saí de trás do balcão. Após desligar o ar-condicionado, segui para perto dela.

— Me lembro de vir aqui quando pequena. Dona Iracema me deixava usar um dos pedestais e o microfone para cantar — falou com saudosismo. — Espero que ela se recupere logo. Você teve notícias?

— Nada novo, mas parece que a cirurgia vai acontecer em poucos dias. — Saímos da loja e tranquei a porta. — Descobriram duas válvulas obstruídas no coração e terão de trocar.

Abby arregalou os olhos. Certeza que pensou no quão arriscado aquilo era.

— Creio que o Senhor cuidará dela. Temos que ter fé, não é? — Quis passar segurança.

— Sim, sim. Vou continuar orando.

O almoço estava apetitoso: feijão, arroz e frango frito acompanhado de uma saladinha de repolho e manga. Uma beleza só! Saciei a minha fome como há tempos não fazia. Depois da refeição, permaneci na casa, conversando. A família era numerosa, composta pela avó Gertrudes, dona Solange e seu esposo Alfredo, que estava na hora de descanso do trabalho, Abby e os dois irmãos de 10 anos, Elton e Denis, já se arrumando para ir à escola.

Me senti parte da família, uma sensação estranha, pois sempre fomos apenas eu e a mamãe. O restante dos familiares só víamos nas festas de final de ano ou em algum aniversário, caso alguém se prestasse a comemorar.

Contei um pouco sobre a minha vida, o que fez os olhos de Abby quase pularem para fora de órbita quando ouviu sobre a minha participação na orquestra de violão. Pensei que seria chamada de doida por tê-la deixado, mas ela controlou a língua. O papo estava excelente, mas precisava voltar para casa. Antes de partir, Abby me convidou para conhecer a orla, e aceitei. Apesar de cansada, sabia que não seria bom desperdiçar uma amizade.

Ao entrar na casa para me vestir, senti a cama me convidando para aconchegar meu corpo cansado ali, porém resisti. No entanto, assim que chegasse, à noite, me jogaria sobre ela e dormiria como se não houvesse amanhã.

Troquei de roupa para uma bermudinha jeans e blusa branca para passear na orla. No início, Abby pareceu calada, diferentemente da menina de mais cedo, então resolvi perguntar em vez de ficar criando suposições.

— Aconteceu alguma coisa para estar tão quieta?

— Ah! Me perdoa. — Ela mordeu os lábios e olhou para o lado. — Só estou pensando em uma coisa.

— Sei que só nos conhecemos hoje, mas se quiser falar... — Toquei em seu braço para demonstrar meu apoio. — Dou minha palavra que guardo segredos. — Cruzei o dedo indicador e o médio.

Ela riu.

— Você parece ser um pouco fechada, mas legal. — Ela suspirou e continuou: — Há pouco tempo, fui a um congresso e conheci um rapaz. Depois consegui o contato dele, mas isso despertou minha ansiedade e não consigo chegar nele. — Abby uniu os dedos e apertou os lábios, movimentos típicos de uma menina apaixonada.

Uma compaixão tomou conta de mim por vê-la enlaçada pela teia da paixão. Não merecia receber um golpe forte daquele. Bom, se dependesse de mim, não sofreria com aquilo. A gente virou uma esquina e mudei de postura a fim de dar um conselho.

— Entendo. — Respirei fundo. — Essas coisas sempre acontecem conosco. Mas, se posso dizer algo, é que você ore para Deus tirar esse sentimento e só permitir se apaixonar caso o rapaz já tenha se declarado e estejam bem perto do casamento. Até lá, nada é seguro. Os homens são muito propensos a serem mentirosos, mudarem de ideia e nos trocarem por qualquer outra "melhor opção" que conhecem, nos largando sem qualquer pudor. — Eu estava um tanto ofegante ao final da minha sentença.

Notei que havíamos parado e os olhos castanhos de Abby estavam arregalados.

— Nossa! Isso foi tão... — Ela parou, pensou um pouco e disse: — Aconteceu algo com você, para falar assim?

Aquela pergunta remexeu um pouco as minhas entranhas.

— Tinha um leve tom de raiva na sua voz.

— Na minha voz? — Fiquei de frente para ela e comecei a andar de costas para a rua. — Não tenho raiva. É a verdade deste mundo tenebroso.

— Lyra, é melhor você...

— Sabe, nem todo mundo tem coragem de dizer a verdade sobre os homens e como eles podem ser os mais insensíveis. Só estou dizendo que precisa ser vigilante para não cair em qualquer laço...

— Lyra, presta atenção! — gritou Abby.

Então, caí dentro de um bueiro aberto. Não havia água nem lama, mas, em compensação, estava com a tampa de concreto quebrada, com hastes de ferro voltadas para cima. Por muito pouco não perfurou uma das minhas coxas.

— Meu Deus! — Abby correu até mim, apavorada, sem saber o que poderia fazer.

O buraco era um pouco fundo e me impossibilitava de sair de lá sozinha.

— Espera que vou procurar alguém para ajudar. — Ela saiu correndo.

Procurei controlar minha respiração e passei as mãos nos cabelos, pensando em como pude me colocar em uma furada daquela!

Ai, Lyra, você e sua mania de cair.

É sério! Poderia escrever um livro só com as minhas quedas. Que raiva!

— Trouxe ajuda!

Para a minha completa surpresa e espanto, era o homem que tinha ido à loja mais cedo. Ele perguntou se eu estava machucada e balancei a cabeça em negativa. Nada além de uns pequenos arranhões. Logo uma corda foi lançada para mim, agarrei-a e fui escalando enquanto ele puxava. Ao chegar na parte de cima, fui amparada com sua mão forte e grande, mas me desviei daquele contato.

— Tem certeza de que está bem? É melhor irmos no médico. Vai que quebrou alguma coisa e não sabemos. Pelo amor de Deus! — Abby me inundou com suas perguntas, deixando-me um pouco confusa. Por um momento, reparei em como a menina estava nervosa sobre a minha condição.

— Estou bem, Abby. Não se preocupe!

— Como não se preocupar? Você caiu dentro de um bueiro. Vamos voltar para casa que é melhor.

Encarei-a com surpresa. Não ia voltar para casa por causa de uma queda besta.

— Não precisa. Calma, OK? — Desviei meu olhar dela e me virei para o meu "salvador". — Obrigada, Matias.

— Lembrou de mim? — Ele deu um sorriso enquanto enrolava a corda.

— Fazer o quê? Tenho uma boa memória. — Dei de ombros.

— E deveria ter um senso melhor de direção. — Me encarou. — Como pôde ficar andando de costas?

— Como sabe disso? — Estreitei os olhos, chateada por ter minha pequena falha exposta.

— Ah, eu estava saindo da escola. — Ele indicou o grande portão da escola estadual. — Vi você conversando enquanto caminhava de costas. Já esperava que um acidente podia acontecer.

Cruzei os braços e franzi o cenho.

— Foi um lapso da minha mente, mas não vai se repetir — falei com meu orgulho um pouco ferido por levar uma reprimenda na frente dos outros.

— Valeu pela ajuda, Matias. — Abby ficou entre nós dois e estendeu a mão para ele, que a segurou. — Desculpa por te atrasar, seja lá o que você fosse fazer — Ela deu um sorriso torto e me encarou com uma expressão estranha.

— Só estava indo para casa. — Antes de partir de vez, ele me olhou dos pés à cabeça. — Fico feliz que não tenha sido nada grave.

— Eu também. Obrigada mais uma vez.

— Já que a Lyra não quer voltar para casa e você não tem compromisso, por que não vem com a gente até a orla? Tomar um sorvete é bom. Está bem quente! — Abby se abanou com a mão.

Olhei para ela querendo fuzilá-la. Como poderia convidar um desconhecido assim? Abby precisava aprender algo sobre mim: não sou aberta a todo mundo. Não para amizade. Mas ela parecia ser o completo oposto.

— Se vocês não se importam. — Ele deu de ombros. — Só vou deixar a corda no carro e já volto.

Ele partiu correndo para o outro lado da rua e entrou no estacionamento.

— Abby, como você o convida assim, sem mais nem menos? Conhece ele de onde, pelo amor?

— O Matias? Ele é professor da escola dos meus irmãos.

— Professor de quê?

— De história! — exclamou como se fosse óbvio. — E é dos bons. Meus irmãos odiavam essa matéria, mas agora amam. Só de fazer aqueles curumins gostarem de uma disciplina o eleva ao top 1 dos professores — brincou. Matias retornou, não me permitindo responder àquilo.

Voltamos a caminhar e Abby seguia entre nós. Eu estava encucada com uma coincidência daquela. Que mundo pequeno!

— Lyra, você está tão calada. Será que falamos algo que te chateou? — Ouvi a voz grave dele perguntar.

— Não, não. — Dei um sorriso. — Eu só...

O que eu diria? Que era esquisita?

— ... gosto de ouvir os outros falarem. — Foi uma resposta verdadeira, afinal.

— Ah! Ela é disposta a aprender, que coisa boa! — disse ele num tom divertido.

— A Lyra chegou hoje. — Abby passou as mãos nas minhas costas. — Deve estar cansada. Podemos dar um desconto.

— Ah! — Ele não disse mais nada.

— Mayara! — gritou Abby e saiu correndo para abraçar uma menina que encontrou no meio do caminho, nos deixando para trás.

Por um tempo, seguimos em silêncio até chegarmos à orla.

— Vou levar você a um ponto legal para ver o pôr do sol. — Matias sorriu e indicou o caminho com a cabeça. — Veio fazer o que em Itaituba? — ele me perguntou e enfiou as mãos nos bolsos da calça.

— Como disse mais cedo, estou tomando conta da loja da minha tia. Ela está doente e precisou ir para São Paulo para se tratar.

— Que triste! Espero que o Senhor Deus a cure — falou com seriedade e me espantei ao se referir ao Senhor com respeito. A maioria das pessoas não falava mais de Deus com temor.

— Tenho orado por isso. — Cruzei os braços e, com a curiosidade batendo, indaguei: — Desculpe, mas você não tem cara nem sotaque daqui. De onde é?

— Ah. — Ele riu. — Eu vim para cá porque passei no concurso. Sou do Mato Grosso.

— Sair de nossa terra não é fácil — falei e paramos diante de um cenário fantástico. Experimentei aquele momento, e Matias pareceu usufruir também. — Uma boa música combinaria com isso aqui.

— Da próxima vez, você pode trazer seu violão. — Ele se virou para mim. — Me candidato para fazer o esforço de ouvi-la tocar — disse com uma seriedade zombeteira, e não consegui segurar o sorriso.

Em seguida, logo retornei à expressão anterior quando me lembrei de André e das vezes que pediu que tocasse para ele.

— Minha música é para mim.

— Não deveria ser. — Matias cruzou os braços. — Todo mundo deveria ter a oportunidade de escutar uma boa musicista.

Não respondi.

— Ah, vocês estão aí! — disse Abby, ofegante.

— Você sumiu, mas eu não queria que a Lyra perdesse seu primeiro pôr do sol. — Matias me olhou e sorriu.

— Cumpriu bem seu papel de acompanhante. — Abby tocou no ombro dele e deu leves batidas. — Obrigada.

Nós três voltamos a andar, e eu respondia vagamente à conversa deles. Depois das oito da noite, voltei para casa e me lancei sobre a cama, pensando em como Abby era legal. De repente, minha mente trouxe a visão de Matias, sua mão me segurando e da postura firme dele ao vislumbrar aquela paisagem. Virei-me para o outro lado, tentando mudar o rumo daqueles pensamentos. Vi o livro da Aline na minha cabeceira e pensei:

Se você fosse o pastor Tiago, talvez eu pudesse... Não, Lyra, para!

Fechei os olhos e adormeci.

Capítulo 4

Não teve jeito, chegamos atrasadas no culto porque inventei de dormir mais cinco minutos. O louvor já estava no meio e, com a cara mais lavada do mundo, sentei em um dos bancos do fundo. Não pagaria o mico de desfilar pelo corredor da igreja e ser alvo do olhar de todos. Ao me acomodar, reparei em como a igreja era simples: havia as cadeiras, e um púlpito de madeira apenas com violão, teclado e os microfones para compor a cantoria. No entanto, me senti em casa. Com a finalização da música, um senhor de cabelos grisalhos tomou a vez, fazendo uma leitura bíblica e orando pelo pregador da manhã. Orei um pouquinho mais e, ao levantar o olhar, tive um assombro, pois era Matias ali na frente. Era ele o preletor da EBD? Como assim?

— Abby. — Mexi na minha amiga, que estava concentrada nas palavras iniciais. — Por que você não me contou que o Matias era daqui?

— Não contei? — Ela me olhou com cenho franzido. — Vixe! Esqueci desse detalhe. — Deu um sorriso sem graça. — Mas ele é, sim, e prega bem. Vamos aproveitar.

Melhorei minha postura na cadeira e procurei prestar atenção no que ele dizia. Naquele momento, ele pediu que abríssemos a Bíblia em *Salmos* 1. Já sabia de cor aquele capítulo, porém obedeci, e ele começou a exposição. Fiquei chocada! Como podia articular tão bem um texto? Para cada versículo, trazia uma aplicação para a nossa vida real e fiquei simplesmente espantada com tanto conhecimento prático e simples. Admito que só consegui admirar. Deveria mesmo ser um excelente professor!

Já pensou ouvi-lo falar sobre Deus todos os dias? Quanto conhecimento ele poderia conceder a uma pessoa!

Foram minhas primeiras impressões.

Pendi a cabeça para o lado, apoiei-a na palma da mão aberta e meus pensamentos foram longe.

Seria bom ouvir aquela voz grave todos os dias!

E aquele sorriso? Meu Deus! Que sorriso bonito com uma covinha do lado esquerdo.

E aquele olhar? Veja os cílios, como são longos!

Ele parece ser como o querido pastor Tiago, não?

Foi aí que minha razão pareceu socar minhas idealizações.

Não, não, não! Pastor Tiago só no livro, mesmo. Não existe homem como ele!

E então inquiri:

Será ele um pastor? Meu pai! Ele pode ser um pastor!

— Ai, Lyra, o que você está pensando? Acorda para a vida! — repreendi a mim mesma.

— O quê? — Abby me olhou com estranheza.

— Hã? Não estou dizendo nada. Só pensando — respondi e fiz o esforço de prestar toda a atenção na Palavra. Todavia, não foi fácil quando o vi olhar em minha direção. Pai do céu!

O culto terminou. Uma bênção, com certeza! Algumas pessoas vieram me cumprimentar e falaram palavras afáveis sobre minha estadia em Itaituba. Era uma igreja bem acolhedora. Mas não neguei uma leve frustração por ver Matias conversando com um senhor sem ter a consideração de vir me saudar, já que era uma visitante. Aquela atitude me deixou confusa, comparada à sua antiga postura tão amigável quando nos vimos pela primeira vez. Mas não me deixaria abater por aquilo. Cada um faz o que quiser da própria vida, não é?

Lyra, sua orgulhosa!

Minha mente me condenou.

Estava prestes a sair do templo quando uma senhora de cabelos grisalhos e curtos com vestido florido veio ao meu encontro, e logo me colocou entre seus braços, consumindo todo o espaço entre nós, apertando-me com empolgação. Foi um abraço bem estranho, mas bom também.

— Minha querida, seja bem-vinda à nossa pequena cidade. — Ela apertou minhas bochechas. — Abby, você deveria ter apresentado sua amiga.

— Eu teria feito se tivéssemos chegado na hora. — Ela me indicou como culpada.

— Infelizmente, perdi a hora.

A senhora cujo nome, no meio da conversa, descobri ser Íris, acabou compreendendo minha falha e perguntou em seguida:

— Onde vai almoçar?

— Ah! É provável que eu faça maionese e arroz para comer com linguiça. — Estava mesmo querendo aquela comida.

— Sozinha? Oh, não! Você virá para a minha casa e comerá em família. É sua primeira semana aqui, não podemos fazer essa desfeita. Vamos, vamos! — Ela foi me puxando para fora da igreja e convidou Abby também, que, após receber autorização dos pais, veio junto.

Nós duas seguimos com a senhora, que não parava de conversar e falar como Itaituba era um lugar bom de se morar, apesar do calor. Fez todos os tipos de perguntas sobre a minha vida, e nada pude fazer a não ser responder. Mesmo com toda a empolgação, acabei gostando do jeitinho dela. Daquela forma, mostrava o quanto prezava pela vida das pessoas. Uma verdadeira cristã.

Sua casa era simples, mas possuía certo charme. Na sala, havia uma estante que chamou minha atenção pela quantidade de livros e de objetos em miniaturas de representações de cidades, parecidas com lembranças de viagens. Cheguei mais perto e notei que eram livros de história sobre a Segunda Guerra Mundial, figuras importantes da sociedade, filosofia, ciências políticas, sociologia, antropologia e teologia.

Até senti minha burrice pesar dentro de mim ao perceber quão pouco eu li na vida sobre aquelas coisas.

Sendo sincera, julguei que a pessoa dona de todos aqueles títulos seria culta, de pouca fala e que corrigisse a todos. Deveria ser uma chatice conversar com alguém tão instruído, pois estaria me vigiando para não falar bobagem, e não poder falar livremente era algo terrível.

Mais adiante, reparei em um antigo violão pendurado na parede e quis ir até ele.

— Lyra, vamos! — Abby me chamou, então deixei de lado minha intenção e a segui para a cozinha.

Sem precisar pedir, coloquei-me para ajudar dona Íris com a preparação do almoço. Apesar dos muitos argumentos dela para não fazer nada, a convenci com minha relutância em contribuir. Mamãe não me criou para ficar de braços cruzados!

Conversávamos sobre a pregação quando ouvi o timbre do dito pregador chegando à casa. Não podia ser! Senti um aperto no peito. Então vi aquele homem alto na porta da cozinha, batendo os pés no tapete do lado de fora, com umas sacolas na mão esquerda e um sorriso no rosto.

— Veja quem apareceu por aqui! — Matias entrou na cozinha.

Dei um sorriso amarelo e quis um buraco para me enfiar dentro. Aquilo nem parecia mais coincidência, mas perseguição. Se eu estava na loja, lá estava ele; se eu caísse, ele me salvava; se estava na igreja, ele pregava; se estou na casa de uma senhora legal, ele aparecia. O que é isso? Eu hein!

— Eu que pergunto: por que está aqui? — indaguei com nervosismo.

— Ah, não sei! — Ele colocou as sacolas sobre a mesa. — Talvez porque eu more aqui? — Me olhou com um sorriso cínico nos lábios.

Só ouvi o engasgo de Abby ao meu lado. Aquela traidora! Podia ao menos ter me avisado.

— Comprei tudo que pediu, mãe! — Ele deu um beijo no topo da cabeça de Íris.

Mãe? Mas como o mundo pode ser tão pequeno?

— Sejam bem-vindas, meninas. Fiquem à vontade. Vou tomar um banho porque o calor está demais! — Antes de partir, roubou uma das rodelas de cenoura que cortei, deu uma piscadela e saiu.

Fiquei lá, paralisada, olhando para o legume.

Certo, vamos voltar o disco aqui. Qual a probabilidade de essas coisas acontecerem na vida dos outros? Desde que André terminou comigo, as coisas pareciam se configurar de maneira anormal. Não é possível!

Todavia, não pude deixar de ser afetada ao vê-lo na porta da cozinha. Olhei para lá novamente e reparei como deixou o tênis do lado de fora. Matias parecia ser organizado, enquanto eu era o completo oposto. De repente, minha imaginação voou para um universo paralelo em que eu estava cortando carne, ele chegava e me dava um beijinho no topo da cabeça. Seria muito...

Seria nada! Volta, Lyra. Só volta!

— Voltando ao assunto, nosso novo presbítero é perfeito nas suas exposições — declarou Abby.

Parei de cortar o alimento e a fitei, incrédula.

Matias é presbítero!

— Preciso dizer que meu filho estuda muito para cada exposição bíblica. Tenho orgulho dele!

Estava espantada demais para formular qualquer frase e participar da conversa. Fiquei tão pensativa quanto chocada com minhas descobertas.

Depois que a comida estava no fogo, dona Íris resolveu cuidar um pouco do jardim dela. Abby e eu fomos ajudar, mas plantas não eram o meu forte.

— Dona Íris, a senhora me permite ver aquele violão que está na sala? — pedi.

— Sim, minha querida. Ele está bem velho porque era do meu falecido marido. — Sua voz tinha um tom de emoção.

— Prometo que vou tomar cuidado. — O que era uma promessa nada fácil de cumprir.

Saí do jardim e caminhei rumo àquela belezura de antiguidade. Porém, ao entrar na sala, me deparei com uma visão estupenda. Fiquei paralisada ao contemplar aquele homem sentado em uma poltrona, com as pernas cruzadas, cabelos molhados, bermuda, blusa branca e óculos.

Meu Deus! Isso é um vislumbre da perfeição!

Nem em mil vidas poderia negar o quanto Matias estava lindo naquela sua postura de estudioso. Os óculos em combinação com a barba acentuavam ainda mais aquela beleza rústica dele. Minha memória trouxe a recordação das vezes em que entrei na sala da casa do André e o vi jogando videogame; aquilo era decepcionante comparado a Matias naquela posição. E, afinal, ele era um presbítero! Não um pastor, como o Tiago do livro, mas, mesmo assim...

Lyra, se recomponha!

Com esforço, engoli em seco e segui até o violão Di Giorgio de 1984. Que instrumento! Pena estar sem cordas e um pouco empoeirado.

— Imaginei que uma hora ou outra você viria paquerar esse bonitão aí!

Tremi dos pés à cabeça ao escutar a voz de Matias tão perto; ele estava atrás de mim e pude contemplar melhor sua fisionomia masculina e linda.

— Ah, eu... É... Bom...

Por que eu estava gaguejando?

Lyra, sua doida!

— Meu pai tocava pra mim quando era criança. — Ele cruzou os braços e encostou na parede ao lado do violão. Só pude suspirar ao ver duas beldades tão perto.

Acorda, mulher! Acorda!

Passei a mão no rosto e sorri sem graça. Por favor, que ele não visse minha postura tão desconcertante.

— Seu pai teve sorte de comprar um violão desse. — Enfim, encontrei minha voz. — Sabia que ele custa em torno de quatorze mil reais? O fundo dele é de jacarandá iluminado. Uma madeira cara. Vocês têm uma relíquia aqui!

Matias observou bem o violão.

— Além de tocar bem, conhece tudo sobre o instrumento.

— O violão de uma violonista é como se fizesse parte do seu corpo. Temos de cuidar bem de nós mesmos, não é? — Eu ri. — Meu professor sempre dizia que o violão era uma extensão do nosso braço. Isso fixou em mim.

— Meu pai tinha esse pensamento também — falou e tirou os óculos. — Ele tratava muito bem dele. — Tocou no violão. — Com a sua morte, o deixamos exposto aqui.

— Olha, se vocês quiserem conservar melhor a memória dele, aconselho a tirarem da parede, pois o braço pode empenar mais do que já está — disse e analisei o instrumento, que já estava sofrendo com o efeito do tempo e daquela posição. — Deixá-lo dentro de um *case* e longe de calor ou frio é o melhor.

Matias ficou em silêncio. Me arrependi por ter dado opinião sem ter permissão. Por que eu era tão direta?

— Interessante. — Foi o que respondeu.

Depois de uns segundos, ele abriu a boca para falar mais alguma coisa, mas foi interrompido.

— Ah, vocês estão aí! Vamos comer! — disse senhora Íris. A mesa estava posta quando nos sentamos. Olhei para o lado, percebi um ar desconfiado de Abby e semicerrei o olhar para ela. Matias se sentou no centro da mesa e puxou uma oração. Do meu lugar, suspirei: era difícil ver um homem com atitudes cristãs tão simples atualmente. Só pedi de Deus graça!

Capítulo 5

— Larga de ser covarde, Lyra!

— Mamãe! — exclamei, ofendida.

— Você já está aí há um mês e meio e não se deu a chance nem de conversar direito com o rapaz? Você é muito covarde!

Eu me sentei no banco atrás do balcão e orei para que ninguém entrasse na loja e precisasse ouvir o sermão de dona Ivana.

— Mamãe, eu não consigo! Quando eu penso sobre algo acontecer, logo me vêm as mentiras do André e daquele término. Sonhei tanto e planejei um futuro só para ter tudo destruído... Não posso viver isso novamente — declarei, com a voz emocionada.

— Pelo que disse, Matias tem uma postura diferente, não tem? É nisso que deveria confiar. — Ela quis me trazer esperança. — Não pode julgar todos os homens por causa de um. Não pode negar a si própria de amar por medo. Deus não nos deu um espírito de temor!

Queria acreditar naquilo, porém as garras do medo logo me atingiram. Matias, durante todo esse tempo, demonstrou ser um verdadeiro homem em sua postura. Seus estudos bíblicos mostravam como era conhecedor das Escrituras isso me encantava cada vez mais. No entanto, André também era da igreja. Lógico que não possuía nem metade da sabedoria de Matias, mas... só não conseguia ir além.

— Mãe, eu queria. É sério, mas não... — interrompi a ligação para fungar o nariz e secar as lágrimas que desciam. — É melhor pensar que ele é igual a todos os outros, ainda que sua conduta diga o contrário.

— Vamos fazer um acordo? — Fiquei desconfiada. Qual seria a trama de mamãe?

— O que seria?

— Caso ocorra um próximo encontro e ele se aproximar, prometa se abrir e conversar. Faça isso por obediência à sua mãe.

Mirei a bateria que ficava exposta no meio da loja e soltei o ar.

— Está certo. Vou fazer pela senhora.

— Muito bem. Agora tenho de ir ver sua vó. Abraço e se cuida! — Ela me dedicou mais algumas palavras de encorajamento e desligou.

Continuei parada e absorvendo toda aquela conversa. Estaria sendo tão radical a ponto de não dar nenhuma oportunidade para conversar? Talvez. Cometia o pecado de julgar o caráter de Matias por algo que ele nem fez somente pelo meu trauma? Me perdoa, Deus. Desde aquela tarde na casa dele, pouco conversamos; apenas trocamos uns cumprimentos no fim dos cultos. Mas não podia negar como meus olhos sempre acabavam repousando nele. No entanto, não via um grande esforço de sua parte para se aproximar de mim.

Mas com essa sua carranca no rosto quem se aproximaria?

Minha mente me acusou e afundei a face no meio das palmas das mãos. Ajude-me, ó, Senhor!

Depois de um tempo, larguei meu lamento, fechei a loja e fui para casa. Meu simples desejo era tomar um banho gelado e assistir a alguma coisa comendo pipoca, mas havia aceitado ir ao encontro dos jovens naquela noite, que seria na prainha e com direito à fogueira e tudo.

Abby, minha companheira de todas as horas, foi pontual e seguimos para o passeio.

Matias caminhava à minha frente, conversando com um dos rapazes, e me vi sendo a única silenciosa em meio ao ruído de conversas das meninas. Elas falavam sobre tantas coisas, mas não conseguia me concentrar por ter o desafio de mamãe martelando em minha mente. Bom, se esta noite ele se aproximasse, eu conversaria. E algo dentro de mim queria muito que ele tivesse a iniciativa de chegar mais perto.

Finalmente chegamos à pequena praia de Itaituba. A paisagem noturna em frente ao rio era linda. Os rapazes se organizaram para montar uma fogueira, pois o vento fresquinho propiciou um pouco de frio. Ao nos sentarmos ao redor do fogo, as meninas puxaram a canção que falava sobre como nossa pátria não é aqui. Fechei meus olhos para meditar melhor naquela letra, pensando no porquê de tanto sofrimento debaixo do sol quando, no fim, tudo se reduzirá a nada, principalmente nossas emoções. Oh! Que Jesus me fizesse olhar para o que é eterno.

O toque do violão acabou e abri os olhos. Fitei Matias e ele lia a Bíblia, como quase todas as vezes que o via. Admito que o achava cada vez mais belo naquela posição.

— Lyra, por que não toca para nós? — ouvi Andresa me pedir. Ela era uma das líderes do louvor.

— Sim, Lyra, vamos lá! — outros pediram quase em coro.

Afirmei com a cabeça e me entregaram o violão.

O que eu posso tocar, meu pai?

De repente, me veio à mente um filme com o qual quase me acabei de chorar ao assistir. E, claro, uma das canções da trilha sonora me tocou em cheio e procurei aprender para tocá-la. Ajustei o capotraste na quarta casa, fechei os olhos e comecei a dedilhar os acordes. Aos poucos, a canção começava a tomar forma nos meus lábios.

Todos esses pensamentos que desperdicei,
Todos esses pensamentos eu temo.
Mesmo quando esses pensamentos se desvanecem,
Eu ainda sei que você está aqui.
Meu coração está em você.[25]

....
25 Tradução livre da música *Right Here*, de Jeremy Camp (N. A.).

Só consegui sentir meu coração se encher de tamanha graça. Era como se o mundo, com suas dificuldades, desaparecesse, e eu pudesse descansar livremente em Deus. Estava cansada de carregar aqueles temores sobre o futuro e sobre os homens. Pois, ainda que muitos imprestáveis existissem, eu podia confiar em um Deus que cuidava de mim. Isso não aconteceu com André? Foi doloroso, mas não era melhor do que viver um casamento com uma pessoa sem caráter? Sem dúvida alguma, eu poderia confiar no zelo do Senhor por mim e, assim, abrir meu coração mais uma vez. Ele cuidaria de tudo.

Ao finalizar a canção, abri os olhos e me deparei com Matias me fitando. Percebi como todos estavam em estado de silêncio, então apenas engoli em seco e devolvi o violão. Eles não quiseram cantar mais nada e a Palavra com Matias se iniciou. Ele pregou sobre a fidelidade de Deus, apesar de nós não sermos fiéis e, mais uma vez, senti meu coração se comprimir dentro do peito. Aquela noite na praia foi de muita contrição.

Após todo esse momento, o pessoal colocou o queijo coalho no espetinho e começou a assar e a conversar. Eu, por outro lado, levantei-me e caminhei para mais perto da água a fim de ver melhor as estrelas. Gostava demais da paisagem noturna. Quando notei, Matias se aproximava.

— Você cantou com muita verdade aquela canção — declarou, e apertei os lábios.

— Só queria dar um culto verdadeiro a Deus!

— Acho que conseguiu. — Ele sorriu e sua covinha mais uma vez apareceu.

Meu coração era fraco para aquele charme. Viramo-nos para o rio e ficamos em silêncio, contemplando aquele panorama.

— Às vezes, queria poder contar as estrelas ou ter uma moradia entre elas.

Ele soltou uma risada.

— Lembro que essa foi uma das visões que fez minha mãe sorrir após chegar aqui. — Ele colocou a mão no bolso e respirou fundo.

— Quando falou que era do Mato Grosso, achei que sua família morava lá. — Segui o conselho da minha mãe e resolvi desenvolver uma conversa. Também quis matar minha curiosidade.

— Faz quatro anos que vim para cá. Meus pais continuaram morando em Cuiabá, mas meu pai teve um infarto fulminante e eu não pude deixar minha mãe sozinha. Ela estava arrasada por perder seu companheiro de vida — Matias contou e senti seu saudosismo na voz.

— Nossa! Eu sinto tanto por isso. — Uni as mãos. — Você foi muito bondoso em negar um pouco da sua liberdade para cuidar de sua mãe.

A atitude de Matias me tocou, de verdade. Sem querer, eu o comparei mais uma vez com André, que reclamava muitas vezes por morar com os pais. Será que ele teria coragem de negar a si próprio e aos prazeres de morar sozinho para acolher uma mãe? Não podia afirmar isso. Mas reconheço que esse cuidado de Matias o ressaltou aos meus olhos.

— As Escrituras falam que devemos honrar nossos pais, não é? Minha mãe é uma bênção para mim e cuidarei dela até encontrar uma esposa para ter um relacionamento tão duradouro quanto o dos meus pais.

— Quando se casar, vai deixá-la? — Franzi o cenho.

— Não, mas vou conversar com minha senhora e encontraremos uma solução juntos — disse ele, com muita firmeza.

— "Minha senhora." — Semicerrei os olhos. — Que palavreado interessante para se nomear uma esposa.

— Espero que ela se sinta lisonjeada por isso.

— Seria besta se não ficasse — Sorri.

Voltei a olhar o rio, pensando sobre aquilo. Ele parecia bem certo sobre o casamento, e não nego que fiquei curiosa para saber qual era o seu pensamento sobre aquela instituição. Mas não tive coragem de perguntar, não queria ir além.

— Ficou calada de repente. Será que falei algo que não gostou? — Ouvi seu questionamento e o olhei, assustada.

— O quê? Não, não. Eu só sou assim, às vezes.

— Estranha?

— Um pouco, talvez. — Dei de ombros e ri.

Um vento fresco passeou entre nós e aquela breve experiência relaxante foi cortada pelas inesperadas palavras de Matias:

— Sabe — fez uma pequena pausa, mas continuou quando o olhei —, na primeira vez que nos encontramos, você estava tocando com tanta intensidade que pude te ver *de verdade*, apesar de nem te conhecer. Hoje tive essa mesma sensação. Quando você toca o violão, mostra quem realmente é. — Suas palavras tinham profundidade, e aquilo pegou meu coração de jeito. — Você parece que tem uma casca dura, Lyra. Mas seus sentimentos expostos na música demonstram o quão é bondosa e amorosa.

Tudo bem. Ali, as lágrimas quiseram chegar. Por que ele estava dizendo aquelas palavras?

— A música fala por você aquilo que talvez não consiga expor de maneira mais natural.

— Eu nem sei o que dizer. — Passei a mão na face e virei para a frente. — Mas obrigada por isso — concluí, emocionada.

— Nossos pensamentos são confusos, não é? — Ele também voltou a olhar a paisagem escura.

— Sim, e como! — Meu peito esquentou. — Devemos mesmo confiar quando a Bíblia fala que o coração é enganoso. Ele acaba afetando tudo.

Que rumo aquela conversa estava tomando?

— Concordo com você. E pode nos enfiar em muitas enrascadas. — Ele olhou para mim de novo.

Assenti.

— Se eu pudesse voltar atrás, faria tudo diferente — eu disse com certo lamento.

— Não podemos voltar atrás, mas, na força do Senhor, podemos fazer diferente. As escrituras dizem que em Cristo tudo se fez novo, precisamos descansar nisso. — Suas palavras eram ditas a mim, mas parecia dirigi-las ao seu próprio coração.

— Se meu romantismo barato não tivesse me cegado, nunca teria me envolvido com o André. — Arfei. — Oh, Senhor, tu sabes o quanto me arrependo!

— André? — questionou.

Mordi os lábios e chutei umas pedrinhas antes de contar a ele sobre aquela infeliz parte da minha vida.

— Meu ex-namorado. — Voltei-me para ele, que me encarava com curiosidade. — Me relacionei por dois longos anos cheios de expectativa, mas fui largada sem mais nem menos. — Abaixei a cabeça e, num fio de voz, declarei: — Os homens não deveriam brincar assim com as mulheres. Não sabem o tanto que suas ações nos machucam e geram dores que carregamos por anos.

Depois de lançar minha mágoa, vi Matias fechar os olhos e os apertar com a mão esquerda. Ao me olhar novamente, enxerguei dor em suas expressões, como se ele tivesse sido o culpado por toda aquela desgraça na minha vida.

— Lyra, eu...

— Ei, vocês, venham aqui! — Rodolfo, um dos jovens, gritou para nós. — Está tarde e ainda precisamos deixar as moças.

Olhamo-nos e, antes que pudéssemos responder, outros correram até onde estávamos. Assim, voltamos, com um profundo silêncio entre nós, como se uma longa conversa tivesse ficado suspensa no ar.

Capítulo 6

No sábado de manhã, Abby passou em casa e me convenceu a deixar a preguiça de lado para ir a um balneário, com promessas de água fresca e descanso. E ela cumpriu sua palavra. É sério, que lugar mais lindo era aquela Fonte Azul! Assemelhava-se bastante com a Lagoa Azul de Presidente Figueredo. Só consegui agradecer a Deus por me proporcionar aquele momento.

— Ei, chegamos!

Virei para trás e vi uma turma de jovens da igreja se aproximar. Busquei por Matias no grupo, mas ele não estava lá. Uma ponta de decepção fincou raiz em mim, mas respirei fundo e conversei com parte do pessoal. Após organizarmos nossas coisas embaixo de uma cobertura de palha, peguei meus pertences e parti para o banheiro a fim de me trocar.

Não demorou muito até que eu me vestisse e passasse o protetor solar. Depois, dobrei minhas roupas e as coloque na bolsa. Estava prestes a sair quando meu coração deu um salto ao ver Matias parado perto da porta do banheiro, acompanhado de Laís, uma das jovens da igreja. Ela estava com uma expressão de nervosismo ao encará-lo, e eu me senti em meio a uma enrascada, pois, se saísse, eles achariam que ouvi algo. Então, apenas fiquei parada.

— Matias, estava querendo falar com você — disse a moça.

— E o que seria? — perguntou ele, colocando as mãos no bolso da bermuda e dando uns passos para trás.

— Meu aniversário é amanhã e a mamãe vai fazer uma festa, queria te convidar. — Laís colocou uma mecha de cabelo atrás da orelha e deu um sorrisinho.

Revirei os olhos por conhecer bem aquela tática.

— Seria muito bom tê-lo nós, ainda mais para poder levar uma Palavra tão abençoada.

— O pastor pode fazer isso, Laís. Já falou com ele? — A voz de Matias estava mais rígida que o normal. Naquele momento, me condenei por estar escutando uma conversa da qual não fazia parte.

— Ah! — Ela se fez de desentendida. — Não falei, pois achei que você seria o indicado para o dia, já que minha família gosta tanto de suas pregações — argumentou com uma voz mais aguda e suave.

— Sinto muito te decepcionar, mas não vou poder ir. Tenho as provas dos meus alunos para corrigir. Fale com um dos irmãos. — Matias apontou para onde estavam alguns deles.

— Mas amanhã é domingo. Não poderia corrigir em outro momento? Algumas horas não matarão você — retrucou ela.

Não vou negar que achei a justificativa válida. Para que estudar ou trabalhar tanto?

Ele a fitou e soltou o ar.

— Simplesmente não posso. — Ele arfou. — Mas te desejo um bom aniversário. Fique na paz! — Sem dar chance a um novo argumento, partiu para o outro lado.

Ao enxergar a cara de decepção de Laís, meu coração se apiedou. Não sabia as motivações reais de Matias, mas ele poderia ter sido mais cordial. Não poderia? E, antes que ela se virasse e me visse, afastei-me da porta. Com toda certeza, me odiaria se soubesse que alguém escutou aquilo. Entrei em uma das cabines do banheiro me sentindo uma verdadeira criminosa. Não era nada legal ouvir as coisas que não são da minha conta.

Alguns minutos depois, voltei para espiar, e ao constatar que não havia mais ninguém do lado de fora do banheiro, saí de lá. Me aproximei do grupo e meu coração se aqueceu ao ver Matias mais descontraído, rindo à vontade. Estava belo com aquela roupa mais leve, longe das calças jeans e blusas de botão. Pensei se teríamos oportunidade de conversar como da outra vez; contudo, ao vê-lo tão cercado pelos rapazes, achei ser difícil.

Deixei minhas coisas na mesa e me sentei para conversar com Abby. Vez ou outra eu olhava em sua direção, mas ele ainda não tinha me visto. Fiquei desapontada. Olhei para Laís, do outro lado, que conversava com seu grupo, e admirei sua força por permanecer no local onde um rapaz, de certo modo, a dispensou. Se fosse eu, teria ido embora.

Naquele instante, questionei se Matias diria não para mim caso eu pedisse que ele fosse à comemoração do meu aniversário.

E por acaso você é especial para ele?

Balancei a cabeça com a minha própria indagação. Matias não me trataria de maneira diferente, apesar de ser sempre cordial todas as vezes que trocávamos alguma palavra.

É só gentileza, Lyra. Somente isso!

Eu precisava me contentar e parar com aquelas loucuras. Quando voltei o olhar na direção dele, senti o coração dar um salto no peito por ver como aqueles olhos castanhos estavam repousados em mim. Ele sorriu e devolvi a cortesia.

Me ajuda, Deus!

Após aquela troca, me recompus para participar mais das conversas.

Uma hora depois, deixei meu celular perto da borda de madeira da lagoa e parti para mergulhar. Sentir meu corpo suado entrando em contato com a água fresca fez minha alma se refrigerar e nadei com gosto. Depois, escolhi um lugar mais sossegado, coloquei uma música e me sentei com as mãos para trás, esticando o corpo. Olhei para o céu e apreciei aquele ventinho gostoso passear por mim. A obra divina era uma dádiva, mesmo!

— Esse vento engana. Daqui a pouco, vai estar toda vermelha — declarou Matias, e eu arregalei os olhos para checar se realmente era o timbre dele. E como era!

— Vale a pena ficar mais morena. — Sorri, e ele se acomodou ao meu lado.

Reparei como Matias era bem reservado ao vestir um calção e blusa com proteção UV preta. Gostei daquilo.

— Largou os instrumentos, mas não a música.

— A música faz tudo ficar melhor, não acha? — Inspirei fundo e continuei na minha posição anterior. — Dá um significado maior para as coisas ao nosso redor.

— Não posso discordar. — Percebi que ele colocou as mãos para trás e esticou o corpo também. — O que está ouvindo?

— Bethoveen. A sua célebre 9ª Sinfonia. — Olhei-o. — É meu compositor favorito de todos os tempos.

— Quero saber o motivo de ele ser seu número um. — Ele parecia mesmo interessado.

— Ah! — Suspirei. O que falaria para demonstrar a importância dele para mim? Pensei um pouco antes de responder. — Porque a mente dele ia além. Você sabia que essa foi a primeira sinfonia composta a utilizar a voz humana no mesmo grau de importância dos instrumentos? E isso influenciou outros. — Fiquei em uma posição mais ereta e dobrei as pernas.

— Nossa! Ele era mesmo diferenciado.

— O melhor, ou pior, de tudo é que nessa época ele já estava totalmente surdo. — Fechei o punho como se pudesse mostrar a força e aspiração daquele músico. — Mas tinha um sonho tão grande de musicalizar o poema "Ode à alegria" que trabalhou até conseguir. É uma inspiração de perseverança, pois fez o que os outros nem imaginavam. Uma mente genial. Para mim, não existe compositor melhor.

— Seus olhos brilham ao falar dele — Matias deu um sorriso. — Quem poderá competir com Beethoven no seu coração, não é?

Apertei os lábios e dei um sorriso tímido.

— Ele merece ser apreciado pelo que é. — Quiquei os ombros.

— É claro! — Matias assentiu. — Bom, ao menos a música dele pode ser apreciada em todo lugar. Só por isso você está aqui. — Me encarou um pouco. — Gostei dele.

— Não posso negar que é influência da Abby também. — Apoiei os cotovelos em cima das coxas e entrelacei os dedos. — O jeito fofo dela tem exercido poder sobre minhas vontades. Preciso ser mais vigilante.

Matias caiu na gargalhada.

— Mas não serei hipócrita dizendo que não gostei. Precisava desse ambiente natural.

— Na segunda, como fomos à praia à noite, não deu para aproveitar tanto — declarou ele.

— Não importa, pois o que vivi ali foi o mais importante — disse com sinceridade e enrolei meus cabelos em um coque. Devia estar parecendo a Dory, toda molhada; ao contrário dele, que nunca perdia o charme.

Lyra, foca! Foca!

Matias ficou em silêncio. Seu modo de olhar demonstrava que um turbilhão passava por sua mente. Isso foi confirmado quando declarou:

— Lyra, aquela nossa conversa ficou na minha mente. — Me olhou, sério. — Será que podemos voltar a ela?

— Não vou mentir, também pensei bastante nisso. — Balancei meus pés na água e fixei meu olhar no movimento de vaivém.

— Você disse que namorou um rapaz.

Ele não precisou acrescentar mais nada, porque seu querer estava evidente.

— Sim, comecei a namorar o André já perto de finalizar a faculdade. Ele também é músico — informei. — No primeiro ano, conquistamos a vitória de entrarmos na orquestra de violão. Sempre estávamos treinando, participando de concertos e planejando um futuro de viajarmos por todo o mundo com a nossa música — contei com uma sensação estranha no peito. Não era raiva ou amargura, mas um simples sentimento de perda de tempo, como se aqueles anos tivessem sido desperdiçados.

— Ficaram quanto tempo juntos?

— Por dois anos. Este ano faríamos três, se há cinco meses ele, numa bela tarde, não tivesse terminado tudo. — Soltei o ar. — E, para completar a derrota, uma semana depois apareceu com uma nova pessoa. — Apertei o lábio.

Sentia uma frustração imensa.

— Oh, como me arrependo! — Fechei os olhos e pus a mão no rosto. — A minha raiva não é mais por ele, mas pela minha própria burrice de ter feito tudo errado. Se, na minha carência, tivesse procurado conhecer a vontade do Senhor para um relacionamento cristão, não teria essa mancha no meu passado. — Minha fala refletia uma mistura de decepção e raiva.

— Se pudéssemos fazer diferente... — Matias meditou naquela frase. — Sempre pensamos assim; contudo, tenho aprendido algo importante.

— E o que seria? A culpa pelas besteiras do nosso passado tantas vezes pesa nos ombros. — Quis derramar umas lágrimas.

Ele arrumou a postura e, ao olhar para a paisagem natural à frente, falou:

— Thomas Watson costumava dizer: "Não pense muito sobre as suas perdas, antes pense sobre suas misericórdias". — Ele se voltou para mim. — Ou seja, a Providência de Deus tem seu lado claro e escuro, dizia ele.

Não consegui responder nada, somente o mirei, dando oportunidade para que continuasse seu discurso.

— Sei como é isso, Lyra. Falhei tanto no passado. — Soltou um suspiro e passou a mão entre os cabelos. — Não que tive um longo relacionamento, mas porque eu era inconsequente com as meninas. — Matias parou e respirou um pouco. — Naquela noite, ao ouvi-la dizer que os homens deveriam ser mais cuidadosos com as moças, você estava certa. — Me fitou com um brilho diferente nos olhos, de tristeza. — Vi a dor nos seus olhos, assim como aconteceu com Micaela.

Semicerrei os olhos para entender o rumo da conversa.

— Nos meus 21 anos, essa moça apareceu na minha vida, lá na igreja. — Fez um movimento com as mãos para sinalizar o passado. — Começamos a conversar, passávamos horas ao telefone, saíamos e nos sentávamos juntos nos cultos. Tudo isso era muito cômodo para mim. — Apontou para si. — Entretanto, depois de alguns meses, percebi uma nova forma de ela se portar, e foi aí que o pai dela perguntou quais eram as minhas intenções com a filha dele. Intenções? — Matias passou as mãos sobre os fios molhados e arfou. — Não tinha intenção nenhuma! E achava que a moça estava no mesmo ritmo que eu, mas o romance tinha tomando conta do coração dela.

— Nossa! — Foi o que consegui expressar.

— O pai dela me falou tantas coisas. Utilizou palavras como "moleque irresponsável", "um babaca que não tinha cuidado sobre as próprias ações". — Ele balançou a cabeça. — Eu havia roubado o tempo de uma jovem solteira, as boas palavras e consolos que uma mulher pode dar, mas sem nenhum compromisso. E, quando isso me foi pedido, não tive uma atitude.

Ele pegou uma das pedrinhas ao nosso redor e lançou-a na água. Não tinha nada a acrescentar, apenas dei o tempo de que ele parecia precisar. Matias apertou os lábios e soltou uma lufada de ar.

— Pedi perdão à moça e sua família, mas sei o quanto ela ficou ferida, e isso me doeu. Meu pai também quase arrancou meu couro com tanto sermão. Passei a ler livros sobre relacionamentos e compreendi como os homens podem simplesmente fazer algo romântico sem ter essa intenção.

Aquilo fez todo sentido do porquê agiu de forma tão seca com a Laís.

— Às vezes, é melhor ser mais reservado do que dar uma má impressão para a moça — declarou com firmeza.

— O lado bom da providência, não é?

Assentiu.

— Foi bem ruim o que vivi, mas o Senhor usou isso para me ensinar a ser melhor do que era. Não posso querer a atenção de uma mulher se não estiver disposto a ter algo com ela. — Virou-se para mim e pareceu estudar minhas feições. — Uma filha de Deus merece certezas!

Aquela declaração me fez prender o ar.

— Traumas do passado que nos fazem crescer — resumi tudo.

— E amém por isso! Thomas Watson estava certo.

— Estava mesmo. — Mordi os lábios e entrelacei os dedos. — Você, de fato, é um conhecedor da Bíblia e mereceu ser um presbítero. Se fosse um pastor, diria que era o pastor Tiago na minha frente — gracejei.

— Quem? — Ele franziu o cenho.

— Meu personagem literário favorito, do livro *Do silêncio à canção*. — Suspirei e voltei a mirar a paisagem natural. — Ele também teve um passado, mas o Senhor o redimiu. As dores o fizeram um homem mais piedoso. E você é assim, Matias — elogiei e quase infartei. — Só não é pastor.

— Ah, sim! Eu me contento com minha posição inferior à do tal Tiago — brincou e logo sua covinha apareceu.

Deus, pode me levar!

Aquele instante nos fez ficar mais próximos um do outro e, talvez, pedia um contato maior; mas Matias, não dando vazão ao "clima", se levantou.

— Vamos comer. Não sei você, mas eu estou morrendo de fome.

Pisquei várias vezes com seu assunto aleatório, porém, para não ficar com uma cara de tapada, disse:

— Ah! É por isso que está ficando buchudinho! — Apontei para a barriga dele e me ergui com sua ajuda. — Come demais!

— Não vou cair nessa. Eu malho todas as manhãs, mocinha. — Deu um sorriso torto.

Não falei mais nada porque era capaz de eu declarar um elogio do qual me envergonharia depois.

— Aham! Vou fingir que acredito! — Empinei o nariz e passei na sua frente.

— Oh, mulherzinha! — exclamou com zombaria e veio atrás de mim.

Capítulo 7

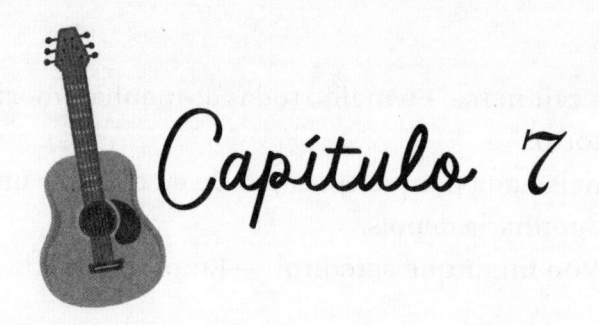

Meus cotovelos estavam apoiados sobre o balcão de vidro enquanto minhas mãos sustentavam minha cabeça carregada de pensamentos sobre Matias. Desde a nossa conversa no balneário, as ações dele fizeram mais sentido para mim, como no trato mais cordial, porém distante. Não vou negar que a dúvida penetrou em meu peito. Por vê-lo se aproximar para conversar, julgaria que houvesse um interesse em mim, contudo os outros momentos de meros cumprimentos e nada mais manifestavam vontade zero. Precisava entender tudo aquilo. Matias conhecia a defraudação e se propôs a nunca mais ser um desse tipo, então, de certa forma, estava cuidando da sua relação comigo. Apesar disso, suas atitudes me confundiam.

Só por ele falar e contar algumas coisas? Não poderia fazer isso como um colega? Tenha dó, Lyra!

Tudo bem! Era o romance outra vez tomando espaço no meu coração e me fazendo querer enxergar coisas onde não tinha. Meu Deus! Eu não poderia ver toda e qualquer ação de cortesia como interesse romântico.

Você já caiu nessa antes, deveria ter aprendido, não é?

Fechei os olhos e soltei um grunhido de chateação. *Por que eu era assim? Acorda, mulher, vai lavar uma louça!*

Resolvi voltar ao livro de contabilidade da loja. Precisava passar os resultados do mês para minha tia que, pela bondade divina, estava se recuperando e logo voltaria para casa. Murchei ao me deparar com a realidade de ter que retornar a Manaus e nunca mais ver Matias. Balancei a cabeça, não querendo me afetar por aquilo.

Você é mais forte que isso, Lyra. Para com o drama!

Voltei ao meu afazer quando ouvi a porta se abrindo e Abby entrou, cabisbaixa. Seus cabelos crespos estavam num nó, e a roupa amassada. O que teria acontecido?

— Abby, o que houve? — Saí de trás do balcão e toquei no ombro dela.

— Uma desgraça! — Os olhos dela se encheram de lágrimas. — Orei tanto e nada deu certo! Deus não ouve minhas orações!

— Por que diz isso? — Não estava entendendo nada.

— O rapaz lá do congresso, lembra?

Assenti.

— Começou a namorar uma menina. De novo, o padrão! Ela é toda cabelo liso, pele de porcelana e olhos verdes. Toda bonitona! — Abby se sentou no banco da bateria e afundou o rosto entre as mãos. — Como eu sou burra! — Bateu na testa. — Como poderia pensar que ele olharia para mim? Não tem oração que possa competir com uma moça tão linda!

Ponderei que era hora da "cura para corações partidos" entrar em jogo. Talvez ouvir o sofrimento de outro me ajudaria a esquecer meus próprios dilemas.

— Vamos a uma sorveteria? — convidei. — Nada melhor do que encher a cara de doce para ver se a decepção desce melhor! — Dei um sorriso amarelo, e Abby concordou. Ainda bem, senão não saberia para a que recorrer.

O estabelecimento não era longe. Escolhemos uma mesa e os sabores mais regionais, como sorvetinho de tucumã. Uma dádiva! Depois que nos servimos, ela declarou:

— Nunca vou conseguir o rapaz que quero. Eles não gostam de meninas como eu, Lyra! — Abby derramou umas lágrimas, e eu sabia o quanto aquilo doía.

— Meninas como você? — Arqueei a sobrancelha.

— Sim, morenas e de cabelo armado. Nunca! Nunca escolhem assim. — Os olhos vermelhos expressavam a decepção da alma.

— Então, é bom não ter nenhum deles como pretendente. Se escolhem pela beleza, o que farão quando a formosura passar? — Comi mais um pouco do meu sorvete.

— Pena que os rapazes não pensam assim. — Abby enxugou as lágrimas.

— Eles podem amadurecer — declarei e recebi um olhar com dúvida. — É sério, realmente pode acontecer.

Lembrei-me do testemunho de Matias. Apesar da falha do passado, não era um exemplo agora? E, como se fosse uma forma de comprovar minha teoria, o próprio apareceu dentro daquela pequena sorveteria. Fiquei pasma com tamanha coincidência. Ele nos encontrou e acenou, vindo em nossa direção.

— Como estão, meninas? — perguntou num sorriso. *Que sorriso!*

Retomando a minha lucidez, respondi, mas Abby apenas deu um suspiro triste.

— Ela teve uma decepção — justifiquei o comportamento abatido de minha amiga.

Matias se sentou ao nosso lado sem ninguém o autorizar, aquele enxerido. Mas não posso ser hipócrita e dizer que não gostei.

— Decepção de quê? — Ele uniu a sobrancelha e a fitou. — Aconteceu algo na sua família? Conte e tentaremos ajudar. — Fiquei admirada com a maneira tão preocupada e generosa como se portou.

Era um encanto, de fato.

— Não foi isso. — Abby olhou para mim.

— Posso contar? — pedi permissão, e ela deu de ombros.

— Um rapaz... — contei toda a história.

— Mas que miserável! Ele te iludiu tão descaradamente? — Foi a primeira vez que o vi irritado.

— Não! — Ela deu um suspiro triste. — Me iludi sozinha nas minhas orações. Estou tão cansada de sempre fantasiar, mas nada nunca acontecer. — Abby chorou um pouco mais. — Claro, os rapazes sempre vão escolher as beldades.

Nós dois ouvimos o lamento, e Matias proferiu:

— Se me lembro bem, John Piper fala: "Uma mulher bonita é uma pessoa, e não um corpo" — recitou, e quem quis morrer de amores fui eu. Precisava ser um charme e, ainda por cima, inteligente? Não, claro que não. Mas a nossa humilhação tem de ser completa!

Ela só suspirou.

— Estou cansada de tudo isso. Não confio mais em nenhum homem! São todos iguais, só veem o externo! — Sua fala foi regada de rancor. — Desculpa, Matias, você não faz parte desse time, ou talvez faça. Vai saber!

Matias me encarou.

— Abby — segurei uma das suas mãos livres sobre a mesa, e ela olhou para mim —, sabemos que a nossa geração está escassa de homens responsáveis, principalmente em relação aos sentimentos das moças. Reconhecemos também como erramos e nos iludimos rápido demais por conta da carência do nosso coração. Falha deles, falha nossa.

Respirei fundo. Já tinha passado por aquele caminho de mágoa com os homens, mas o Senhor tratou isso.

— Mas, uma vez, vi uma jovem que demorou anos para se casar e dizer: "O Senhor não desistiu dos homens". Entendi como em todas as gerações existem os bons e os maus, e a graça opera em cada tempo. Sempre haverá aqueles que não se prostraram ao nosso século, que desejam ser diferentes e carregam os princípios. São mais difíceis de achar? Com toda certeza. Afinal, pedra preciosa não se vê em qualquer lugar.

Disse tudo aquilo de coração e só pude notar quão profundo era o olhar de Matias para mim.

— Bênçãos preciosas não vêm fácil — declarei.

Por um instante, Matias pareceu recobrar a voz de novo e disse:

— Spurgeon, no seu devocional, diz que a oração é o prefácio da bênção: ela vai à frente, como se fosse a sombra. Ele também declara que, se recebêssemos as bênçãos sem clamar por elas, poderíamos considerá-las como coisas comuns, mas a oração torna nossas misericórdias mais preciosas que diamantes — ele, com toda sua sabedoria, discursou, e aquilo também serviu para mim.

Eu deveria era orar sobre tudo.

— Você é jovem, Abby. Tem só 19 anos, e não 30, como eu. Construa uma relação em oração e verá a bênção de Deus. — Ele se virou um pouco para mim antes de retomar o discurso. — A Bíblia fala que nenhum bem Deus sonega aos que andam retamente. Se o casamento for bom para você, o Senhor não o negará. Não é sobre seu corpo, sua vestimenta e tudo mais. Isso tem o seu lugar, porém não é o mais importante, mas, sim, a vontade de Deus.

Ao fim, Abby estava emocionada, mas de um jeito diferente.

— Mesmo sem eu querer, Jesus me enviou o presbítero para me lançar umas verdades em rosto. — Ela riu.

— Não é "verdades lançadas em rosto", é apenas um consolo. Deus não negará nenhum bem. Medite nisso! — ele complementou meu discurso com perfeição, senti-me humilhada com meus pobres conselhos.

Entretanto, Abby não pareceu pensar assim. Ao terminar de comer seu sorvete, limpou a mão no lenço e disse:

— Vocês dois aconselham tão bem. Poderiam se casar e se tornar líderes dos jovens — lançou sua opinião, tão clara como a água.

Nem saberia dizer qual foi minha expressão, mas o rubor estava evidente. Matias ficou calado e parecia pensar.

— Eu, líder de alguma coisa? — retruquei. — Oh, não! Matias que é o inteligente e sábio aqui. Só fui uma amiga.

— Nem pense nisso! Suas palavras foram oportunas para uma jovem decepcionada com o amor. Devemos consolar com o mesmo consolo que recebemos, e você fez isso — proferiu Matias, me deixando com o coração em frangalhos.

Será que enxergava alguma sabedoria em mim? Porque eu só tinha meus arrependimentos e, a julgar pelo meu relacionamento passado, não era muito confiável para dar conselhos amorosos a uma moça, — mas Deus nos usa, apesar de nós.

— Obrigada aos dois. Vou levar em consideração tudo isso. — Abby sorriu. — Ainda bem que minha frustração foi antes de você viajar, Matias. Seria uma grande perda não ouvir seus conselhos.

Opa! Viajar? Como assim? Para onde ele iria?

— Você vai viajar? — perguntei, como quem não queria nada.

— Sim, depois de amanhã. — Virou-se para mim. — Vou fazer uma seleção de mestrado no Paraná — explicou a motivação da viagem. — Como já passou o tempo do meu estágio probatório, agora posso pedir uma licença para uma pós e quero tirar um tempo para estudar.

— Mais do que já estuda? — Fiquei pasma. Esse homem ia explodir o próprio cérebro uma hora ou outra. — Não pretende fazer outra coisa da vida?

Ele semicerrou o olhar para mim e, como se tivesse um sorriso escondido no canto dos lábios, declarou.

— Para sua informação, dona Lyra, pretendo, sim. — Parou e suspirou. — Porém, tenho orado antes de tudo. Essa questão do estudo é uma oportunidade e vamos ver se Deus abençoa. Está tudo nas mãos dele — respondeu, com muita convicção.

Fiquei curiosa sobre o motivo da oração. Se não fossem os estudos, o que seria? Mas contive minha bisbilhotice.

— Bom, só posso desejar boa viagem e sorte na seleção — falei, mas talvez um tom de decepção tivesse ficado nítido. Não o ver na igreja seria triste.

Você deve ir à igreja por Deus, não por Matias!

Minha mente, que parecia ser outra pessoa dentro de mim, relembrou a minha real motivação para ir aos cultos.

— Obrigada, mocinha! — Ele sorriu e aquela covinha aparente fez doer um pouquinho mais meu coração. — Que tal mais uma rodada de sorvete? Dessa vez, eu pago.

— Se está disposto a isso, simbora!

— Melhor morrer de diabetes do que de coração partido — disse Abby, e corremos para pedir outros sabores.

Capítulo 8

O Sol nem havia raiado no horizonte quando meu celular começou a tocar e, ao atender, bêbada de sono, ouvi aquele timbre agudo cantarolando:

— "Parabéns pra você, nesta data querida, muitas felicidades, muitos anos de vida!" Ah, minha filha, volta logo para casa. Quero você aqui comigo de novo. Saudade até da sua chatice! — Essa dona Ivana tinha suas maneiras peculiares de manifestar seu amor.

— Mês que vem já retorno, mãe. — Sentei-me na cama e esfreguei os olhos enquanto balbuciava. — Titia está bem melhor!

Aquela constatação possuía uma mistura de alegria, por rever minha mãe, e tristeza, porque iria para longe de Matias. Não queria que isso tivesse acontecido, mas aquele professor quebrou minhas defesas sem que eu esperasse. Agora, estava longe, viajando, e eu aqui, sofrendo. A vida não era justa.

— Obrigada pelos parabéns, mamãe. Sinto muito a sua falta — disse com certa melancolia.

— Está tudo bem, filha? — Sua voz passou a ficar preocupada.

— Não, não. Só queria... Só queria...

O que eu realmente desejava?

— Queria o quê?

— Nem eu sei. — Passei as mãos nos cabelos. — Porém, com toda certeza, vou comer seu bolinho hoje.

— Oh, filha! Logo estaremos juntas de novo e farei seu bolo de limão preferido.

— Eu sei. — Não entendia, mas uma vontade de chorar socou forte meu peito. — Amo muito a senhora, mamãe! Desculpa por nem sempre falar isso.

— Você é mais fechada, Lyra, mas sei o quanto me ama e a todos à sua volta, só que não sabe demonstrar muito — falou. Mamãe me conhecia tão bem. — Deveria mostrar mais o coração.

Repousei a cabeça no encosto da cama.

— Apesar do temor, até gostaria, mas não sei se seria correspondida. — Suspirei ao apresentar meu medo.

— Se o Senhor Deus quiser, nada pode impedir.

— Esse é o problema: Ele não me diz se quer ou não. — Murchei os ombros. — Aff! Só queria poder fechar o coração! Por que ele não me obedece?

Só pude ouvir a gargalhada alta!

— É tão piadista, minha filha. Desde quando coração tem juízo? — Mamãe tinha prazer em zombar de mim. — Estarei orando por você. Agora, vou te deixar dormir. Um beijinho.

Ela desligou e me deitei novamente, pensando no porquê de querer chorar. Encontrei dentro de mim a carência, em especial naquele dia que não teria minha família perto e, verdade seja dita, a saudade de Matias tinha me afetado. Ele partiu por duas semanas e o abençoado nem tinha rede social para acompanhar alguma coisa. Por que Matias era tão "das antigas"?

Você gosta dele, Lyra.

Por que permiti que isso acontecesse comigo? Joguei um travesseiro no meu rosto. Ain! Só para sofrer por alguém que não está nem aí para mim e que vai embora porque, assim como o Sol nasce todas as manhãs, Matias passaria naquele mestrado.

Preciso superar essa paixonite!

Me revirei na cama.

O dia foi calmo e agradeci por Abby e sua família demonstrarem seu amor naquele 7 de março ao fazer um bolinho e cantar os parabéns. Foi melhor do que pensei. Para finalizar a comemoração, eu e minha amiga fomos na orla e, antes que pudéssemos nos sentar em um dos bancos, senti uma mão cobrindo meus olhos. Tateei os braços do indivíduo que fez isso e não queria confirmar que era quem eu havia imaginado. Logo a mão foi retirada e me deparei com o dono dos meus muitos pensamentos nos últimos dias.

— Matias! O que faz aqui? — indaguei sem acreditar.

— Bom, eu moro nesta cidade, não é? Nada mais normal. — Ele caçoou de mim.

— Você sabe o que quis dizer. — Cruzei os braços.

— Sei, mocinha. Ei, Abby — ele inclinou a cabeça para o lado —, roubarei sua amiga por um tempo, tudo bem?

— De onde você saiu, homem? — Abby estava tão incrédula quanto eu.

— Mulher tudo quer saber, meu pai! — Matias pôs a mão na testa. — Depois respondo. Por ora, vou roubá-la de você.

Ela deu de ombros.

— Vamos! — Segurou a minha mão. — Meu carro está logo ali. — Acenou com a cabeça.

Nos afastamos de Abby e, antes de entrar no veículo, perguntei:

— Para onde vai me levar, seu maluco?

— Vai saber logo.

Matias deu partida e não falou muito no trajeto porque logo chegamos àquela praia do encontro dos jovens. Ele saiu do veículo e correu para abrir minha porta, em um ato muito cavalheiresco. Aquele homem não podia fazer essas coisas comigo, não. Somente o agradeci. Após isso, pegou uma cesta no porta-malas.

— Já sabe o que pretendo fazer, não é? — Ele sorriu e começou a caminhar para a praia comigo ao lado.

— Planejou um piquenique? — Olhei para os lados.

— O que está procurando? — perguntou, rindo.

— Os outros jovens chegarem.

— Não vem ninguém. Seremos apenas nós dois — disse Matias, num meio sorriso, e meu coração ameaçou desfalecer.

— É sério?

— Está vendo mais alguém aqui? — Ele abriu os braços. — Talvez um espírito?

— Engraçadinho! — Semicerrei o olhar.

Segui-o até um lugar embaixo de uma das árvores e estendemos o pano azul no chão. Sentamo-nos na beirada para o tecido não voar e colocamos a cesta no meio.

— Soube que hoje é o aniversário de uma menina da minha igreja — ele começou a falar enquanto tirava as coisas da cesta. — Quis preparar algo para comemorar com ela.

Não, não pode ser verdade! Calma, Lyra!

— Como soube a data do meu aniversário? — Fiz de tudo para minha voz não parecer afetada.

— Por ser presbítero, tenho acesso aos dados dos membros da igreja. É sério, obtenho alguns poderes como os pastores, se é que me entende. — Deu uma piscadela e meu coração se aqueceu.

— Não se esqueceu do pastor Tiago? — Deitei um pouco mais no pano e sorri.

— Como poderia, se você me rebaixou por causa dele? Nunca vou me esquecer! — Fez uma expressão de bravo.

— Não o rebaixei! Só disse que eram diferentes. — Quis defender meu personagem literário preferido.

— Certeza de que ele não fez um piquenique para a mocinha dele. Fez? — Me olhou como quem estivesse me desafiando.

— Não me lembro disso. — Mordi o lábio e desviei o olhar.

— Ah! É difícil eu errar! — Comemorou sua vitória.

Ele terminou de pôr os lenços do lado de fora, e observei como havia muitas iguarias apetitosas ali. Matias demonstrava ser um excelente planejador de surpresas.

— Mas, brincadeiras à parte, de verdade, eu queria celebrar com você, Lyra. — Seu olhar passou de diversão para um brilho de seriedade.

Lembrei-me de quando ele não quis ir ao aniversário de Laís, mas se importou tanto com o meu. Então eu poderia, sim, ser especial para ele, não podia?

— Por quê?

Ele estalou a língua no céu da boca.

— O que posso dizer? — Ele dobrou a manga de sua camisa e fez uma cara de pensativo. — Ah! Eu gosto de estar com você — confessou, sério. — Sabe, Lyra, tenho orado muito neste último mês. — Sua declaração me deixou em uma enrascada. — Mas... — Levantou o dedo indicador. — Antes, quero te dar o seu presente.

Ele cortou totalmente o rumo da conversa; pisquei algumas vezes antes de me situar.

— Outra coisa além disso? — Apontei para tudo na toalha e o local em si.

— Já volto!

Matias saiu, apressado, e minha imaginação foi ágil para pensar em variados presentes, como: anel, anel e anel de novo.

Lyra, não seja tão emocionada!

Não, não, não! Precisava me controlar. Deveria ser racional naquela situação, assim como havia aprendido: nada de se deixar levar por algo não concreto. Respirei fundo e fingi passividade.

— Poderia fechar os olhos, por favor? — A voz de Matias ressoou mais distante. — E não ouse se virar para cá.

— Quanto mistério! — Ri. — Tá certo!

Obedeci ao seu pedido e senti a movimentação dele se aproximando.

— Agora, pode abrir!

Fiquei paralisada. Não podia acreditar no que estava vendo!

— Você o consertou?

— Levei a um *luthier* lá no Paraná.

Diante de mim, estava aquele violão de 1984 novinho em folha!

— Está me dando o violão do seu pai? E sua mãe? — Pisquei algumas vezes. Minha voz pesada denunciou a emoção que estava sentindo naquele momento. — Não posso aceitar um presente tão pessoal assim. É de família.

— Para começo de conversa, minha mãe amou a sugestão de dar a você. — Ele voltou a se sentar e deu leves batidinhas no instrumento. — Um bom violão para uma excelente violonista. Em segundo lugar, é pessoal porque desejo que seja assim. Bem pessoal! — Matias tinha um tom mais grave e, com sincera curiosidade, indagou: — Gostou?

— Eu nem sei como expressar o quanto amei! — Tomei o violão nas mãos e apreciei aquela obra-prima. Em seguida, o fitei, incrédula. — Matias, isso tem um valor emocional, não podemos negar. — Fui direto ao ponto.

— É claro que tem. — Sua expressão era séria. — Quando vi você tocando, lá na loja da sua tia, se lembra do que eu disse sobre precisar ouvir aquela música?

Apenas assenti.

— Era a música preferida do meu pai. Estava em uma semana difícil e fui comprar o capo porque queria tocá-la um pouco, diferentemente de só colocar para ouvir. Mas vê-la naquela posição, dedilhando todos aqueles acordes com tamanha maestria e numa intensidade sutil e gloriosa, soube que nunca tocaria daquele jeito. — Ele mirou o rio à nossa frente. — Lá estava um consolo. Deus ouviu minha tristeza e mandou você. — Virou-se para mim com um brilho diferente no olhar.

Àquela altura, estava emocionada e não tinha como negar.

— Eu? Uma resposta de Deus para alguém? — Não queria, mas uma lágrima rolou pela minha face.

— Talvez mais do que imagina. — Ele estendeu a mão na minha direção e, com o polegar, enxugou aquela lágrima. — Não precisa dizer nada, mas poderia tocá-la novamente. Você toca para eu ouvir?

Como negaria um pedido daquele?

Posicionei o violão nas coxas, afinei as cordas, pus o capo concedido por ele e dedilhei toda aquela composição florida de sutileza e drama. Matias se deitou sobre o pano, cruzou os braços e os pôs debaixo da cabeça, apreciando a música representante de uma relação de amizade entre pai e filho. Ao terminar, ele continuava de olhos fechados, e só consegui contemplar sua beleza serena.

Eu gosto de você, Matias. Gosto de todo coração!

Seria impossível não me apaixonar por aquele homem tão piedoso e amigo. Só pude fechar os olhos e engolir em seco as palavras de amor que desejavam escapulir dos meus lábios.

— Obrigado!

Abri os olhos e assenti. Precisava mudar o rumo dos meus pensamentos, então falei:

— Você tem uma bela família, Matias. — Deitei o violão na toalha. — Uma vez, conversando com sua mãe, ela falou sobre o casamento abençoado com seu pai. Queria que meus pais tivessem tido essa sorte, mas eles se separaram na minha infância — relatei um pouco do meu passado.

Ele se sentou e me encarou.

— Não é próxima de seu pai?

— Sou. Conversamos sempre que possível. Na infância, ele procurou ser presente e, na adolescência, me aconselhava. Mas nunca é igual a tê-lo presente todos os dias. — Senti um engasgo. Talvez, se papai estivesse mais presente, não teria tanta carência para encontrar um amor.

— As experiências dos nossos pais nos ajudam a escolher com mais sabedoria o que queremos ou não — disse ele, e concordei.

— Falhei, como sabe bem, mas tenho fé de que um dia posso me casar no Senhor. — Virei o rosto para o rio. — Quero um casamento de parceria, sabendo que meu marido vai me amar em qualquer circunstância. — Respirei fundo. — Estaremos juntos na embarcação, seja com as águas turbulentas ou calmas. — Voltei a olhar para ele e vi como prestava atenção em mim.

Aquelas palavras foram as mais sinceras compartilhadas com alguém. Era um real desejo do meu coração. Naqueles três meses que passei em Itaituba, aprendi tanto sobre relacionamento através dos livros que li, das conversas com mulheres tão sábias como dona Solange e dona Íris, tendo seus casamentos como um exemplo.

Contemplando-o parado ali, sabia que ele cumpria todos os requisitos de piedade masculina. Sem certezas de nada, permanecia aquela sensação de frustração. Algo tão perto e tão longe ao mesmo tempo!

— Casamento pode ser uma dádiva ou um fracasso — pronunciou. — Portanto, devemos escolher bem!

— Pensa em se casar?

— Com toda certeza. — Ele bateu as mãos para tirar a poeira e se serviu de um biscoito de coco. — Já com 30 anos, não tenho sonhos de um grande romance, mas o Senhor parece ter me concedido algo equilibrado.

— Concedeu? — Uma mistura de decepção e incredulidade perfurou meu coração.

Ele mordeu o biscoito e sorriu.

— Como dizem as Escrituras, tudo tem seu tempo debaixo do sol.

Bufei, frustrada. Àquela altura, minha curiosidade para saber qual era o segundo valor emocional do presente despertou, mas não queria forçá-lo a nada.

— Como foi sua viagem? — Mudei o assunto e peguei um pedaço de torta.

— Muita boa. — Ele riu e me passou uma colher. — Acho que passei.

— Você vai para o Paraná, e eu voltarei para Manaus. — Não dava para negar a frustração na minha voz.

— Voltará? — Sua expressão mudou.

— Minha tia retornará, então não terei mais nada aqui. — Dei de ombros. — Estou orando ainda para ver qual é o próximo passo, mas nada recebi.

Ele engoliu uma uva.

— Acho que a voz dEle está prestes a romper o silêncio!

Capítulo 9

Um mês depois...

No começo da tarde de sábado, estava organizando um pouco das minhas roupas quando ouvi o celular tocar. Era tia Iracema contando como se sentia recuperada e voltaria para casa dentro de três dias. A natureza da notícia me deixou contente. Conversamos sobre tudo a respeito da casa e da loja e, por fim, desejei uma boa viagem de retorno.

Após encerrar a ligação, sentei-me no chão do quarto, encostei as costas na cama e fitei o violão do pai de Matias do outro lado, perto da parede. Lembrei-me daquele piquenique e de todas as conversas que tivemos desde então. Matias sempre muito cordial e cuidadoso comigo, mas nenhuma palavra sobre um futuro. Por isso, passei a orar bastante a Deus para tirar qualquer ilusão da minha mente, pois não lançaria meu coração em um mar de incertezas. Não mais.

E, como já estava prestes a voltar para casa, foquei em estudar violão para alguns concursos de concertos. Um aconteceria em Campos do Jordão e eu desejava participar. Viajar com a minha música seria o ideal no momento. Planejei também visitar um abrigo para dispor aulas de violão a crianças, pois ser útil aos outros era uma boa ocupação. Tinha fé nas bênçãos de Deus nas tomadas de decisões.

— Bom Senhor, estou sem um destino específico, faço apenas o que posso. Guia-me para algo que vá glorificar o Teu nome. — Fiz minha breve oração e me levantei dali.

Organizei a casa, tomei um banho e escutei a voz de Abby na porta.

— Vamos?

— Sim, sim.

Naquela tarde, nossa igreja venderia de feijoada a fim de comprar materiais para a construção das salas da EBD, pois as antigas não tinham mais condições. Todas as mulheres se empenharam em cozinhar, e nós, os mais jovens, éramos responsáveis pelas entregas. Ao chegarmos ao local, encontramos uma aglomeração e logo fizemos a primeira entrega em uma das ruas mais próximas. Era certo: sentiria falta do pessoal de Itaituba. Aquela cidadezinha conquistou meu coração de muitas maneiras.

Ao voltarmos, enxerguei Matias entrando no salão com um fardo de arroz nos ombros. Não quis me aproximar; estava na hora de não mais permitir que aqueles pensamentos tomassem conta de mim. Sim, havia admitido que gostava dele, mas serviu para algo? Bom, somente para ser mais sincera na oração: "Deus, gosto do Matias, por favor, tire isso de mim".

Ainda divagava nos meus pensamentos quando escutei dona Solange me chamando para ir com ela até a cozinha. Ao entrar lá, encontrei o bendito conversando com a mãe, mas sorriu ao me ver.

— Lyra, já soube da novidade? — perguntou Íris, com alegria.

— Não. — Me aproximei mais um pouco, porém mantive distância. — O que foi?

— Matias passou no mestrado e daqui a duas semanas se muda para o Paraná!

Aquela notícia não deveria me pegar desprevenida, contudo, não consegui reagir bem. Ele iria embora de verdade!

— Nem acredito que perderemos por dois anos nosso presbítero favorito. — A voz de Solange ressoou entristecida, e algumas das outras irmãs manifestaram suas considerações.

— Parabéns! — consegui dizer. — Você viaja em duas semanas, e eu, em três dias.

E um silêncio pairou sobre a cozinha. A expressão feliz de Matias se tornou taciturna ao escutar minha notícia.

— Por que não nos avisou que estava partindo, Lyra? — perguntou dona Solange, espantada.

— Desse jeito, só saberíamos com você já na lancha no meio do rio — Íris manifestou sua repreensão.

— Ah, eu só soube hoje. Minha tia logo retorna — falei em uma mistura de tristeza e decepção.

Matias, que estava quieto, virou para a mãe e falou:

— Tem mais alguma entrega?

— Sim. — Ela mostrou o saco com as quentinhas e o endereço.

— Lyra, venha comigo. — Ele tomou a sacola na mão, tocou no ombro da mãe e disse: — Vamos demorar um pouco. Tudo bem?

Só percebi o sorriso de dona Íris brilhar no ar ao olhar do filho dela para mim.

— O tempo que precisar.

— Vamos? — Ele tocou no meu braço e o acompanhei.

Em silêncio, entramos no carro. Ele dirigiu calado e fez a entrega. Logo depois, desviou o veículo para uma praça perto da orla. O lugar estava quase vazio e Matias me guiou até um dos bancos.

— Lyra, quero te contar algo.

Nada respondi, apenas o olhei.

— Naquela viagem para o Paraná, me lembro de ligar para minha mãe e conversar com ela sobre o que estava conhecendo ali. — Não entendi o rumo da conversa, mas esperei a continuação. — Porém, quando desligava o telefone, tinha uma forte vontade de ligar e conversar com você, tanto para contar sobre algo, quanto para ouvir até uma repreensão das minhas breves aventuras radicais.

Engoli em seco para não permitir que nenhuma emoção impedisse minha atenção às suas palavras, mas ficou impossível quando, de maneira inesperada, ele segurou minha mão e começou a acariciar o dorso com o polegar. Senti o ar faltar.

— Se lembra sobre eu dizer que o presente tinha um valor emocional?

Assenti.

— Se recorda de dizer que estava orando?

— Sim — respondi num fio de voz.

— Você disse que vai viajar. — Me olhou de um jeito totalmente novo e declarou: — Então, esse é um bom momento para revelar que você é o motivo de muitas das minhas orações.

Minha garganta criou um nó e uma emoção fora do meu domínio começou a saltar dentro de mim. Aquilo estava mesmo acontecendo? Era um sonho, só podia!

— Não queria dizer palavras vazias para você. — Ele se aproximou mais. — Uma filha de Deus merece certeza, lembra? E a minha vontade é que viaje comigo, como minha esposa. Convivi com você o suficiente para saber que desejo compartilhar todos os meus dias em sua companhia.

As lágrimas só desceram e eu sentia o coração ameaçar explodir de completa alegria.

— Lyra, falei como não desejava me aproximar mais de meninas, pelo bem do coração delas, mas espero que tenha percebido, através das minhas atitudes, meu interesse em você. — Ele tocou minha bochecha rosada de emoção. — Diferente de tudo, você é a pessoa ideal para mim. Seu passado a fez amadurecer, criar umas boas cascas, mas isso a fez ensinou esconder a melhor parte para não dar a todos. Isso é bom, especial e único. E quero ser o homem para o qual vai dedicar sua melhor parte.

— Matias, eu nem sei... — Naquele momento, minha voz estava embargada.

— Amo você, Lyra. — Ele envolveu minhas mãos nas suas com firmeza. — Agora, minha pergunta é: deseja trilhar um caminho com esse professor que, provavelmente, vai te chatear por estudar demais?

Ah! E, com certeza, pedir que esteja sempre tocando, afinal, você fez um belo acorde no meu coração.

Não queria, mas aquilo me fez desatar a rir. Que declaração era aquela?

— Seu bobo! Como se faz acordes no coração? — Sorri, com as lágrimas escorrendo.

— O coração tem cordas, não sabia? E você tocou nelas aqui. — Apontou para o peito e piscou para mim.

— Sua inteligência não te ajuda no romantismo. — Suspirei. — Mas, tudo bem, tocarei sempre para você. — Repousei a cabeça no ombro dele. — Não nego que saber de sua partida me rasgou o coração. Conhecer um homem tão bom e perdê-lo me doía mais do que ser deixada.

Ele me abraçou de lado e me senti acolhida, amada e respeitada. Com Matias, sentia liberdade para mostrar meu lado mais frágil, ele não era um homem qualquer.

— Ah! — Apertei os olhos. — Se soubesse que o Senhor tinha um homem tão bom assim, teria confiado mais, e não tomado minhas próprias decisões e quebrado a cara. Contudo, louvado seja Ele por Suas misericórdias. — Virei para Matias. — É o meu pastor Tiago.

— Ah! Não se esqueça de que sou melhor. — Ele riu e beijou minha testa.

— Mas sabia? Ele fez o piquenique com a Ester — gracejei.

— Tenho certeza de que não deu um violão de família para ela. — Deu uma piscada.

— Ah! — Coloquei a mão no coração. — Você sabia que ele não sairia da família, não é?

— Um pouco. — Sorriu com graça.

— Oh! Você é o melhor para mim! — Segurei a mão dele. — Só de você ter certeza de suas decisões, e ser responsável com meu coração, meu amor por você se torna imenso! Nem o merecia, mas agradeço ao Senhor por cuidar de mim.

— Ele cuida dos Seus. Pois eu também não merecia.

— Mamãe nem vai acreditar quando eu contar para ela — disse, com empolgação.

— Ela já sabe — falou ele e, assustada, me afastei. Vendo minha incredulidade, completou: — Os registros, lembra? Quando soube o que queria com você, conversei com a minha mãe, e liguei para o seu pai. Ele foi bem protetor.

— Matias! — Abracei-o. — Você é mais do que eu poderia sonhar. — Ergui a cabeça de leve e sorri. — Mas eu não sou um sonho. Deseja me aturar para o resto da vida?

— Tenho certeza da graça operante de Deus em nossos corações. — Beijou o topo da minha cabeça. — Assim, confio em um bom futuro.

— Ai, meu Deus, lá se foram meus planos, de viajar com a música. — Ri dos meus planos mais uma vez frustrados, mas a verdade era que recebi um bem melhor.

— Você ia viajar para onde?

— Planejava umas coisas aí, porém os planos foram todos soterrados. — Olhei pra ele. — Afinal, tenho um marido para acompanhar, e não mais a música.

— Fazer o que, se sou melhor, não é? — Ele brincou e dei um empurrãozinho no seu ombro.

— Que convencido!

— Dona Íris sempre diz isso. Agora, a minha senhora também dirá! — Ele riu e eu também.

A partir de então, contemplaria por toda a velhice aquela covinha. Unimos as mãos e nos abraçamos.

— Eu amo você demais!

Assim, soube que, diferentemente das músicas já tocadas, o Senhor Deus era um excelente compositor e regente para fazer arranjos não pensados e planejados na limitada mente humana. É, Beethoven, o Criador ultrapassou as suas sinfonias.

FIM

BÍBLIA
BÍBLIA

BÍBLIA

Agradecimentos

Nessa jornada de publicação do livro *Meu enredo de amor*, desde o independente até agora, tão bem acolhido pela editora Novo Século, temos muito o que agradecer.

Somos gratas a Deus, ao nosso Senhor Jesus Cristo, que nos inspira diariamente e nos abençoa através da escrita. Sabemos que é apenas por Ele que temos a honra de usar o dom concedido para falar sobre o Amor.

À Clys Oliveira, pelas mentorias, leituras críticas e pelo apoio que sempre nos deu nesses anos de caminhada. Você faz parte desse projeto tanto quanto nós. Você é uma parte importante da nossa carreira.

Às leitoras que nos acompanham desde o Wattpad. Àquelas que adquiriram o livro quando lançamos independente e as que adquiriram agora também. E a todos os leitores que acreditam no nosso trabalho. O que um escritor mais deseja é que seu livro seja lido e vocês tornam isso realidade. Obrigada, obrigada!

Obrigada, Lyta e Gabi, por torcerem e se alegrarem por nós. Também agradecemos a todas as escritoras de cortejo que vibram umas pelas outras. O apoio de vocês é essencial!

Rachel, seu apoio é muito importante. Obrigada por toda vez que divulgou e falou desse livro e pelo prefácio. Continue seu trabalho! Você é especial!

Agradecemos umas às outras pela amizade e cumplicidade entre nós quatro, é sempre um prazer trabalharmos juntas. Somos gratas a Deus por um dia nos unir, ainda que seja uma amizade meio improvável. Somos aquele tipo de amigas mais chegadas que irmãs.

Agradecemos à Novo Século e aos nossos editores por acreditarem no nosso trabalho. Obrigada, Mariana, por ser sempre tão gentil e acessível. Somos gratas por cada mão que trabalhou para deixar esse livro pronto para a estante dos nossos leitores. Glorificamos a Deus por *Meu enredo de amor* ter encontrado um novo lar.

E ainda agradecemos:

Kell: Ao meu esposo, Valdney, pelo companheirismo e apoio. A minhas filhas, Esther e Helena: vocês são muito mais do que um dia imaginei.

Maina: Ao meu marido, Francisco, por ser minha inspiração para o romance. Aos meus filhos, por serem meus fãs. A todos aqueles que um dia testemunharam algo sobre como os meus livros abençoaram a vida deles. Aos meus familiares que apoiam o meu trabalho e torcem por mim, em especial, minha avó Ester. Às leitoras queridas que fazem questão de panfletar os livros e me ajudam com as redes sociais!

Aline: À minha família e irmãos em Cristo, de quem recebi apoio e carinho.

Dulci: Agradeço ao Senhor Deus, pois escrever esse conto foi como um vento novo na minha vida. Por fim, a toda minha família: sem seu apoio à minha escrita, eu não estaria aqui.

BÍBLIA

Sobre as autoras

Aline Moretho
@alinemoretho

Aline Moretho é uma jovem cristã enfermeira e presbiteriana que ama escrever desde bem nova. Sua jornada na escrita se iniciou em meados de 2015, mas apenas em 2018 passou a se dedicar à literatura de cortejo. Ela ama ler, ilustrar e é apaixonada por lindas histórias de amor com finais felizes e muito drama, por isso suas leitoras queridas a chamam de drama queen.

Dulci Veríssimo
@dulciverissimo

Dulci Veríssimo é uma manauara de coração e alma. É formada em música, Mestra em educação e tem um toque de literatura na veia. Começou sua jornada literária em 2016, e sua narrativa tem conquistado diversas mulheres com testemunhos sobre o impacto da obra em suas vidas. Seu objetivo é apresentar obras que realmente edifiquem e encorajem os irmãos na fé e na esperança da Glória.

Kell Carvalho
@livrosdakell

Kell Carvalho, autora *best-seller* da Amazon, é uma rondoniense cristã, casada e mãe de duas meninas. Pós-graduada em linguística, começou sua jornada como escritora no início de 2017. Tem se dedicado a escrever romances cristãos de cortejo, os quais agradam leitoras de diferentes idades, tornando-a conhecida nas redes sociais como escritora de histórias clichês. Através desse alcance, pessoas de todos os estados brasileiros e de nove países tiveram acesso às suas obras, e ela acredita que a literatura cristã tem o poder de transformar vidas, sendo uma poderosa arma de glorificação a Deus.

Maina Mattos
@mainamattos

Maina Mattos é mineira, casada com seu primeiro e único amor, mãe de quatro e escritora de romances cristãos. Autora *best-seller* na Amazon, começou a escrever e publicar seus livros em 2017, sendo precursora e referência do romance de cortejo no cenário nacional. Possui uma comunidade de leitoras, que acompanham seu trabalho de perto. Leitora e aspirante à escritora desde criança, ama criar enredos românticos que apontam para Cristo e é fã de finais felizes.

‹ns

📷 @novoseculoeditora

Edição: 1ª
Fonte: Crimson Pro